新潮文庫

あの胸が岬のように遠かった

河野裕子との青春

永田和宏著

新潮社版

11939

はじめに

二〇一〇年八月十二日、歌人河野《かわの》裕子《ゆうこ》が乳がんのため亡《な》くなった。六十四歳。私の生涯のパートナーであった。河野に乳がんが見つかってから、亡くなるまでの十年に、私たち家族が向き合うことになったさまざまについては、前著『歌に私は泣くだらう——妻・河野裕子 闘病の十年』（新潮文庫）に書いているが、正直、厳しく辛《つら》い時間であった。

病気、再発の怖《おそ》れなどが為《な》せる業ではあったが、河野の精神的な不安定、攻撃性に家族が振りまわされることになった。しかし、河野は最後まで歌を作り続けた。殊《こと》に再発し、自宅で過ごすことになった最後の日々は、自ら鉛筆を持つ力がなくなると、ぽつぽつと口から言葉が出てくるようになり、そこに居る家族がそれを書きとめるという形で、歌が生まれて来るのだった。苦しい息の間で、ごく自然に言葉が紡《つむ》ぎだされてくるその作業は、どこか神聖な静寂をさえまとっているようでもあった。そんな作歌は河野の死の前日まで続き、そのようにして数十首の歌が遺《のこ》されることになった。歌人として見事な最期《さいご》であったと思っている。

長生きして欲しいと誰彼数へつつつひにはあなたひとりを数ふ　八月十日

さみしくてあたたかかりきこの世にて会ひ得しことを幸せと思ふ　八月十一日

手をのべてあなたとあなたに触れたきに息が足りないこの世の息が　八月十一日（絶筆）

河野裕子が亡くなったあと、河野の実家に行って遺品の整理などをしていたら、押し入れから手紙のぎっしり詰まった箱が出てきて、驚いた。私から河野に宛《あ》てたもの、河野から私に来たもの、あわせて三百通は優に超えているだろう。

箱の蓋《ふた》には、みのむしの絵が描いてあった。そういえば、彼女は、私のことをいつも「みのむし」と言っていたのだった。みのむしから来た手紙という積もりだろう。みのむしの絵の下に「さま」と書いて、手紙が来たこともあったし、結婚してからは、人によく「うちのみのむし亭主」などと紹介していた。みのむしみたいに、風に吹かれてゆらりゆらりとどこへ行くかわからない男、くらいの意味だったのか。

手紙は、出会った最初の頃のものから、結婚するまでの五年分である。よく残っていたものだ。河野がひそかに保管しておいたものなのだが、驚いたのは、私が河野に書いたものだけではなく、河野から私に来たものも、（たぶん）すべて残っていたことだった。すっかり忘れてしまっていたが、私自身もそれらをすべて保管していたのだろう。結婚した後に、河野が一緒にして蔵《しま》っておいたのである。生前にはついにそんな話をしたことがなかったのだが……。

この往復書簡は、河野が亡くなって三年後、「もう一度だけラブレター」という「文藝春秋ＳＰＥＣＩＡＬ」の特集号（二〇一三年秋号）に、出会いからの一年分の抜粋が紹介された。一年分の、それも全部ではなかったが、それでも四〇ページ分にもなる量で、自分でも驚いたものだ。この特集のもう一つの柱は、石原裕次郎とまき子さんのラブレターであり、これもちょっと驚き。「ほう、石原裕次郎と永田和宏ね。いい組み合わせだ」と、まあ能天気なのである。

この手紙とともに、河野の日記帳が十数冊一緒に見つかったのは、さらに驚きであった。河野が日記を書いていたことは知っていたが、私と出会う前の高校生のときから、私と出会ってやがて結婚する前までの七年分くらいの時間が、そこには残されていた。

しかし私は、長いあいだこの日記を開いてみることができなかった。いくら生涯を連れ添った妻とはいえ、日記という誰にも知らせないままに書き綴《つづ》った心のなかを勝手に覗《のぞ》いていいのか。それになにより、私をどのように見ていたのかを知ることに対する怖しさも若干はあっただろうか。

一方、河野が亡くなり、一人の生活にもようやく慣れ始めたころになって、私のなかでひとつの思いが徐々に形を成し始めているのにも気づいていた。それは、果たして私は河野裕子にふさわしかったのだろうかという疑問である。

先にあげた歌に見られるように、寂しかったけれどもあたたかかったこの世で、あなたに「会ひ得しことを幸せと思ふ」と詠《うた》い、自らの死後、誰にも長生きして欲しいけれど、そんな長く生きて欲しい何人かのなかでも「つひにはあなたひとりを数ふ」と詠ったのが河野裕子であった。彼女が終生、そして全身で愛したのが私であったことを疑ったことはなかった。河野の死後という長い時間を私が生きているのは、その確信に支えられてのことであるのは間違いない。

しかし、翻《ひるがえ》って、私はその絶対的な愛にふさわしかったのか。河野はほんとうに私で良かったのか。他にもっとふさわしい選択はなかったのか。私に満足していてくれたのか。後悔をしたことはなかったのか。

訊《き》くことはつひになかつたほんたうに俺でよかつたのかと訊けなかつたのだ

永田和宏（「短歌研究」二〇一九年四月号）

時間の経過とともに、今さら考えてもしようがない、そんな疑問が徐々に頭をもたげ始めていたのである。

たぶん河野の日記を読み始めたのは、そんな頃であろうと思う。

それは私には、圧倒的な体験であった。

日記と言っても、その日の出来事が書かれている部分は少なく、ほとんどが、その日その日、何を感じ、何を考えたか、その心の記録であった。そんななかで、一人の女性が、人を想《おも》う、人を愛するということにどれだけ一途《いちず》であったかをまざまざと知ることになる。人を愛するということに、これほど一途になれる人がいるということに、そして、それをいきいきと自分の感性と言葉で書き残していることに、いまさらながら、感動に近い思いにとらえられたことを正直に告白しておきたい。

日記には、私と出会う以前に作品を通してその存在を知り、たった一度の出会いによって、運命のように思いを寄せることになった一人の青年への思い、それが綿々と綴られていた。やがて、その青年への思慕の真っただ中で出会うことになってしまった私への思い、自らの意志から引きはがされるような私への傾斜、その葛藤《かっとう》と懊悩《おうのう》、それらが繰り返し、リアルに綴られていた。

あまりにも深く悩み、往々にして、私と会っている最中に倒れてしまうまでに思い詰めていた河野の苦しみがどのようなものであったか、当事者のひとりが自分であることを忘れて、まるで小説かドラマのように引き込まれてしまったものだ。それが私にもっとも身近な人であったこと、しかもその一途に思い詰めている対象の一人が私自身であったということに、粛然とした思いをさえ抱いたのであった。

わたくしはあなたにふさはしかつたのか　そのために書き、書き継ぎてなほ

永田和宏（「短歌」二〇二一年八月号）

きみの日記きみの手紙が書かせたるきみの一途を残さむとして

何ゆゑにここまで書くかと自らに怖れつつ書き、書きなづみゐき

知らぬまま逝つてしまつた　きみを捨て死なうとしたこと死にそこねたこと

本書は雑誌「波」に一年半にわたって連載したものであるが、ようやくその連載を終えたとき、私はこのような歌を発表した。私の思いのすべてがこれで伝わるものでもないが、なぜ、ある意味不様な私の、そして河野裕子との青春を書き残そうとしたのか、その一端は汲《く》み取っていただけるのではないかと思う。「何ゆゑにここまで書くか」は、稿を進めつつ往々にしてとらわれた思いであったが、河野の日記や手紙をそのまま出す以上、少しでも脚色があってはならないし、伏せる部分があってはならないと、それは河野への責任の取り方でもあると思ってきた。

この連載を書き進めつつ、これを小説という形式ではなく、当事者が事実を述べていくという形で書かざるを得ないことに、何度も強い困難と逡巡《しゅんじゅん》を感じることになった。しかしとにかく、日記と手紙という〈資料〉に忠実に、私と河野裕子の出会いからの、どこかとことん熱く、波瀾《はらん》ばかりだったような気のする、ある意味とても恥ずかしい青春の記を書き終えることになった。冒頭の数章は、河野と出会う前の私の幼

年時代からの物語だが、なぜ河野裕子が私にとってかけがえのない存在となったのかは、実は私の幼年時代を外しては、うまく語れないと思っており、序章といったつもりでお読みいただけるとありがたい。

私だけの回想記ではなく、私と河野裕子との二人の目から見た、私たちの青春の記ともなっていればうれしいことであり、この一書を出すことの意味でもあるだろう。

目次

はじめに　3
湖《うみ》に降る雪ふりながら消ゆ　17
風のうわさに母の来ること　35
消したき言葉は消せざる言葉　53
手を触るることあらざりし口惜《くや》しさの　69
わが十代は駆けて去りゆく　85
青春の証《あかし》が欲しい　101
さびしきことは言わずわかれき　121
二人のひとを愛してしまへり　139
あの胸が岬のように遠かった　163
きみに逢《あ》う以前のぼくに遭いたくて　187
わが頬を打ちたるのちに　209

わが愛の栖《すみか》といえば 231
はろばろと美《は》し古典力学 253
泣くものか　いまあざみさえ脱走を 273
おほよその君の範囲を知りしこと 297
「夏がおわる。夏がおわる。」と 317
寡黙《かもく》のひとりをひそかに憎む 339
今しばしわれを娶《めと》らずにゐよ 361

附記 377
おわりに 382

二人でいるということの痛みと豊かさ　梯　久美子

筆者の歌は、第十二歌集『夏・二〇一〇』からは歴史的仮名遣いを採用している。それ以前のものは現代仮名遣いである。

あの胸が岬のように遠かった

——河野裕子との青春

湖《うみ》に降る雪ふりながら消ゆ

母を知らぬわれに母無き五十年湖に降る雪ふりながら消ゆ

永田和宏『百万遍界隈《かいわい》』

母は私が三歳のときに亡《な》くなった。私は母の顔を知らない。母の記憶があれば、母が亡くなったところからの、「その後の時間」として私の幼年時代を測ることができるのだろうが、母は私には、最初から存在しないということにおいてのみ、私のなかにあり続ける、そんな存在であった。

私のもっとも古い記憶は、母の葬儀の朝のものである。一九五一年（昭和二十六年）一月二十三日、母は亡くなった。享年《きょうねん》二十六歳。父の手記によると、「苦しい時にも話は和宏のことばかりで、さぞかし心残りであったはずと、思い出すたびに胸が痛む」とある。

母の実家の廊下を、父親に手を引かれて「離れ」まで歩いてゆく幼い子がいる。私である。たぶん何か特別の雰囲気に緊張していたのだろうと思うが、離れの畳に座っている人たちにいっせいに見られて、ちょっと得意でもあっただろうか。

父親がゆっくりと母の枕元《まくらもと》に私を座らせ、その顔を覆《おお》っている白い布をめくった。そこまでは鮮明に覚えているのだが、その布の下にあるべき、あったはずの母の顔はまったく思い出せない。父親の手の動きまでしっかり覚えているのに……。

そのあと、私が何を言ったのだったか。それも思い出せない。しかし、私が何かを言ったことで、後ろに控えていた大人たちの何人かが、いっせいに啜《すす》りあげたことだけは、これも鮮明な記憶としてある。

三歳八か月の幼い子供が、母親の死の意味も知らず発した場違いな無邪気な言葉が、大人たちに不憫《ふびん》の思いを掻《か》きたてたのだろう。何と言ったのだったか、父親に尋ねることもないままに、もはやその場にいた人は誰ひとり、この世にいなくなってしまった。

母は、村の共同墓地に葬《ほうむ》られた。母の実家から墓地までは、いわゆる野辺送り。家族、親族が白装束を着て歩き、それに村の人たちが続く。柩《ひつぎ》は車で曳《ひ》くのではなく、白装束の男たちが四人ずつ交代で、両側から抱えつつ歩いていたように思う。一月の雪の降る寒い日であった。湖北の冬は厳しい。

いくばくの雪もろともに降ろさるるいたく静かな底までの距離　　永田和宏『無限軌道』

それから三十年後、こんな歌を作ったことがあった。「降ろさるる」のは柩である。共同墓地は土葬であった。各家の埋葬場所が個別にあるわけではなく、新たな死者のために、墓掘りさんたちがこのあたりと見定めて、大きな長方形の穴を掘るのである。墓地での読経《どきょう》のあと、その穴に柩が静かに降ろされる。私はたぶん父の手を握ったまま、その一部始終を見ていたのだろう。柩と一緒に雪がその穴に降り込んでゆくのも、記憶のどこかにかすかに残っているが、映像はそこですっぽり途絶えている。

仏より柩の重き雪の葬　　永田嘉七《かしち》『西陣』

父はその頃、俳句を作っていたのだそうだ。村の農業協同組合に勤めていたとき、職場の上司のひとりが宗匠となって、月一回の句会を持っていたらしい。その頃作った父の俳句は、それから数十年を経て、晩年に近く句集『西陣』としてまとめられたが、そこにこの一句を見いだして驚いたものだ。

初期句篇としてまとめられている三十句ほどの、最後の一句である。さすがにこの句は、先の私の一首よりはいいだろう。柩の下に縄を渡して、四人でゆっくり下へ降ろしていくのであるが、やせ衰えていた母よりは、柩のほうが重かったとは、その母を抱きあげた父でなければ詠《よ》めない句である。そんな希薄な存在となった自らの妻を、雪とともに埋葬せねばならない若き日の父の切なさが身に沁《し》みる。

そう言えば、父には母を詠んだこんな句もあった。

五十年ひたすら妻の墓洗ふ　　永田嘉七

さほどの句とも思えないが、これを見たときも少なからず驚いたものである。冒頭にあげた私の一首と強いコントラストを感じさせる句であったことによる。父にとって、この五十年は〈妻亡きのちの五十年〉であった。その五十年を「ひたすら妻の墓洗ふ」ことによって、渡ってきたのである。

いっぽう、私にとって、それはまことに単純に〈母無き五十年〉でしかなかった。妻を失ったのちの五十年が悲しいか、もとより母という存在を持たなかった不在の五十年が虚《むな》しいか。同じ五十年という時間の位相の違いを思うのである。

冒頭の歌の湖は、琵琶《びわ》湖である。土地の人たちは、琵琶湖を「みずうみ」とは言わない。みんなが「うみ」と呼ぶ。私は一九四七年（昭和二十二年）五月、琵琶湖の西岸、湖西地方の北に位置する村に生まれた。滋賀県高島郡饗庭村字五十川。現在は高島市新旭《しんあさひ》町饗庭となっている。饗庭は普通には「あえば」だろうが、土地では「あいば」と呼んでいたし、五十川も「いそがわ」ではなく「いかがわ」であった。

父は永田嘉七、母は千鶴子《ちづこ》。ひょっとしたら、チヅ子が戸籍的には正しいのかもしれない。父の在所は同じ饗庭の「岡」であり、母の五十川とは二キロほどしか離れていない。母の旧姓は清水であったが、私は母の実家、五十川の清水重郎《じゅうろう》の家の離れで生まれたらしい。

祖父重郎は、村長なども務めたことがあったようだが、村の青年たちに漢詩を教えていたということを、その葬式のときにはじめて知った。祖父の口からは一度も聞いたことがなかったが、私が高校生のときに亡くなり、その弔辞のなかで門下生から

「先生……」と呼びかけられていたのを聞いて驚いたことがある。もの静かな人であった。親戚《しんせき》中を見まわしても、文化に縁のありそうな者は皆無で、後年、私が歌人として知られるようになると、親戚の誰彼から、和宏の血は重郎さん以外には考えられないなどと言われたものだ。

私の生まれた五月十二日は、大国主神社という氏神さまのお祭りの日であった。四キロを超えた赤ん坊だったそうで、たいへんな難産であったと父の自伝『轍《わだち》』には記されている。夜通し苦しんで、明け方ようやく鉗子《かんし》分娩《ぶんべん》で出産した。そのあとが頭のまわりに残っていて、布袋《ほてい》さんのようだったとよく聞かされた。

重郎にとっては初孫である。喜びは一入《ひとしお》であったのだろう、すぐに私の誕生の歌を作ったのだという。祖父からは聞いたことがなかったが、父や叔父が、「祭り太鼓の音のさなかに」という下句だけを覚えていた。上句がどうしても思い出せないと言い、いまもってその上句は不明のままである。

終戦直前の一九四五年（昭和二十年）五月に父と母は結婚した。その結婚の一か月後に、父方の祖父（嘉七の父）が亡くなり、終戦を挟んで十月には今度は祖母が相継いで亡くなったという。父に結婚を急がせたのは、どこかで自分たちの体調への不安があったのかも知れない。私は父方の祖父母はまったく知らないのである。

清水重郎の息子、私には叔父にあたる重勝《じゅうかつ》がラバウルに出征したままであったこともあって、私が生まれてからも私たち一家は、五十川の重郎の家の離れで生活していたようである。もし重勝が帰って来なければ、父が清水の家を継ぐという相談になっていたらしい。父は七人兄弟の末弟であったから、それは両家にとっても好都合だったのだろう。母の実家は農業のほかに、高島の地場産業である綿クレープの小さな織場を持っており、母もそれを手伝っていたという。

私が二歳のころ、顔色が悪いというので、父のごく親しい友人でもあった村の開業医のところに連れて行かれた。診察の結果、「子どもさんは健康だが、お母さんが悪い」と言われ、母が肺結核であることがわかった。

とにかくよく働く人だったと、親戚の誰もが口を揃《そろ》えるような母であった。そんな元気な母に見つかった結核。戦後、まもなくのことであり、まだ抗生物質などが一般には出まわっていない時期である。結核は、肺病とも呼ばれ、いまの癌《がん》以上に人々に怖《おそ》れられていた病であった。

母は五十川の実家の離れで療養することになったが、和宏を母親から離さなければならない。父が私と一緒に別の家を借りてということも考えられたと思うのだが、なぜか、私だけが預けられることになった。病気の妻を抱え、まだ二歳の幼子の世話をしつつ、農協へ働きに出るというのは、無理だったのかもしれない。

母の実家の前、当時の国道一六一号線（現在の高島大津線、県道五五八号）を挟んで、小高い丘の上に報恩寺という山寺がある。報恩寺の元住職の奥さんで、住職が亡くなって隠居していた高部よし乃さんというお婆《ばあ》さんがあり、母の実家は寺の総代を務めていたこともあって、よし乃さんとも親しかった。そんなこともあったのだろう、私はそのよし乃さんに預けられ、その後二年あまりを共に過ごすことになったのである。母が療養しているあいだも、そしてその死ののちも。

報恩寺への坂道の途中にちょっとした土地があり、その小さな家に二人で暮らしていた。竹藪《たけやぶ》に囲まれた二間《ふたま》ほどの小さな家。日当たりが悪く、昼でもどこかうす暗かった印象が残っている。母の実家とは三十メートルも離れていない距離である。道路を隔てているが、隣といったほうがいいような場所であった。

そんな近い距離にありながら、私は母と会った記憶がない。厳密に隔離しなければという意識が強かったのに違いない。私は当然、ツベルクリン反応は陽性、少々の危険性があっても、一緒に居させてくれればよかったのにと、今さらながら思うのだが、当時の社会風潮としてはそんなことは考えられないことだったのだろう。

母と会ったり、母に抱かれたという記憶は皆無であるが、記憶以前の微《かす》かなイメージ、あるいは夢のようなはかないイメージとして残っている一つの風景がある。長く、それは母とは関係のない景であると思い続けてきたものだったのだが、たぶん母の記憶なのであろう。

いつの季節だったのだろうか。紫苑《しおん》の花が咲いていたようにも思われるが、定かではない。その紫苑の庭で私がひとりしゃがんで遊んでいる。縁側には一人の女性が、浴衣《ゆかた》のような着物を着て、柱にもたれるようにして私を見ている。

距離は数歩というように近いものだった。私はその女性がずっと気になってはいるのだが、なぜか話しかけられない。話してはいけないと言われているかのように、ちらちらと見るばかりで、何か話をしたという記憶がない。彼女が気になる分、いっそうひとり遊ぶことに必死になっていたようにも思う。

たぶんそれが母親であることは、わかっていたのだろう。なぜ近づいて抱きつこうとしなかったのだろう。誰かに言い含められていたのかもしれないが、いい子であるより、叱《しか》られても、たった一回でも抱きついていたなら、母はどんなにうれしかっただろうと、今なら思う。

女性も私をずっと見ているだけだったような気がする。彼女の悲しそうな視線はどこかに覚えているが、彼女から何か話しかけられたということは、たぶんなかった。

呼び寄せることもできねば遠くより母が唄《うた》えり風に痩《や》せつつ

永田和宏『無限軌道』

そのときの記憶がこの一首となった。呼び寄せて抱きしめたかったであろう母という存在を、悲しみとともに思うことができるようになってからの作である。

母の結核をどうするか。その頃のことを、父は次のように書いている。

その頃、京都の烏丸《からすま》二条に大島内科という医院があり、高貴薬「ストレプトマイシン」を売ってくれると聞き、何回か京都へ通った。注射薬一本が二千円くらいしたように記憶している。それも一回に十本しか売ってくれないし、一日に一本、連続しないと効果がないといわれ、困り果てていた。

高貴薬に健康保険はきかないし日増しに家計も苦しくなっていくが、如何《いかん》ともしがたく、運を天に任せてただ働くだけであった。

（永田嘉七『轍』）

たぶんそんなストマイが効いたのだろう、母は一時的に元気になっていたようである。それが一九五一年（昭和二十六年）の一月。働き者の母は、元気になったというのでさっそく働いたらしい。近くの小川で、漬物にする大根を洗ったのだという。一月の凍えるような水であっただろう。「チヅちゃんは、あれでいっぺんに悪くなった」と叔母から聞かされたことがある。

ただ働き者というだけでなく、当時、母は、祖父の後妻、二度目の母と同居していたのである。祖父重郎がもっとも不憫に思っていたのが母千鶴子であったというが、祖父の二度目の妻との関係はうまくいっていなかったようである。その気兼ねからの無理をした働きでもあったのであろう。栄養をとって、ただ安静に寝ているだけしか治療法のない結核は、贅沢病《ぜいたくびょう》などとも言われていた時代、少しでも元気になれば、働いている姿を見せておかなければならなかったのかもしれない。

「妻は死病にあえぎ、幼な子をかかえ精神的にもまた経済的にも、進退きわまってい

た」（『轍』）父は、京都へ働きに出ることになった。父の叔父、中野宇吉《なかのうきち》は、戦前から京都の西陣で、帯の産地問屋を営んでいたが、戦後、それを再興することになり、父に声がかかって二人で中野商店を再興したのである。

幸い中野商店は、宇吉と父の懸命の働きによってどんどん発展し、西陣でも五指に入る大きな問屋となっていった。父は六十歳を過ぎるまで専務として中野商店を支え、西陣の帯が最盛期のころにめでたく退職をすることになるのだが、それは後の話。

京都と高島市。今ならほとんど通勤圏であるが、昭和二十五、六年ごろには、とても通勤などはできない。父は京都に泊まり込みで働き、二週間に一度ほど饗庭に帰ってくるようになっていた。

よし乃さんは、しっかりした人だったが、私にはやさしく、父のいない日々をそれほど寂しい思いをしないで過ごしていたように思う。母の生前からそんな生活を強いられていて、否応《いやおう》なく馴《な》らされていたと言ったほうがいいのかもしれない。

言葉遣いも丁寧で、品のいいお婆さんだった。しかし、当時それほど珍しくなかったとはいえ、字の読み書きのできない人でもあった。手紙をもらうとそれを読んでもらうため、そして律義《りちぎ》に、その返事を書いてもらうため、そのたびに今津の寺にいる彼女の知りあいの女性を訪ねたものだ。当然私も、饗庭から今津までよし乃さんと一緒に歩くことになった。

夏の日盛りをよし乃さんのあとをついて歩いていた記憶が残っている。その間、約五キロ。三歳の子供の五キロである。かなり無理な距離だろう。しかし不思議に、嫌だった記憶も、しんどかった記憶もなく、お婆さんと一緒に湖岸の道を歩いて行くのは、月に一度か二度の楽しみだったのかもしれない。なんだか健気《けなげ》で、悲しくなるような景である。

その頃の私にとって、父の帰ってくる日だけが、生活のいちばんの楽しみだっただろうか。その日だけが、ひたすら待ち遠しかった。

京都からの帰り、父はいつも何かしらのお土産を買ってきてくれたように思う。食べるもののことが多かったように覚えているが、あるとき、おもちゃの鉄砲を買ってきてくれたことがあった。箱に入ってなんだか高そうなお土産である。わくわくしながら見ていると、父が箱を開けて、中から鉄砲を取り出した。大喜びの私は、すぐに手に取って部屋のなかで一発撃った。そこまでは良かったのだが、なんとその鉄砲は、一発撃ったところで子供にもわかるようなヘンな音がして、次がまったく撃てなくなってしまったのである。

戦後まもない時期のおもちゃである。たぶん粗悪なものだったのだろう。父親が私のために買ってきてくれたものが、あっけなく壊れてしまった。おもちゃが壊れてしまったことは確かに悲しかったのだろうが、その時の、私に湧《わ》き起こった、幼い子供にしては不思議な感情は、残念だとか、惜しいとか、もっと遊びたかったのにとかいった直截的《ちょくせつ》なものではなく、なぜか父親がひたすら可哀《かわい》そうという思いだった。哀れだったと言ってもいいかもしれない。申し訳ないと言ったほうがより正確だったか。せっかく楽しい筈《はず》の父の帰郷が、そして一緒に過ごせるわずかな時間が、その一つことのために台無しになってしまった、その申し訳なさであった。こんな感情の揺れは、この年齢の子としてはたぶん異常なのだろう。しかし、今でも私には、私ひとりのことのために、みんなが楽しい雰囲気を壊される、あるいは乱されることに対する異常な恐怖心があり、それが私を臆病《おくびょう》にしていると感じる場面が多くある。

「大丈夫、大丈夫、直しておくから。和宏はもう寝ろ」という父の言葉に従って隣の部屋で寝たのだった。夜中、何故《なぜ》か目を覚ました私がトイレに行こうとして、台所に灯りがついているのに気がついた。覗《のぞ》いてみると、うす暗い電灯のしたで、父はまだその小さな器械と格闘中であった。私は、見てはいけないものを見たように思い、父にはついに声をかけることができなかった。

翌朝、その鉄砲が直っていたかどうかは、まったく記憶がない。

報恩寺のよし乃さんが、太田にある一軒家に移ったのは、母の死後だったのだろうか、あるいは生前だったのだろうか。大阪の実業家が持っていた家の留守番を頼まれ、そこに住むことになったのである。当然、私も一緒に移ることになった。五十川と太田は七キロほどの距離である。私たちは何度もその距離を歩いて、行ったり来たりしたものだ。私にはいま六歳の孫がいるが、彼女を連れて七キロの距離を歩かせるなどはとても考えられない。時代というものであろう。

父が京都から帰ってくるのは、月に一度か二度。一緒にいられるのは一日か二日である。帰ってきてくれるのはうれしいが、帰ってきたとたんに、今度はいつ行ってしまうのかと、たちまちそれが心配でたまらない。幼な心の最大の関心、最大の攻防は、いかにして父との時間を長引かせられるかというその一点であった。

父が帰ってきた一日目は心やすらかに、ただただうれしかった。安心して父と一緒の時間を楽しんでいたのだろうと思う。しかし、翌日は朝からすでに戦闘態勢の気分である。

その日のうちに、夕方には父が京都へ帰って行ってしまうということはわかっていた。何としてでも父を引きとどめておきたい。ぎりぎりまで一緒に遊び、京都へ帰るための駅までも一緒に行った。今津から浜大津までの江若《こうじゃく》鉄道が唯一《ゆいいつ》の交通手段という時代であった。浜大津からは京津《けいしん》線の電車で京都の三条まで戻るのである。

江若鉄道の最寄《もよ》り駅は、饗庭駅である。饗庭駅まで父を見送りに行く。よし乃さんも一緒である。私はずっと父の手を握っていて、その頃になると無口になって、とにかく手を離さないことだけがもっとも大事なことなのであった。

父が何かと口実をつけて、京都へ帰るのはいつものことであった。帰っていくのはわかってはいたが、どうにかして一緒にいられる時間を延ばしたい、幼い子にとっての最大のミッションであった。

饗庭駅の前に農協の建物があった。どうしても手を離そうとしない私に困り果てて、農協に用があるからと父が駆けこんだことも何度かあった。帰らなければならない父と、帰したくない子の哀れな鬩《せめ》ぎあい。その小さな木造駅舎は、三歳の智慧《ちえ》のありったけを動員した幼い駆け引き、闘争の場であり、しかしいつも最後には泣くことがわかっていた敗戦の場なのであった。父の手記『轍』には、「無理によし乃さんに引っ張られ、泣く泣く引き返す姿をみるのは切なく、後ろ髪を引かれる思いであった」と記されている。

手を離さない私に根負けしたのか、父が電車をひとつ遅らせたこともあった。またある時は、どういうむずかり方をしたのだろう、遂《つい》に父が根負けして、太田の家まで一緒に戻ってくれたことがあった。うれしかった。幼な心ながら、勝ち誇ったような気分でもあっただろう。しかし、手をつないで帰りつつ、父は私を送り届けたら、きっとすぐに帰ってしまうのだろうということは私にもなんとなくわかっていた。「帰らんといてね、待っててね」と何度も念を押してトイレに入った筈であった。しかし、それが無理であろうことはわかっていた筈である。果たして、私がトイレに入ったのを見計らったように、父は家を飛び出したのである。父も必死だったのだろう。トイレの窓から見ている私には気づかず、夕暮れに近い田舎道を走っていく若い日の父がいた。

新しいお母さんが来ると、誰から、そしていつ頃聞いたのだろうか。「太田のおばあさん」、よし乃さんからだったかもしれない。もうすぐ私の新しい生活が始まろうとしていた。

風のうわさに母の来ること

枇杷《びわ》多くみのる近江《おうみ》の初夏の風　風のうわさに母の来ること

永田和宏『無限軌道』

新しい母が来ること、それを誰に教えてもらったのか、まったく覚えていない。だが、父でなかったことだけは確かである。田舎の生活では、親戚《しんせき》との付き合いが密であり、当時、高部よし乃さんに預けられていた私も、往々にして出会う親戚の誰かからそれを聞いたのかもしれない。

父の姉である竹井さきには子供が多く、女の子五人、男の子一人の兄妹《きょうだい》がいたが、そのうちの一番下の女の子、孝子は私より一歳上。小さい頃より、いちばん多く一緒に遊んだ従姉《いとこ》である。ひょっとしたら孝子からその情報はもたらされたものであったのかもしれない。

新しい母、川島さだにはじめて会ったのは、私が預けられていた高部よし乃さんの家であったと思う。五十川《いかがわ》の山寺報恩寺への、坂道の中腹にあった家である。夏であった。白い半袖《はんそで》のワンピースを着た母さだの写真が残っているので、おそらく父もその場にはいたのだろう。

パーマらしきものをかけて、七三にわけた髪が豊かで、美しい人だと思った記憶がある。この人が新しいお母さんとなるべき人だと知って、少し得意でもあっただろうか。新しい母とのツーショットが二枚残っているが、一枚は二人が立っているもの、もう一枚は母がしゃがんで、私がその横で腕を腰にあてて、胸を張って頑張っているものである。こんなに強いんだ、大きいんだというデモンストレーションだったのだろう。

母さだもおそらく私と初めて会う機会であり、よし乃さんのある意味では品定めの視線にも会うわけである。緊張して来ていたのだろう。どちらの写真にも笑顔はない。彼女は、私に寄り添ってくれているが、どこか神経質そうに顔をしかめているようでもある。まあ、この当時は写真に撮られるということ自体、ある種、非日常の出来事であり、笑顔の写真を見つける方がむずかしい。どの写真もみんな生真面目《きまじめ》なしかめっ面《つら》で写っている。

私は長く、父の再婚は、母千鶴子が亡《な》くなってかなり経《た》ってからだとばかり思い込んできた。機会もなくて、その正確な年を調べることもなかったが、父の自伝『轍』を読んで驚いた。父の再婚は一九五一年（昭和二十六年）十月、母が亡くなって、わずか八か月後のことだったのである。私が新しく母となるさだと初めて顔を合わせたのがその年の八月だとすると、千鶴子が亡くなってわずか半年のことになる。

今なら、ちょっと待てよ、親父《おやじ》、と言いたいところである。いくら子供を抱えて困っていたとしても、ちょっと早すぎやしないか。

私が妻の河野裕子を亡くして、やはり半年くらい経ったころ、同じように再婚を勧めてくれる人が何人もいた。もちろん私はそんな気がもうとうなかったので打っちゃっておいたが、六十半ばの私にでもそのように勧める人がいるということは、父のようにまだ三十歳を出たばかりで、幼子を抱えている男やもめは捨て置けなかったのかもしれない。

父も『轍』のなかで、若干言い訳がましく次のように記している。

多忙な毎日に追われながら、田舎への帰省を繰り返している時、清水の義父から、単身も不自由であろうし、和宏も淋《さび》しいから早く再婚を考えたらどうかと奨《すす》められていた。

姉もそのころから親身になって心配してくれ、懇意な川島信二郎氏の仲介で結婚話が進行中であった。本人が関与するまでに姉と川島氏との間で話が先行したようなもので、川島さだと結婚することになり、十一月挙式となっていた。

日取りまで決まりながら、結婚相手にも会ったことがないので、休日の一日、大阪まで出かけたことがあった。

母の死後、わずか半年余りでの再婚であったが、当時の私がそれに反発する思いはまったくなかったと思う。結婚すれば、京都に移って、また父と一緒に住めるということが、長く父の帰りだけを待ち続けていた私には、なにより大きな喜びだったのかもしれない。亡くなった母千鶴子の記憶がほとんど私になかったということも、新しい母への反発心が湧《わ》き起こって来なかった理由であっただろうか。

その頃の川島さだについて、一つ覚えていることがある。たぶん五十川の竹藪《たけやぶ》の家での初対面から、そう遠くない時期だっただろうと思う。

私はその女性さだと二人、夏の日盛りの田舎道を歩いていた。五十川から、彼女の実家のある霜降《しもふり》への道である。私を紹介するため初めて実家へ連れて行く途中だったのだろう。

どこまでも田んぼが続く田舎道。車などはほとんど通らない炎天下の砂利道を、二人だけで歩いていた。四キロほどの道のりだったと思われるが、道には白く陽炎《かげろう》が立っているようで、どこまで続くのか心許《こころもと》なかった。よし乃さんとは太田までの道を歩いていたはずで、霜降はその途中だからそれほどたいへんとは思わなかったはずだが、まだ初対面に近い二人に、そう話ができるわけはない。

さだは、当時二十九歳であったはずだ。今ならなんということもない年齢であるが、当時の田舎では三十歳に手の届こうという女性は、婚期を逃した女性とみなされがちで、それが、再婚でしかも子供付きの父との結婚を決めた理由でもあったのだろう。子を持ったことがない、まだ若い女性にとって、どんな風に私と接すればいいのか、話をすればいいのか途方に暮れていたのかもしれない。

ぎこちなき距離を保ちて歩みゐしあの幼子はわれであらうか　　永田和宏

はるか後年の歌であるが、景は初めてその女性さだと一緒に、田舎道を歩いていたときの記憶である。

なんとなく余所見《よそみ》をしながら、つかず離れず、話すこともなく田舎道を歩いてゆく二人。田んぼの畔《あぜ》にカエルを見つけた私がそれを捕まえたのは、そんな「ぎこちなき距離を」保った歩みに、飽きたからだろうか。いたたまれない思いからだろうか。

捕まえたカエルをさだのほうに差し出し、そしてほとんど同時に、そのカエルの両足を摑《つか》んで、一気に二つに引き裂いたのであった。その時の、さだの引きつったような驚愕《きょうがく》の顔をかすかに記憶している。

なぜそんなことをしたのか、そのときの心理は私にもわからない。わからないが、少し得意だったことは覚えている。ぼくは強いんだ、こんなことだってできるんだと、新しく母親になる人に見せたかったのだろう、たぶん。

そして、それはまた、母を亡くし、新しい母を迎えようとしている幼い子供の、精一杯の抵抗だったのかもしれないと、今なら思うことができる。嫌がらせをして、それでもその人が耐えられるかどうかを試したのだろうか。嫌な子である。

今となっては、どちらだったのか、もとよりはっきりしない。さだは、私が記憶している、唯一《ゆいいつ》の母親である。今でもこの母のことを思うとき、その出会いのころの、あの炎天下での彼女の驚愕の表情を悲しく思い出すのである。

それからしばらく時間が経ってのことだと思う。二人が結婚し、まだしばらく田舎に残っていたころのことだろう。私は霜降の母の実家に預けられていた。母と一緒の生活に慣れさせるためだったのだろう。

なんの拍子にか、急に不安になり、家に帰りたくなった。まだ四歳の子である。よく知った人の安心感が恋しくなるのは当然でもある。五十川の祖父、清水重郎の家か、あるいはその近くの高部よし乃さんと暮らしていた家か。どちらでもよかったのだろうが、とにかく新しい母の実家を離れたくてたまらなくなったのである。

さだの母、義理の祖母と一緒に畑で何かをしていたのだが、たぶん「ぼく、帰る」とかなんとか宣言して、急に道を歩き始めたのである。方角とだいたいの道筋は四歳になっていた私にはほぼ見当がついた。祖母の声を振り切るように、どんどん道を歩く。

驚いた祖母が必死に追いかけて来る。祖母としては、預かっている私を無為に帰したのでは、面目が立たないし、何より四歳の子を一人で帰すなどという危ないことは考えられなかっただろう。

腰の曲がった、とても小さいお婆《ばあ》さんだった。腰の低い、温和な人で、このお婆さんに何か嫌な感情を抱いたことは、彼女が亡くなるまで一度もなかった。それなのに、後ろから必死に「和宏ちゃん、和宏ちゃん」と呼びながら追ってくる祖母から、逃げるようにどこまでも歩き続けたのである。四歳の男の子の足は、老婆《ろうば》の足にわずか勝っていたように思う。ときどき後ろを振り返り、どんどん後ろに引き離されていくお婆さんを可哀《かわい》そうにも思いながら、どこか必死で逃げようとしていた。

そのあとどうなったのか、まったく記憶がない。どこか途中で引き返したのか、それともほんとうに帰ってしまったのか。たぶん、お婆さんの必死さに負けて引き返したようにも思うが、どうだったのか今はもうわからない。

大切に預かっている先妻の子である。その子をどうしても引き止められないままに、必死で跡を追ってくる祖母。後年、「あの時ほど情けなかったことはなかった」と母に漏らしていたそうだが、カエルの股裂《またさ》きといい、この祖母を振り切っての逃亡といい、先に反発はなかったと書いたが、やはりどこかに反発ないしは抵抗の幼い挑戦があったのだろう。悔いの多い記憶である。

一九五一年(昭和二十六年)に再婚した父は、京都の上賀茂神社に近い紫竹《しちく》に一軒家を購入し、私たち三人が住むことになった。一軒家と言っても、路地を入ったところにある棟割り長屋である。玄関から三畳、二畳、六畳の三間だけ。三畳間が私の部屋となり、父と母は奥の六畳が寝室。間《あいだ》の二畳の間で食事をするのである。狭いと言えばまことに狭い家であったが、家族三人不満などあろうはずはなく、まずは順調な門出であった。

私は昭和二十八年より、近くの桃林《とうりん》幼稚園へ入園し、家のすぐ横に住む男の子と女の子、二人と一緒に通っていた。幼稚園は楽しかったが、思い出はおおむね平凡なことばかり。園のシーソーのような遊具に挟まれ足の親指の爪《つめ》が鬱血《うっけつ》ののち剝《は》がれてしまったこと、園の担任の若い先生と母らがなぜか宝塚大劇場に観劇にゆき、私も一緒について行って「荒城の月」の演目を見たこと、お雛祭《ひなまつ》りのときに、身長がいちばん高かったからか、お内裏さまの役を振られて、得意だったことなどを覚えている。ひどい台風があり、友だち三人で園から帰るとき、三人ともどうしても風の方向へ進めなかったことも記憶のなかにある。今では考えられない危険な通園事情であった。

そんな幼稚園生活のなかで、忘れられない一つの事件があった。父は先の『轍』のなかで次のように書いている。

さだは少々気の強いところがあり、何回か気まずい思いをしたことがある。ある時、小学校入学前の和宏が、何かの理由で母に叱《しか》られ、紫竹から会社まで歩いて来たことがあった。京都に来てからまだ一年ほどで、よくぞ道を覚えていたものと感心し、一入不憫《ひとしおふびん》の思いを深くしたのである。

さだはその頃懐妊中のため、気分の安定を欠いていたのかもしれない。

事実はこの通りであるが、何が理由であったのかはわからない。しかし何かひどく叱られた私は、どうしようもなくて父のいる会社、中野商店へ向かったのである。紫竹から、大宮通を南へ歩き、盧山寺《ろざんじ》通まで、ほぼ四キロほどの道のりだろうか。父の言うように、京都へ来てまだ日も浅い頃、しかも五、六歳の子が一人で歩くには、そうとうに危険な距離でもある。父のスクーターで一度か二度連れられて行った記憶があった。大宮通の商店街を、一時間余り、だんだん心細くなりながら、それでも不思議にきっと辿《たど》りつけるという自信はあったのだろうと思う。

首尾よく会社へ辿りついた私は、そこで事務員の女性に夜まで遊んでもらい、父と一緒に帰ったはずである。そのあとどうなったのだったか。時間の濾過《ろか》作用か、気まずかったであろうその夜のことはまったく覚えていない。父と母が喧嘩《けんか》したような記憶もないが、私の寝たあとで、二人の諍《いさか》いがあったのかもしれない。

どんな叱られかたであったにせよ、実の母子であれば、そのような行動は決してとらないだろう。母にとっても、まさか私が父の会社まで歩いていくとは思わなかったはずである。

世間では、「生さぬ仲《な》」という言葉で、血の繋《つな》がっていない親子を言うことが多い。私の嫌いな言葉である。しかし、血の繋がった親子であれば、何ということもなく過ぎることが、お互いに何を言っても大丈夫という信頼感がないために、ヘンに屈折してしまうことにもなる。この小さな事件は、そんな私たちの関係がもっとも初期に顕《あら》われ、それぞれに小さからぬ傷を残すことになった事件であった。

昭和二十九年、家からすぐ近くの紫竹小学校に入学した。その一年前に、妹の厚子が生まれ、二年のとき、同じく妹の悦子が生まれた。悦子の誕生のときのことはよく覚えている。朝方急に陣痛が始まり、病院へ連れていくこともできず、医者の往診があるまでに生まれてしまったのである。まん中の二畳の間で母が苦しんでいるのを厚子と一緒に見ていたら、向こうに行ってなさいと、苦しいなかで妙に冷静な母の声があった。家じゅうの鍋釜《なべかま》を動員して湯を沸かしていた父はたいへんだっただろうが、この時代、家でお産をすることは、さほど珍しいことでもなかった。厚子とは六歳違い、悦子とは八歳違いである。この年齢の六歳、八歳の差は大きい。兄というより保護者的な存在でもあっただろうか。よく遊んでやったし、よく面倒を見た。いい「お兄ちゃん」だったと思う。二人の妹が生まれたことで、その頃から、母と私の関係にも自《おの》ずから変化が生まれた。母にもある種の自信が生まれ、それによって緊張感が緩和されていったのかもしれない。

その頃、年に一度は必ず田舎へ盆参りに帰郷するのがわが家の習慣であった。父も母も郷里は同じ村。律義《りちぎ》に盆の土産を親戚分用意し、五、六軒の親戚を順に回って、実家で一泊か二泊するのである。

三人で江若鉄道を使って帰ることもあれば、父が私だけをスクーターの荷台に乗せて国道を帰ったこともあった。まだ小学校低学年。後ろの席に乗って長時間摑まっているのは無理である。スクーターの荷台にダンボールの箱を括《くく》りつけ、その中に私が座って二時間余りを走った。なんという危ない帰省であったことか。父ももちろんまだ若いさかりである。

父も私も手拭《てぬぐい》で顔を覆《おお》い、目だけ開けて走るのである。当時はすべて砂利道。自動車のたてる土ぼこりが激しい。田舎へ着いた時には、土ぼこりで目のまわりだけ色が変わっていて大笑いしたこともある。

帰郷して、さて、それぞれがどこに泊まるか。父の実家、あるいは母さだの実家とそれぞれ泊まるのだが、私ひとりは、もう一か所、実母千鶴子の実家へも泊まりにやらされた。祖父がまだ健在であり、娘の忘れ形見としての孫と祖父が一緒に過ごす時間を作らなければという心配りであったのだろう。

父は早すぎる再婚を負い目に感じていただろうし、母は当然のことながら祖父に対する遠慮が大きかっただろう。祖父の家に挨拶《あいさつ》に行くときの、そして私を置いて帰る時の、二人のある種の緊張感は、否応《いやおう》なく私にも感染してくるようだった。帰郷時の、こんなちょっと複雑な私の処遇と、それゆえの居心地の悪さは小学校のあいだじゅう続いただろうか。

居心地の悪さは、行った先で新しい母のことを尋ねられる面倒さにも由来していた。特に伯母や叔母、あるいは年上の従姉たち、女性の質問が嫌なのであった。そう言えば私の親戚にはなぜか女性が多い。

「新しいお母ちゃん、可愛《かわい》がってくれはるか」というのが、たぶんもっとも露骨な質問だったのだろうが、それに類する問いかけには何度か遭遇した。

幼くして母を亡くし、新しい母のもとで生活をしている私を不憫に思い、気遣っていることは間違いない。しかし、その声のひびきのなかに、幼い子供は幼いなりに、大人たちの質問の意味を敏感に感じ取るものなのである。

ああ、この場面は、うまく行っていないことを期待されている、そんな口調は、まだ子供だからと大人たちが、油断しているときにこそ、露《あら》わに見えてしまう。私が特別にませていたという気もしないが、子供は相手の善意、悪意は論理を越えて一発で見破り、感じとってしまうものなのだ。私たちが気づいている以上に、子供は相手の心を読む力を持っている。

女性たちの物見高い、あるいは意地の悪さを垣間見《かいまみ》せるような質問の多かったなかで、ただ一人、祖父だけはそのような質問を私にすることがなかった。新しい母のもとで私がどういう生活をしているか、うまく行っているのか、祖父こそもっともそれを知りたかっただろうし、気がかりであっただろう。しかし、たとえ私と二人きりであっても、祖父はそれを問うということを決してしなかった。私にはそれがありがたかったし、祖父のそばにいるあいだだけは無条件に安心していられた。

論理とはまったくかけ離れたところで、私は祖父の人格というものをかすかに感じていたように思う。私を不憫と思うことの強かった祖父だと思う。私が帰郷して、家に泊まることをいちばん楽しみにしていたのが祖父であったと思う。しかし、そんなときにも彼は、私に実母千鶴子のことを語ることも一度もなく、また新しい母さだのことを尋ねることも、ついになかった。当時私がはっきりと意識した訳ではなかったと思うが、そんな祖父を、立派な人だとかすかに、しかし確かに思っていた。子供は悪意にも敏感だが、じっと耐えている大人の寡黙《かもく》・沈黙の意味にも敏感である。

継母とうことば互みに懼《おそ》れいし母とわれとの若き日あわれ

永田和宏『華氏』

継母《ままはは》という言葉が嫌いである。この言葉には、どこかに悪意が感じられる。ようやく普及し始めていたテレビがわが家に来たのは、多くの家庭がそうであったように、皇太子と正田美智子《みちこ》さんの結婚の直前だったように思う。テレビがわが家にもやってきて、家族でドラマや映画を観《み》ているとき、不意に「継母」という言葉が画面からとび出すことがあった。父も母も、そして私も、その一語に一瞬凍りつくのである。

誰も何も気づいていないような平気な顔を装《よそお》っているが、三人が三様に、一刻も早くその場面が画面から消えていってくれるのを、ひそかに息を凝らして待っているという雰囲気であった。私自身も、その一語に傷つき、そして傷ついたままに、なんとかその場をやり過ごそうとする。

継母という一語は、辞書的にはなんら差別用語でもないし、特別の意味を付加された言葉でもないだろう。しかし、なんでもない言葉が、ある状況に置かれた人間には、特殊な棘《とげ》として刺さる言葉である場合ももちろん多い。その言葉に棘を付与するのは、多くの場合、まわりの大人たちである。

そっと置いておけば、ただの母と子である関係が、まわりの好奇の目にさらされることによって、互いが特別の関係を意識せざるを得なくなる。その意識の先端に継母という言葉がある。できればその一語から遠ざかっていたいと願い、逆にその一語に過剰な拒否反応を示し、そしてそれにもっとも傷ついていたのは、私とそして母親だったのだろう。

二度目の母さだは、四十代で小脳変性症という診断を受け、運動障害を抱えながら、五十代半ばで亡くなった。私に二番目の子が生まれた夏であった。

決して幸せとは言えない人生であったし、私ともほんとうの親子のようにはついにならなかったのであるが、その母を思うとき、外から聞こえてくる継母という何でもない一語に互いに怯《おび》えていたかつての幼い日々を、さびしくもいじらしく思い出すのである。

消したき言葉は消せざる言葉

小学校への入学は一九五四年（昭和二十九年）、終戦後十年も経《た》っていない時期である。私自身には戦争の記憶はもちろんないが、四条通や八坂神社などには、いつ行っても施しを受けるため、傷痍《しょうい》軍人が白衣を着て立っていた。いま考えると「戦後」という雰囲気が、小学生にもそのままリアルに感じられる時代であった。

小学校は紫竹《しちく》小学校。上賀茂神社から十分ほどの所で、家から歩いて二、三分のところにあった。一学年五クラス。一クラス五十五名ほどの児童数だっただろうか。私たちの世代が、いわゆる団塊の世代の始まりにあたり、とにかく生徒数が多い。中学になると一学年十二クラス。高校では十六クラスくらいになり、私の通った嵯峨野《さがの》高校では校舎が間に合わず、校庭の端にプレハブを建てて、授業が行なわれたものだ。

上賀茂神社が近かったので、その境内は私たちの格好の遊び場所でもあった。参道の両側の芝生で三角ベースをしていたのを覚えている。三角ベースは二塁のない野球だが、どこか戦後の匂《にお》いがするし、いかにも昭和の子の遊びという気がする。そもそもその頃はテレビもない時代。野球そのものを見たこともない子供ばかりである。三角ベースが野球だと思い込んでいたふしがあった。

まだ京都の太秦《うずまさ》に映画会社が林立していた時代である。上賀茂神社でもロケに出くわすことがよくあった。覚えているのは、『鞍馬《くらま》天狗《てんぐ》』のロケ。アラカンこと嵐《あらし》寛寿郎が馬に乗って参道をやってくる。途中で馬を降りると、そこに子役の杉作が迎えに駆け寄るというシーンを撮っていた。

照明装置などの完備していない時代である。雲がかかって、ちょっとでも陽が翳《かげ》ったりすると、すぐに撮影は中断。みんな芝生に寝そべって太陽が顔を出すのを待っている。それを見物している小学生たちも、俳優やカメラマンたちを遠巻きにしつつ、寝転んで再開を待つという、まことにのんびりした時代であった。

上賀茂神社はまたかくれんぼの場所でもあった。本殿に近い片岡社から裏山に登る。神宮寺山と言うらしいが、もちろんそんな名など知らず、しかしかくれんぼの範囲はこの裏山全体なのである。数人でやっていたのだと思うが、いったん別れて隠れてしまえば、夕方までまず誰にも会うことがない。暗くなってきたら適当に帰るといった、今から考えれば途方もない遊びであった。危ないことこの上もない。

かくれんぼの鬼をさなく待ちゐたる賀茂の片岡日の暮れやすし

永田和宏『京都うた紀行』

私はいま、上賀茂神社の賀茂曲水宴で、歌人として奉仕している。もう二十年以上続いているが、境内の渉渓園《しょうけいえん》を流れる「ならの小川」に盃《さかずき》を載せた羽觴《うしょう》を流し、それが流れ着くまでに歌を作るという、平安時代以来の遊びである。賀茂曲水宴が再興されたのが一九九四年（平成六年）。この年に五人の歌人の一人として河野裕子が参加し、その二年後から私も一緒に奉仕することになった。毎年桜の下で催されるこの会に出るたびに、小学校時代に遊び場にしていた上賀茂神社が、ほのぼのとした思い出としてよみがえるのである。

父の勤める中野商店は、その頃がもっとも急成長している時代だったのだろう。産地の西陣で買い付けた帯を、主として東京で売るのである。月に一、二度は泊まりがけで東京へ出張していた。あらかじめたくさんの荷を送っておき、東京の問屋をまわって売りさばく。たいへんな仕事でもあっただろうが、そんな大都会に出て仕事をしている父は、私には誇らしい存在であった。

一度だけその出張に、父が私を連れて行ってくれたことがあった。小学校三年生のときである。「僕の恋人、東京へ行っちっち」という守屋浩の歌が爆発的にヒットしたのが、一九五九年（昭和三十四年）、私の小学校六年の年であったが、東京はまだとにかく遠い存在。憧《あこが》れの都会であった。

父の定宿は、日本橋だったか人形町だったかにあった青島旅館。放送作家・タレントで東京都知事にもなった青島幸男の実家である。青島旅館の第一号の客が父だったそうで、以後ずっと懇意になり、なにかと便宜をはかってもらったのだそうだ。

父は仕事のあいまに私を上野の科学博物館に連れて行ってくれたり、はとバスで二重橋に行ったりと、島倉千代子の「東京だョおっ母さん」の世界である。青島幸男の奥さん、美千代《みちよ》さんにも、三越デパートでカメラを買ってもらうなど、一日あちこち遊んでもらった。その二日か三日の楽しかったことはよく覚えているが、それよりも、学校へ帰ってからがたいへんだった。

東京へ行ってきたというのは、いまの海外旅行よりもよほど珍しいことである。先生はじめクラス中の羨望《せんぼう》のまと。みんなが話を聞きに来て、にわかヒーローで鼻高々といったところ。嘘《うそ》のような話である。

小学校時代は、まあ優等生だったのだろう。五年生、六年生の二年間の成績はオール5であったと思う。だが、そんな優等生である自分に誰より劣等感を持っていたのも私だった。これからは優等生はぜったいやらないと決意したのも、たぶんこの頃だった。

後年、京都大学に勤めていたころ、同じ研究所の事務として赴任してきた男が小学校の同級生だと言うので驚いた。おまけに彼は学校通信のコピーまで持ってきてくれたのでまた驚いた。

ぼくが、大きくなったら、きっとあれになってやろう。あれと言うのは、科学者のことだ。ぼくは小さい時から、電気のことや、ものを分解するのがすきだった。そして一年生ぐらいの時から、ぼくはきっと科学者になると、そのことばかり考えてきた。けれど、ぼくはすぐものをこわしてしまうので、よくお母ちゃんにしかられた。けれど、電気のことは大すきだ。ひまがあると、電池を使って紙のつつの中に入れて、まめ球を取りつけたりして遊んだこともある。やっぱりぼくは科学者になりたい。そして、いろいろな物を発明して世の中のためにつくしたい。湯川博士が大すきだ。科学者、科学者、ぼくはきっとなろう。

（紫竹小学校『若竹』一九五八年三月）

書き写しながら汗をかいているが、まことに幼い気負いである。こんな文章があること自体まったく忘れていたが、とりあえず私が書いて残っているものとしては、もっとも古いものであることだけは確かだ。

これを手渡されたのは、曲がりなりにも科学の世界に入り、教授となっていた頃である。赤面のなかにも、なるほどと思わぬわけではない。笑ったのは「湯川博士が大すきだ」という部分。これは小学校四年生の時の文章だろうが、それから約十年、京都大学理学部の物理学科に入ったのは、まさに湯川秀樹《ひでき》博士への憧れの気持ちが強かったからでもある。

小学校の六年生の秋に、北区の紫竹から右京区の御室《おむろ》へ引っ越すことになった。龍《りょう》安寺《あんじ》や御室仁和寺《にんなじ》に近い場所に、丘が三つ並んでいることから双《なら》ヶ丘《びおか》と呼ばれる小高い丘がある。もっとも高い一の丘で標高百メートルほどであるから、たいしたことはないが、この麓《ふもと》に新興住宅地が開発され、売り出された。一軒家と言っても二棟ずつ繋《つな》がった家であったが、紫竹の家から見ると、二階建てで倍くらいの広さがあった。

裏庭の向こうが、一の丘である。なにより家に風呂場《ふろば》がついている。こんな家を買える父親を素直に尊敬した。

一度だけ家族で見に行って、すぐ買うことになったのだが、よほどうれしかったのだろう、その何日かあと、自転車で一人、その家を見に行ったことがあった。北区の紫竹から、右京区の御室まで約七キロ、これも小学校の六年生にしては危ない話である。一度しか連れていかれたことがないのに、よくも迷子にならず探し当てたものだ。

小学校六年の最後の半年は御室から紫竹小学校へ通い、昭和三十五年、市立双ヶ丘中学へ入学。家の裏と双ヶ丘の間の細い道を通ると、学校までは十分ほどの距離であった。

春、この中学へ通う道で、同じ住宅のなかに引っ越してきた桂利雄君と出会うことになり、それからは彼といつも行動を共にしていたように思う。今も年に一度は会う友人である。

桂君とはまずテニス部が一緒であった。軟式テニスである。中学三年間は、ほとんどすべてを無視してテニスばかりをやっていたような気がする。部活の軟式テニスはダブルスであるが、一年下の部員と組んで、京都市の大会に出場し、最高の順位は京都市で八本。すなわち四位から八位の間というものだった。三位に入れなかったのが、いまでも悔しい。

その間、生徒会の副会長などもやらされたのだが、こちらは徹底的にサボった。立会演説会というのがあり、「ぼくに入れないでください」などと言ったものだから、却《かえ》ってそれが受けて副会長に当選してしまった。生徒会の会議をサボってテニス部の練習をしていたりして、さすがにこの時は、生徒会みんなの顰蹙《ひんしゅく》を買い、先生にも大目玉をくらった。

双ヶ丘ということで言えば、忘れられない思い出が二つある。双ヶ丘は、国の名勝にも指定されているが、吉田兼好が晩年を過ごした地であるとともに、双ヶ岡古墳群と呼ばれる古墳の山でもある。裏山でもあるのでいつも遊び場となっていた。ある時、双ヶ丘の頂上で、２Ｂ弾で遊んでいた。２Ｂ弾は一種の爆竹のようなもので、マッチ箱の腹に擦ると、火がついてしばらくして爆発する。投げて遊ぶのである。

誰が言い出したのか、双ヶ丘の頂上に一本の古い松の木があり、その幹にあった洞《うろ》をめがけて２Ｂ弾を投げる遊びを始めたのだった。桂君も含めて三人だったと思うが、夢中で投げる。おもしろかったが、途中で松の木の洞から煙があがりはじめたのである。みんな青くなった。

このままでは火事が起こる。山が燃える。さあたいへん、ということでいっせいに山を駆けおり、いちばん近かった私と桂君の家で水をバケツに汲《く》み、山の上まで駆けあがった。百メートルほどとは言え、山道をバケツを持って駆けあがるのはたいへんである。死ぬかと思ったが、とにかく必死である。三杯の水を洞に放り込んで事なきを得たあとは、三人とも茫然《ぼうぜん》と座り込んでしまった。名勝を焼いた中学生という記事にだけはならなかったのである。

もう一つは、テニスコート拡張の失敗談。当時のクラブ活動では、野球部とサッカー部の勢力が断然強かった。人数もそうだが、テニス部などというのは軟弱な男子のクラブと思われており馬鹿《ばか》にされていた。グラウンドは野球部とサッカー部の専有に近かった。テニスコートは一面だけ片隅にあったのだが、野球のボールが平気で飛んでくる。グラウンドの使用で彼らと競《せ》り合うのはもうやめよう。その代わり、自分たちでテニスコートを作ろうと、部員たちをけしかけ、中学の裏、双ヶ丘の麓に辛うじて残っていた土地を広げることにした。丘の裾《すそ》を削って平らにし、誰にも邪魔されない専用のコートにしようというのである。

それっというので学校の許しも得ず、テニスの練習も休みにして、みんなで土を掘り始めた。私の目論見《もくろみ》では一週間も掘ればコートになる。……筈《はず》だったのだが、実際はさにあらず。幅数メートルの斜面を剝《は》がして平らにしたところで力が尽きた。人力だけで山を切り拓《ひら》くというのは如何《いか》に大変かということを身に沁《し》みて感じて、遂《つい》に断念。しかしこれも実現していたら、学校からも京都市からも大目玉だっただろう。

中学の二年の時だっただろうか、父と母の諍《いさか》いが激しくなった時期があった。事情はよくわからなかったが、どうやら父が浮気をしたらしい。母はどこで知ったのだろう。父は何も言わなかったが、どうやら同じ職場の女性であるらしい。

夜遅くまで父と母が言い争うという時期が長く続いた。母の怒りは、当然のように私にも向けられた。父がいかにひどい人間であるかを私に向かって言い募る。私はもちろん父を弁護することもできず、かと言って、あんたがいる所為《せい》で家のなかがこんなことになったと私を責められても、謝ることもできない。そんな時期がしばらく続いたように思う。

「あんたさえ居なければ」と継母《はは》の言葉、消したき言葉は消せざる言葉

永田和宏『日和』

どこかで、父が女性と別れるということで折り合ったのだろう。ある時、父とその女性の別れ話の現場に立ちあってくるよう母に命じられたのだった。本当に別れるのか、確かめて来いというのである。その場に父も居たが、何も言わなかった。何とか言ってくれと心のなかで思っていたはずだが、父はうなだれたまま、何も言わなかった。

明らかに非は父にあるのである。母には母の切羽詰まった思いがあり、私を使った精一杯の父への復讐《ふくしゅう》だったのだろう。

その女性と父と私の三人が会ったのは、仁和寺にある夜の駐車場。私が助手席に座り、その女性は後ろの座席に座っていた。覚えているのは、私が何か言ったとき、その女性が何か叫んで、後ろから私を殴ったことである。

私が何を言ったのか。おそらく母に言われた通りの言葉を口にしたのだろうと思う。女性が何を言ったのか、それも記憶にない。そして、女性がもう一度私に手を出そうとしたその一瞬のことであった。父がその女性の手を摑《つか》み、何か怒鳴ったのである。それまで沈痛に謝っていたはずの父が、思わず怒鳴った。私を守ろうとして怒鳴った。いたたまれないようなその場の雰囲気のなかで、そのひとつ事だけが私には限りなくうれしかった。

中学生の子を、男と女の修羅の現場に立ちあわせる。それを命じた方も、それを阻止できなかった方も、これではどちらも親としては、やはり失格だろう。情けない親だと今なら思う。しかし、その事件のあとで私の記憶に残った思いは、あの時、確かに父が私をかばってくれた、そのひとつ事であった。

父はやはり私には唯一《ゆいいつ》の、そして最後のよりどころなのであった。幼い頃から、父が死ぬことだけが、私の最大の恐怖であった。その思いは、私が結婚するまで続いただろうか。

もともと父の不甲斐《ふがい》なさが招いたみっともない場面ではあったのだが、そんな場で最後に父が私をかばってくれた。母には申し訳なかったが、父からの何かの確証を得た思いがあって、うれしかった。そのことは、その後も長く私のどこかを支えていたように思う。

テニスだけに明け暮れた三年間であったが、三年生の一月から受験勉強を始め、なんとか京都府立嵯峨野高校に入学することになった。昭和三十八年のことである。まったく勉強というものをしたことがなかった中学生時代から、高校では一転、とにかく勉強をしたと思う。

高校一年の秋から、塾に通い始めた。桂利雄君が先にその塾に入ったと聞き、私も行くことになったのである。北野天満宮に近い、十如寺《じゅうにょじ》というお寺の本堂を借りて開かれた、まさに寺子屋といった塾であり、北野塾と言った。ちょうど私たちが高校に入った年から始まった。一年上の高二のクラスと、私たち高一の二クラスで始まったのである。一クラスが二〇人余りであっただろうか。

さすがに本堂の仏壇には白い布がかけられていたが、その前の畳の上に、横に長い座り机を置いて、二人か三人で座って授業を受ける。そんな〈教室〉で、週四日、夕方の五時から九時くらいまで、毎回二つの授業があった。私は嵯峨野高校へは自転車で通っていたが、授業が終わると四、五キロの道のりを自転車で塾へ向かう。そんな生活が三年間続いた。科目としては英語、数学、国語、物理に化学。そして夏期の補習として日本史、世界史もあった。

北野塾での出会いが、私のその後の進路と人生に決定的な影響をもったことが二つある。その一つは、国語の佐野孝男先生によって、短歌のおもしろさを教えられたことであり、いま一つは物理の梶川五良先生によって、物理の魅力に目覚め、京都大学の物理に進むきっかけになったことである。

佐野先生は、近代の短歌を二百首ほどガリ版で刷って、一首ずつ鑑賞をしてくださった。冒頭が落合直文の「父君よ今朝はいかにと手をつきて問ふ子を見れば死なれざりけり」であったのをいまも鮮明に覚えている。直文から、斎藤茂吉、若山牧水、石川啄木《たくぼく》を始め、近代の主だった歌人はすべて網羅されていた。私ははるか後になって、岩波新書として『近代秀歌』『現代秀歌』を出版することになるが、『近代秀歌』のなかで、近代の百首として抄出した歌のかなりの部分が、高校時代の佐野先生の授業で覚えたものと重なっている。

いちおう大学受験のための塾であるから、古文の文法や漢文などもあったはずだが、佐野先生で覚えているのは、申し訳ないがこの近代短歌の鑑賞だけである。受験勉強のさなか、この時間だけは、午後の日だまりのようなやわらかい光に包まれている、そんな時間であった。

なかでも与謝野晶子《よさのあきこ》がいちばん多く、十首以上はあったように思う。晶子の歌、「なにとなく君に待たるるここちして出《い》でし花野の夕月夜かな」などは、一読、すっかり魅了されてしまった。青年期特有の、誰に待たれているわけでもないが、身体《からだ》のどこかから静かな騒だちがせりあがってくるようで、無性に人恋しく、思わず外へ出てしまう。若い晶子の、そんな人恋しさは、またそのまま当時の私の思いでもあった。

塾の同級生のなかに、ひとりの女性を意識しはじめていた。まだ恋とも言えないような淡い思いであった。

手を触るることあらざりし口惜《くや》しさの

北野塾の佐野孝男先生の授業で、すっかり近代短歌の魅力に取りつかれてしまった。高校二年の時、さっそく見様見真似《みようみまね》で歌を作ってみた。作ったのはいいが、さてどうするか。先生に見せるのはいくら何でも恥ずかしい。地元の新聞に短歌欄があることを発見し、取り敢《とあ》えず送ってみたのだった。京都新聞である。

しばらくすると、京都新聞歌壇の平井乙麿《おとまろ》選歌欄に、私の一首が佳作として掲載された。初めて自分の作ったものが活字になったのである。うれしくない筈《はず》がない。文化祭の練習がどうした、といった他愛《たわい》のない歌だったように思う。

それではということで、もう一首送ることにした。こちらのほうは今でも覚えている。

酔いまさむ父を迎えに外《と》に出《い》でぬ元旦《がんたん》の夜のオリオンの冴《さ》え　　永田和宏

これがなんと特選になったのである。実はこれには手が入っていて、初句「酔いまさむ」は、もともと「ほろ酔いの」としていたのであるが、平井さんが添削をしたのであろう。しかし、掲載された自分の歌を見て、「酔いまさむ」がどういう意味かよくわからなかった。敬語であることすらわからなかったのだから、お粗末と言うしかない。しかしまあ、これは今なら平井先生に「ほろ酔いの」のほうがいいのでは、と言いたいところではある。

歴史的仮名遣い（旧仮名遣い）と現代仮名遣いが混用されているところもまずいだろうが、何より「元旦の夜の」はちょっとひどい。「元旦」は正月一日の朝のこと。それが夜では意味をなさないのであるが、そんなことも知らなかった。

「俺ってなんて才能があるんだろう」とは、もちろん思った。そう思っていればよかったのだが、そこは若さの傲慢《ごうまん》というもの。その時私が思ったのは、「何だ、短歌って、こんなにつまらないものなのか」ということだった。天下の新聞歌壇である。素人《しろうと》がわずか二首だけ作って、一首目が佳作、二首目が特選。こんなに簡単に頂点に到達するようなものに、魅力を感じられるわけがなかった。

まことに親の心、子知らず。選者をやってみるとよくわかるが、老人の比率が圧倒的に多い新聞歌壇にあって、若い高校生が投稿して来れば、何としてでも採ってやりたいと思うのが選者の親心である。それがその選歌欄の活性化にもつながる。平井先生もそんな思いから採ってくれたのだろうが、そんな事情を知る由《よし》もない若者は、その二首だけですっぱり、きっぱり作歌をやめてしまったのである。

これには大学に入って、大きなしっぺ返しを喰らうことになるのだが、それは後の話。しかし、高校時代に曲がりなりにも二首の歌を作っていたことが、今日、私が歌人として生きることになった、もっとも大きなきっかけであったことだけは間違いない。

北野塾の同級生には、三人の女性がいた。ほぼ同じ背格好で、いつも三人が並んで座っていたような気がする。阿部牧子さん、植田悦子さん、玉井澄子さん。私の初恋に触れる前に、玉井さんのことだけは書いておかねばならない。

玉井澄子さんは、おとなしい、どちらかと言えば目立つところの少ない女性だった。しかし、話してみれば快活で、よく笑っていたように思う。もちろん三年間、週三日か四日は同じ場で学ぶのであるから、それなりに親しかったが、卒業後は、会うことはついになかった。

ところが、あるとき、思いがけなく彼女の消息を知ることになる。

一九九四年（平成六年）六月二十七日、長野県松本市でテロ事件が発生した。いわゆる松本サリン事件である。死者七名、負傷者六〇〇名と言われ、現在では、これが麻原彰晃率いるオウム真理教によって引き起こされた事件であることは誰でも知っている。

しかし、事件直後は、近くに住む河野義行《こうのよしゆき》さんが犯人と疑われ、長野県警の捜索を受けたほか、マスコミがこぞって河野さんを犯人扱いしたことも多くの人の記憶に残っていることだろう。それは翌年の地下鉄サリン事件まで半年以上も尾を引くことになった。いかにも河野さんが犯人であるかのような報じられ方によって、多くの視聴者、読者が彼を犯人と思った。実は私もそう思った一人である。

これは一般社会における初めての無差別毒ガステロ事件とも言われ、一方で、戦後最大の冤罪《えんざい》未遂事件とも言われている。

その河野義行さんの妻が自宅近くの駐車場でサリンを吸い、心肺停止を経て、低酸素脳症で意識不明になったこともよく知られている。その後も長く寝たきりで、意識も戻ることなく入退院を繰り返していたが、事件から十四年後に亡《な》くなり、松本サリン事件の死者は八名となった。

このサリンによって重篤《じゅうとく》な傷害を受け、寝たきりになった河野さんの妻が、実は私たちの同級生、玉井澄子さんであると知ったのは、事件の報道から余程経《た》ってからのことであった。

高校時代の友人の誰かからもたらされた情報であったが、あまりのことにしばらくはとても信じられなかった。まさか、戦後日本の一大事件として記憶されるこんな途方もない事件に、自分たちの同級生が巻き込まれていたなんて。遠い昔の友人ではあったが、心底驚くほかはなかった。

高校二年にもどる。中学の時には、テニス以外には何もしなかったが、高校に入って、北野塾が自分に合ったのであろう、今度はとにかく勉強に集中することになった。英語は塾長の片田清先生に、英単語だけでなく構文を徹底的に叩《たた》き込まれたし、国語はもともと好きである。何より数学がおもしろくなったのが良かった。微分積分がだんぜんおもしろく、どこか微積分に恋をしてしまったような塩梅《あんばい》である。

最初は強制されて始めた勉強であったが、半年ほどその時間に耐えるうちに、それがまったく苦痛ではなくなっていた。どこかに喜びというか、ある種の快感に近いものを覚えるようになっていたような気がする。一種のランナーズハイである。もっとやりたいと思い、どこまでやっても飽きるということがなかった。βエンドルフィンが出つづけていたのだろう。

二年の時、初めて全国模擬試験を受けることになった。英数国の三科目であり、二年三年が同じ問題を解くのである。結果は、なんと総合点で学年一位。おまけに三年生を含めた嵯峨野高校全体で七番目の成績だったのには驚いた。何やら一挙に注目を集めてしまったようで、まったく知らない先生が教室まで見に来られ、君が永田君か、といった具合である。

全校一位も北野塾の一年先輩であり、二年、三年で、上位の何人かは北野塾に通っている生徒だったはずである。何より塾を始めて二年目のこの〈快挙〉を、いちばん喜ばれたのは片田清先生であった。

勉強の結果が具体としてあらわれたことはうれしかったし、鼻が高かったことはもちろんである。しかし、これでヘンに目立ってしまって、居心地が悪くなったこともまた事実であった。ガリ勉という言葉があった時代で、ガリガリ勉強ばかりしている生徒を蔑《なみ》して言う言葉である。ヘンに目立ってしまったことで、ガリ勉と思われることが嫌だった。

それには、二年になってクラス替えがあり、おもしろくもヘンな連中がわんさといるクラスになったことと、私が意識せざるを得ない女性が同じクラスになったことが大きかった。

北野塾の女子三人組のなかで、私が阿部牧子さんを意識するようになったのは、嵯峨野高校二年の時であった。阿部さん、植田さんと同じクラスになったのである。

阿部さんに惹《ひ》かれたのは、もちろん可愛《かわい》かったことがいちばんだろうが、もう一つ、塾に来て受験のための勉強をしていながら、勉強ができるということをどこかで軽蔑《けいべつ》しているような不思議な雰囲気に惹かれたというところもあった。同年代の級友、特に男の子たちの精神年齢より、少しだけ上からものを見ているような、ちょっと早熟の魅力が、初《うぶ》で晩熟《おくて》の私などには眩《まぶ》しかった。

そんな、自分にはない雰囲気に憧《あこが》れに近い思いを持ったのだったが、二年のときの修学旅行でおのずから数人の仲のいいグループができ、そのなかに彼女と植田さんもいたのである。その連中とはいまも年に一度か二度は集まる仲間となっているが、男が四人、女が三人のグループであった。

修学旅行は熊本から阿蘇山を越えて宮崎、そして鹿児島をまわって帰るという一週間ほどの旅であった。私たち七人はいつも一緒に行動し、そのなかに阿部さんがいることは常に意識のなかにあった。もちろん二人きりになるなどということはまったくなく、あくまでグループである。

写真を見ると、男子生徒はみな学生服、女生徒も制服であることにあらためて驚くが、そんな制服を着つつ、私たちは規則破りに専念していたような気もする。そのときのアルバムを見ると、どうやら私は旅行委員というのをやらされていたようだが、どこかで規則などを意にも介さない雰囲気の阿部さんの気を引こうとしていたのだろうか。宮崎でも鹿児島でも、夜の自由時間のあと、門限破りを繰り返していた。さすがに最後の夜の鹿児島では、連日門限に遅れている三人ほどが先生につかまり、廊下に正座をさせられたこともあった。

夜行列車で明け方の京都駅に着いたとき、歩こうとして地面がぐるぐる回っていたのをはっきり覚えている。夜行列車でも一睡もせず遊んでいたのだろう。

そんな修学旅行を経て、急速に親しくなっていった七人だったが、私たちのグループはクラスのなかでも成績のいいヤツが集まっているということで、目立つ存在であった。しかし、阿部さんはむしろクラスのなかでも不良っぽい連中から一目置かれ、そちらとも親しいのである。ちょっと悪っぽい男子生徒たちが近寄り、彼女自身もそちらに惹かれている雰囲気でもあった。どうもその番長的存在であるM君に、惹かれているような気がする。世間の暗部を知っているぜ、といった雰囲気のニヒルさがカッコいい男であり、ちょっと私では太刀打ちできないところがあった。

模擬試験一番の成績から、優等生の烙印《らくいん》を押されている私としては、そこに焦《あせ》るわけである。塾での勉強がおろそかになることはなかったが、学校ではもっぱらその他の活動に精を出すことになった。クラブには入らなかったが、バスケットボールに熱中したし、文化祭や体育祭などにも積極的に参加した。文化祭では、クラスで『ピーターパン』をやることになった。阿部さんがピーターの恋人ウエンディをやることになり、それだけの理由で、その一番下の弟の役をやったりもした。

ある時、文化祭の練習で遅くなり、電車がなくなって帰れなくなった女の子がいた。どういう経緯だったか、私が送ってやることになった。友だちにバイクを借り、免許もなく、おまけにバイクに乗ったこともないのに、勇躍、その子を後ろに乗せて送って帰ったものである。

その子は私を好きだったのだと思う。その子の手が後ろから私にまわされ、背にしがみついているのを感じつつ、これが阿部さんならどんなにいいだろうとも思っていた。よく事故も起こさず無事だったと思う。事故でも起こし、女の子に怪我《けが》でもさせていれば、間違いなく退学だっただろう。あとさきを考えず不意に向こう見ずなことをしてしまうのは、この時に限ったことではない。あくる朝、家でバイクを見つけた親父《おやじ》にこっぴどく叱《しか》られたことは言うまでもない。

書きながら、自分でもあまりにアホらしいのでこの辺でやめることにするが、一度だけ阿部さんと二人きりになったことがあった。何かのあと、彼女を家まで送って行ったのである。嵐電《らんでん》の龍安寺の駅で降り、夜遅い道を歩いて行ったが、あの時、どうして手くらい繫《つな》がなかったのだろうと、あとから悔やんだものだ。誰も通らない暗い夜道を歩きながら、とにかく緊張していたのを覚えている。ほとんど話すこともないままに、家のまえで「ありがとう」と言われ、そのまま回れ右をして、何も言わず帰ってきたのだった。


手を触るることあらざりし口惜しさの夜《よ》の道暗き龍安寺駅　　永田和宏

彼女とは大学も違い、それっきりになってしまった。あまりに淡くはありながら、私にはたしかに初恋と言ってもいい切ない経験であった。

少なくとも学校では、優等生と見られないよう努力していた。授業をサボるのは常習。朝から近くのお好み焼き屋に入り浸っていた。高校二年の初めには突出していた成績も、高校三年になると目に見えて落ちてきた。

ある時、片田先生に呼び出され、きつく叱られた。曰《いわ》く、みんなにいい顔をしようとしていては駄目だ、と。鋭い！　と感心した。先生の私への期待はよくわかっていた。その期待の生徒が次第に友達づきあいに溺《おぼ》れて、成績が落ちていく。はらはらしながら見ておられたのだろう。さすがにそれが恋の所為《せい》とは思っておられなかっただろうが、私が授業をサボり、友人達と遊び歩いていることをしっかり把握しておられたのだ。

私の進路選択でもっとも大きな影響を及ぼしたのは、物理の梶川五良先生であったかもしれない。梶川先生のことについては、エッセイ集『あの午後の椅子《いす》』（白水社）にも書いているが、私が京都大学の物理に進むことになった三つの要因の一つは梶川先生なのである。

梶川先生の物理の授業は独特だった。まず、公式の暗記は意味がないと教えられた気がする。公式は問題を素早く効率的に解くには便利だが、知らなくても問題は解けることを教えてくれたのが、梶川先生だった。

いろいろの公式は、実はごく少数の基本の式から自分で導き出せるのだ、特に力学の公式というのは、ニュートンの運動方程式から、微分方程式を解くことでどれも導き出せるものだという経験は、いやが上にも物理への興味を掻《か》き立て、この学問への尊敬の思いを深くさせるものでもあった。

特に梶川先生は、人と違う解き方をすることを奨励された。問題集に書かれている模範解答以外の解き方を自分たちで考えようというものである。どんなに回り道でも、できれば公式に拠《よ》らず解いてごらんという。

少人数の授業であり、特に物理の時間は希望者は残っても可ということで、夜遅くまで梶川先生を囲んであでもない、こうでもないと自分の解き方を試してみるのである。十二時近くなったことも何度かあったと思う。

いかに美しい効率的な解答をするかではなく、人と違った解き方をしようというものので、まことにまわりくどく、泥臭く、時間のかかることが多かった。しかし模範解答以外の方法を探ることは、結果的に、公式のあいだに隠れていて見えなかった、物理の論理や流れに気づかせてくれることになり、物理に興味を持ち、深くのめり込ませることになった。

その他に、猪木《いのき》正文著『数式を使わない物理学入門』(光文社)に巡りあったことも大きかった。アインシュタインの特殊相対性理論、一般相対性理論をはじめ、素粒子の世界を文字通り数式なしで解説したものであり、古典力学しか知らなかった私たちには大きな驚きであった。このインパクトについても、先にあげた『あの午後の椅子』ですでに書いている。

はるか後年（二〇二〇年）のことになるが、『数式を使わない物理学入門』が角川ソフィア文庫として復刻されることになった。私がいろんな場でこの一冊のことを書いていたので、編集者の目にとまったらしい。その末尾に、求められて、この書への思いを「文庫化に寄せて」という一文として書くことになったのである。はるか六十年を隔てて、わが導きの書に一文を草するというのには、それなりに大きな感慨があった。

もう一つの要因は、湯川秀樹先生の存在であっただろう。物理をやりたいと思ったとき、それならば湯川先生のおられる京都大学の物理学科しかないだろうというわけである。わが国最初で、当時唯一《ゆいいつ》のノーベル賞受賞者の存在は、現在とは較《くら》べものにならないほどに大きく、湯川先生は若者たちの憧れの存在でもあった。結局、東大も他の大学も受験することなく、京大いっぽんに絞っての受験となった。幸いにして合格したのは、一九六六年（昭和四十一年）のことである。

高校時代は二年十一組のクラスがいちばん印象深く残っているが、その年、祖父清水重郎が亡くなった。学校に電話があり、祖父が危篤だという。父親が迎えに来て、一緒に滋賀県の饗庭村に急いだ。五十川の祖父の家に着くと、近所の人たちが玄関に続く道の草刈りをしていた。ああ、亡くなったんだと、その時、不思議な安堵《あんど》を覚えたのを記憶している。

生きている祖父に会えなかった悔しさではなく、ほっとしたのは我ながら不思議だが、臨終の場面で、祖父に何を言ったらいいのか、そんな不安があったのだろうか。あるいは死というものが異常に怖かったのかもしれない。私には母の死以来の、死の場面だったのである。

祖父と実際に会うのは一年に一度であったが、祖父は晩年、よく私に葉書や手紙をくれた。手紙には千円ほどの紙幣が入っていて、これで宝くじを買ってくれというのである。十枚ほどの宝くじを買い、祖父のもとに送ったのだったが、送ってくれなくてもいい、もし百万円でも当たったら送ってくれと言う。

何度か律義《りちぎ》に言われた通り買いに行っていたのだが、ある時不意に、それは、宝くじを買って欲しいと言いながら、実は私への小遣いなのだと気づいたのだった。さりげなく、負担をかけないようにという心配りだったのだろうか。父や母への遠慮からだったのだろうか。死の間近まで、そんな風に自らの孫を気にかけながら、直接にはそれを伝えることをしなかった祖父という人を、そしてその心を思うのである。

わが十代は駆けて去りゆく

一九六六年（昭和四十一年）、運よく京都大学理学部へ合格することができた。もちろん共通一次試験などの導入される前である。入試科目は、英数国の三科目のほかに、理科二科目、社会二科目、計七科目の試験があった。確か三日間にわたる試験だったはずである。理科は物理と化学、社会は日本史と世界史で受験した。もっともオーソドックスな選択であったが、高校時代生物が好きになれなかった私が、その後、細胞生物学を自らの職とすることになるのは、なんとも不思議なものである。

一日目の午前は国語の試験であった。これは精神安定化のためにはとても良かったのではないだろうか。

なかで覚えているのは、国語の最後の問題。土井晩翠《ばんすい》作詞、滝廉太郎《れんたろう》作曲の「荒城の月」が出題されたことだ。「春高楼の花の宴　めぐる盃《さかずき》かげさして　千代の松が枝《え》わけいでし　むかしの光いまいずこ」の詩が、四番まで（？）記されて、型どおりいくつかの設問があった。

しかし、その最終問が奮っていた。曰《いわ》く、「この詩と同じ詩想で詩を作れ」。これには心底おどろいた。いったい誰が評価するのか。どう評価するのか。詩を作ったからと言って、正解などそもそもあろうはずがない。いかにも京都大学らしい、ユニークで型破りの、そして思いきった設問と言えば言えるだろうが、いまならきっと許されないだろう。客観性が担保されない、云々《うんぬん》と。

私もこれには度肝を抜かれたが、思わずニヤリとしたのである。実は、受験勉強も最後の追い込みという時期、試験の二、三週間前に、なぜかのんびり詩などを作っていたのである。しかも文語定型詩。どこか現実逃避の気分だったのだろう。いまそれが残っていないのが残念であるが、一節だけは覚えている。「琴きき橋のいまいずこ」などという一節を含む、嵐山近辺の風景を叙した詩であった。私のいた嵯峨野高校はもちろん嵯峨野がテリトリーであり、嵐山にも近かったので、よく渡月橋近辺に繰り出したものである。

『平家物語』巻六に「小督《こごう》」の段がある。入道相国平清盛のもとを逃れて、嵯峨野に身を隠した小督の局《つぼね》を捜すべく、源仲国が訪ねてゆく場面が有名だ。黒田節にも「峯《みね》の嵐か松風か　尋ぬる人の琴の音か　駒《こま》ひきとめて立ち寄れば　爪音《つまおと》たかき想夫恋《そうふれん》」

とあるが、仲国が小督の弾く琴の音を聞きとめた橋が、〈琴きき橋跡〉として今も残っている。

たぶん授業で「小督」を習ったのであろう。野宮神社の近くに小督の墓も残っているが、そのあたりを歩きまわっていた私たちには、平家物語は決して古典の世界ではなく、どこか地続きのリアリティがあった。結構よそ見をすることの多かった私であったが、受験勉強の追い込みのすさびに、そんな悲恋を思いつつ拙《つたな》い詩にしていたのだ。

普通の受験生にとって、試験という限られた時間のなかで、「荒城の月」のような詩を作れと言われても、ちょっと手が出ないはずである。しかし、まあ、いかに拙いとは言え、まさに二週間ほど前に作った詩（まがいのもの）があった私は、それを一部思い出しながら、すいすいと一篇の詩を作り上げたのだった。どれだけの配点であったのかは知る由《よし》もないが、いまでも私は、あの国語の問題で京大に受かったのではないかと思っている。

因《ちな》みに、この問題は、今では万葉学の大家として知られている伊藤博《はく》先生の作った問題だという説（うわさ?）がある。『萬葉集釋注』全十一巻の著作などで有名な伊藤先生は、私が嵯峨野高校に在籍していた当時、非常勤講師として教えに来ておられた。私は残念ながら万葉集ではなく、漢文を習ったのだが、飄々《ひょうひょう》としてとてもユニークなおもしろい先生であった。伊藤先生からの宿題で、読書感想文として『若きウェルテルの悩み』を取り上げて提出したことがある。

伊藤先生は嵯峨野高校の文芸部の雑誌かなにかで、「高遠物語」という歴史小説を発表されたりもしていた。はるか後年になるが、伊藤先生が現代を代表する万葉学者になっておられたことを知り、また何人かで高遠城の桜を見る機会があり、伊藤先生を思い出して、こんな歌を作ったことがあった。

花に膨らむ高遠城址《じょうし》に立ちて想《おも》う京都府立嵯峨野高等学校非常勤講師伊藤博氏

永田和宏『饗庭』

高遠は伊藤先生の故郷であったとのこと。とてつもない字余りの一首であるが、これを発表したら、しばらくして、この一首を伊藤先生のお弟子さんが目に留め、先生に送ったのだという。伊藤先生が、「俺は非常勤じゃなかった、常勤だったんだ」と怒っておられるなどという愉快な話を人づてに聞いたこともあった。

京都大学の入学式では度肝を抜かれた。

時の総長は奥田東《あずま》先生。私たちは敬意を込めて、「トンさん」と呼んでいたが、奥田総長の入学式式辞が凄《すご》かった。

憶《おぼ》えているのは一つだけ。その冒頭で、「入学おめでとう」は当然だが、次に「京都大学は、諸君に何も教えません」という驚きの言葉が続いたのである。

入学式式辞である。まがりなりにも一生懸命勉強してやっと入学したと思ったら、その大学は自分たちに何も教えないと言う。エエッ、と驚くのも無理はない。

当然、そのあとには、諸君が自身で問題意識を持ち、考えなければ大学における教育の意味はないというような言葉が続いたのだろうが、そこはほとんど覚えていない。しかし、冒頭のひと言は鮮烈であった。これまでの一方的に教えられてきた世界とはまったく違った世界に、いままさに自分は入ろうとしている。大げさに言えば、鳥肌が立つような感動と衝撃が走ったのであった。

拙著『知の体力』（新潮新書）で、私は大学における教育は高校の連続であってはならないと繰り返し述べている。学問という語の本来の意味、〈学んで問う〉ことこそが大学における教育の意味であると思うからである。わかっている知識を教えるのではなく、まだわかっていないことに気付いてもらい、それは「なぜ」なのかを問うこと、大学ではまだわかっていないことを教えるのが使命だと思っている。

高校や大学の教育現場では、文科省の指導のもと、高大連携が推奨されて長くなるが、私は、高校と大学をシームレスにつなぐという発想には真っ向から反対である。

ここを言いはじめると思わず力が入りすぎて長くなるので、「知」というものに対する考察、リスペクト、そして大学で学ぶということの意味については『知の体力』をお読みいただきたいと思うが、私が学問に、そして研究というものに関わり続けることになった契機のひとつが、京都大学の入学式における奥田総長の式辞にあったことは確かである。入学式の会場で襟首をつかまれて、これからお前はどうするのだと、まず突き放された。大学は高校の連続であってはならないと、今でも私は頑《かたく》なに思い続けている。

中学の三年間はほぼ軟式テニスにあけくれたと言ってもよかったが、高校では敢えてクラブには入らなかった。塾が忙しかったということもあるが、なんだか一つの目標のために、みんなが一緒になって日々努力するというのが、どこかばからしくなったということもあっただろうか。中学三年間、テニスだけにのめり込んできたことの裏返しであったのかもしれない。あるいは、受験のための勉強ではあったが、勉強することのほうが楽しくなっていたのかもしれない。三年間の受験勉強を辛《つら》いと思ったり、嫌だと思ったりした記憶がほとんどないのは、いま思い出しても不思議な気がする。

大学に入り、とりあえずどこかのクラブに入ろうと思った。入学のための身体測定のときにまず勧誘されたのが、なんとアメリカンフットボール部。背はまあ同世代のなかでは高いほうに入るだろうが、柄はいたって貧弱。むしろひょろんとしていたほうだから、なぜ声をかけられたのかはわからない。

京大アメフト部、ギャングスターズは、のちに監督に水野彌一《やいち》、クオーターバック東海辰弥《たつや》を得て、一九八六年、八七年と二年連続で甲子園ボウルに優勝、全国制覇を果たすことになる。だが、私の入学当時は、まだ関西学院大学に歯が立たない頃であり、それで私などにも見境いなく声がかかったのだろう。どんな競技かさえ碌《ろく》に知らなかった私は、すぐに断った。

私は当時からちょっと普通の学生とずれていたところがあって、京都大学に入るよりは、三高、旧制第三高等学校に入りたかった。三高生に憧《あこが》れていたのである。三高生のバンカラに憧れていたと言ったほうがいいか。

理由は簡単で、以前に見た三高生と祇園の舞妓《まいこ》の映画の倍賞千恵子に感動したのが理由だったかもしれない。以来倍賞千恵子のファンである。

数年前、NHK、Eテレの「NHK短歌」に選者として出ていた時、ゲストに倍賞さんに来ていただき、長年の思いを番組のなかで打ち明けた（!）こともあった。倍賞千恵子の恋人役であっただけで、橋幸夫《ゆきお》が許せなかったなどとアホなことまで口走り、倍賞さんの前で「さよならはダンスの後に」まで歌ってしまった。汗顔の至りだが、やさしい倍賞さんは、歌の最後を、少しだけ合わせて歌ってくれたりして、いっそうファンになってしまった。

とまれ、三高生と言えば袴《はかま》である。袴が穿《は》きたかった。袴を穿いて、下駄《げた》をつっかけ、吉田山に登る。これが理想である。袴が穿きたいばかりに、合気道部に入ることにした。教養部の構内に、三高時代のものだろう、木造の古い道場があり、剣道や柔道、空手などの他の武道部と共有していた。

合気道は攻撃のための武術ではなく、相手の攻撃から身を守る、受けの武術であるなどという教えのあと、受けの型や受け身の練習などを二週間ほどは続けたであろうか。ところが、袴は初段にならないと穿けないという重大なことがわかった。少なくとも二年は経《た》たないと袴は無理だという。動機が不純なものだから、すぐに合気道部をやめてしまった。

次に入ったのは、バスケットボール部。高校時代、友人たちと放課後よくやっていたし、多少の自信はあった。まあやれるだろうと、合気道をやめてすぐに入部。まずはパスから。おお、結構うまいじゃないか、などとおだてられ、やり始めて一週間。チェストパスの練習だけで、何本かの爪の間から血が出たのには驚いた。みんなのパスが強くて、それを受けているうちに、爪と指のあいだから出血するのである。高校時代の自信などなにほどのものでもない。おまけにみんな背が高い。一九〇センチ近くあって圧倒される。ウーン、このまま続けていても、どうもレギュラーにはなれそうにもない。爪の間から血が出なくなった頃、バスケットボール部もエイヤッとやめてしまった。

半年ほどボーッと過ごしていただろうか。秋風が立つ頃、一枚の貧弱なポスターに出会った。「京大短歌会」を作るので、会員を募集するというのである。第一回の集りを持つので、しかじかの日に楽友会館までと書かれていた。

楽友会館というのは、集会などのための小部屋とホールをそなえた、三高時代からの建物である。入り口の踏み石は真ん中がへこみ、時代を感じさせる建物である。金に余裕のない京大出身者にとって結婚式場としても重宝され、私自身も何人もの友人たちの結婚式に出たことがあった。後にはここで仲人《なこうど》をしたこともあった。後に、河野裕子とはじめて出会うことになるのも、この楽友会館の一室であった。

短歌会を作る、と言う。短歌なら自信がある。高校時代に二首歌を作り、なにしろ新聞の歌壇で、一首は佳作、もう一首は特選として掲載されたのである。とりあえず適当なクラブも見つかっていないことだし、ちょっと冷やかしてみるかということで、秋のある夕刻、楽友会館の一室を訪ねた。

部屋には藤重直彦さんという、この短歌会の呼びかけ人がすでに座っておられた。学生というにはちょっと年齢が上だと思われたが、後に知ったところでは、その頃すでに大学院生であり、医学部精神科の医師でもあるとのことであった。

机には一枚の紙が置かれており、四人の歌人の歌が印刷されていた。手書きのガリ版刷りである。高安国世《たかやすくによ》、寺山修司、岡井隆《たかし》、岸田典子《のりこ》という現代の歌人たちの歌がそれぞれ五首くらいずつ並んでいた。

このなかで知っている歌人はいますかと藤重さんに尋ねられた。知りません、というのが私の答え。私が歌人として知っていたのは、国語の教科書に出ていた柿本人《かきのもとのひと》麻呂《まろ》や大伴家持《おおとものやかもち》などの古典和歌の歌人か、佐野孝男先生がガリ版に刷って教えてくださった、斎藤茂吉などの近代歌人だけ。今の時代にも〈歌人〉と呼ばれる人がいることが、まず驚きだった。

私は知らなかったが、圧倒的に有名な現代歌人ばかりである。寺山修司の「マッチ擦るつかのま海に霧ふかし身捨つるほどの祖国はありや」という代表作もあったはずである。初めて現れた学生が、その誰も知らないということに、きっと藤重さんは落胆したことだろう。

初めての集りであるにもかかわらず、その夜は十人程の学生が集まっただろうか。私ひとりが一回生だったと思う。そのうちの何人かはお互い知りあいらしく、話の端々から、どうやら長く歌を作っているらしい。

司会の藤重さんに一首提出し、それが無記名で黒板に書かれていく。それら一首一首について、順番に皆が批評をするのである。私は当然のことながら、新聞で特選の一首を提出していた。どうだっ！　といった気分。

ところが、その私の〈特選歌〉に対する批評がどうもあまり褒めている雰囲気ではない。けなしているのではないのだが、誰もあまり興味のないような冷淡さ、どうも熱が入っていない。なんということだ。彼らは歌の良《よ》し悪《あ》しがわかっていないのではないか。

だいたい、そこに提出された歌は、なんだかどれも意味がよくわからない。歌がわからないだけではなくて、みんなの言っていることも、どうもよくわからない。もちろんこれは無理もないのであって、歌と言えば、古典和歌か、近代短歌しか知らない学生にとって、現代短歌は別世界と言ってもいいような領域なのであった。

特に、私が出会った頃の短歌は、塚本邦雄《くにお》を先頭に、前衛短歌がもっとも隆盛をきわめていた時代である。歌人として歌を作っていた当時の大多数の人々にも、前衛短歌は難解とされていた時代である。若者たちが前衛短歌のインパクトをもっとも強く浴び、それに傾倒していた、まさにその難解さがピークの頃に、私は現代短歌の世界に足を踏み入れたのであった。

この歌会で出会ったのが、生涯の歌の師となる高安国世先生であった。顧問として出席されていた。

高安先生は教養部の教授で、ドイツ文学、特にドイツの詩人リルケの専門家であった。リルケ詩集などのほかに、ハイネの詩集など、多くの訳書がある。リルケの「ドゥイノの悲歌」は、高安訳に勝るものはないとまで言われていた。

いっぽう高安先生は、歌人としてもよく知られ、「アララギ」土屋文明門下の俊秀として誰もが知る存在。私が出会った当時、すでに自らの雑誌「塔」を創刊、主宰しておられた。

後に高安先生には私たちの結婚式で仲人にもなっていただき、さらに後年、私は先生の跡を継いで、結社誌「塔」の主宰となるのだが、もちろんそんな運命は当時、知る由もない。

第一回の歌会は、「わからん」というのが印象のすべてであった。みんなの歌も理解できないし、みんなの発言の多くもほとんど理解不能。要領を得ないままに、それでも何となく、これまでまったく知らなかった世界を垣間見《かいまみ》たようなおもしろさに惹《ひ》かれ、翌月の歌会にも出ることになった。

ところが翌月も、翌々月も、どうにもみんなのいいという歌の良さがわからない。発言の内容も理解できない。おまけに私の作った歌に対する評価が不当に低い。三回出席したが、さすがに「もうやめ！」ということで、短歌の世界に見切りをつけることにした。歌会はそのあとも毎月続けられていたはずだが、私はすっかり興味を失っていた。

そんなことで三か月歌会を休んでいたら、思いがけなく藤重さんから電話がかかってきた。「もう一度だけ、出てみないか」というのである。こういう心配りには弱いので、もう一度、のこのこ楽友会館へ出かけて行った。

その夜のことは今でも鮮明に覚えている。驚いたことに、その夜は、みんなの言っていること、歌の評が少しだけわかるような気がしたのである。みんなの出している歌が、何を詠《うた》っているのか、少しわかるような気がするし、何となくいい歌もあるのがわかる。そして、なにより驚いたのは、自分の歌がどうにもつまらない、おもしろくない、常識だけの歌であることが、はっきりとわかったことであった。

三か月間休んでいるあいだに、何が変わったのだろう。短歌について何を勉強したわけでもない。現代歌人の歌を読んだわけでもない。もう歌はやめと思っていたから、何もしなかったのだが、この間に、私の何かが変わった。何もしなくとも、ただ寝かせておくだけで、それまでは見えなかったものが、見えてきたという実感があった。

その夜、楽友会館から帰る途中、東大路のバス停でバスを待っておられた高安先生に出会った。さよならと挨拶《あいさつ》をして自転車で通りすぎたのだが、少し行ってから、後戻りをして、高安先生に声をかけた。

「歌がうまくなるには、どうしたらいいですか」

なんとも間の抜けた質問である。その夜の歌会で自分の歌の駄目さ加減に目覚めたゆえの質問だったのだろう。ところが敵も然《さ》る者、すぐに答が返ってきた。たった一言。

「塔にお入りなさい」

私は「塔」がいかなるものか、まったく知らなかったと言ってもいいのだが、根が素直なものだから、「はい、そうします」と答えて、そのまま自転車で帰ってきてしまった。

あの時、藤重さんが「もう一度だけ」と電話をくれなかったら、歌人としての永田和宏という存在はなかったのだろう。あの時、東大路近衛《このえ》のバス停で、高安先生に「歌がうまくなるには、どうしたらいいですか」と間抜けな質問をしなかったら、やはり歌人としての私はなかったのかもしれない。高校時代に佐野孝男先生に近代短歌の授業を受けたことを含めて、いくつもの偶然のうえに、私の人生がゆっくりとある方向に動いていったことを、いまさらながらに思うのである。

「塔」に入会したのは、それからしばらくして。昭和四十二年六月号の裏表紙に、新入会として私の名前が載っており、翌月号の「塔」七月号に、初めての作品五首が掲載されている。高安国世先生の選になるものである。

夕闇《ゆうやみ》を忍びてのぼる煙青くわが十代は駆けて去りゆく

永田和宏（「塔」一九六七年七月号）

この「塔」七月号が出た頃、私は河野裕子に出会うことになる。二十歳になったばかりの頃だった。この薄い雑誌の表紙のドクダミの絵が、河野との最初の会話のきっかけになった。

青春の証《あかし》が欲しい

京大短歌会から、「塔」短歌会に入会し、私の短歌への向きあい方は、にわかに本格的なものになっていった。

「塔」は、いわゆる結社誌と呼ばれるものであり、高校での近代短歌の知識しかなかった私には、そもそも現代において短歌雑誌があることが驚きだったし、それがどこか秘密結社じみた、「結社誌」と呼ばれていることにも新鮮な驚きを感じたものだ。

学生短歌会は、少数の職員以外は大部分が学生である。一方、結社誌は、老若男女《ろうにゃくなんにょ》、その構成はばらばら。さまざまの職業の人々が集まり、年齢も八十代から、学生まで。当時「塔」には、中学を出て働いている私より若い男が一人いたが、私が二番目に若い会員となった。

京都東山、蹴上《けあげ》にあった小さな会議室で、月一回の「塔」の歌会が持たれていた。会員には教員が多かったように思うが、学生が入会したというので、みんな喜んでくれる。現在でもそうだが、学生などの若い感性が入ることにより、歌会全体が一気に活性化されるものである。

私が「塔」の歌会で初めて出した歌は、

ゆったりとチャペルを翔《か》ける黒き鳥きょうとあすとを区切る夕映え

永田和宏

という、なんとも幼い一首であった。当時の歌会は出席者が二〇名足らず。どんな評が出たのか、まったく覚えていないが、学生短歌会ほど酷評はされなかったと思う。主宰の高安国世先生はじめ、会員のみんなから大事にしていただいたが、学生だから時間はふんだんにあるだろうと、当然のように、編集作業を手伝えということになった。結社誌は財政も運営も、すべて会員組織で成り立っているものであり、編集、発行もすべて会員の手によるのである。

ということで、入会の翌月から編集作業に駆りだされたのだった。現在の「塔」は、会員数一一〇〇名を超え、雑誌のページ数も二五〇ページを超えているが、当時は、会員数二〇〇名足らず、二、三〇ページの、ごくごく薄い雑誌であった。なにしろ会費が月百五十円。赤字すれすれだったはずだ。

ちなみに、「塔」は一九五四年（昭和二十九年）に高安国世によって創刊された。「アララギ」の系統を汲《く》む雑誌ということになるが、「アララギ」あるいはその関西の姉妹雑誌にあたる「関西アララギ」の古い体質に不満を抱いていた青年歌人たちが、高安国世を担《かつ》いで立ち上げた雑誌であった。

師の高安国世は、私がアメリカ留学中の一九八四年（昭和五十九年）に癌《がん》で亡《な》くなるのであるが、一九八六年、帰国と同時に「塔」の編集責任者（実質的な主宰）を任されることになった。その時の会員数は二五〇名をわずかに超えたくらいだったろうか。出詠者はその半数程度。少数精鋭主義などと強がってはいたが、私が入会した当時から二十年が経《た》って、会員数はほとんど横ばいというに近かった。

私が入会した当時の編集長は、黒住嘉輝《くろずみよしてる》という京都の高校の先生であった。後には京都府高教組の委員長にもなるのだが、この当時は、たしか定時制高校に勤めていたのではなかったか。月に一度、清水坂《きよみず》にあった会員の家に集まり、校正の作業と、翌月号の編集割付を行なうのである。編集部と言っても、私が参加した頃は、六、七人ですべて事足りた。

「塔」は現在もそうだが、若手が編集を担《にな》うという伝統があった。若手と言っても、当時、みな私より二十歳近く年上の人ばかり。これまでは、同世代の中ばかりで生きてきたのだが、初めて年齢のはるか上の人たちに交っての仕事である。学生という居留地から、にわかに社会の成員になったような、ある種誇らしい昂揚感《こうようかん》もあったはずだ。大人たちと対等に付き合っているという、充足感でもそれはあったろうか。事実、つい二年ほど前までは、高校の先生はあくまで「先生」というちょっと別格の存在であったが、今や黒住さんをはじめ、「塔」に多くいた教員でもある会員たちを皆「さん」づけで呼び、いちおう対等の資格で話をしているというところにも、世界の拡《ひろ》がりを実感として感じとっていたのだろう。

私より半年ほど遅れて、やはり京大短歌会の辻井《つじい》昌彦《まさひこ》が入会し、さらに一年ほど遅れて同志社大学から玉城多佳子《たまきたかこ》（現在の花山多佳子）が入会して、同世代三人がそろい、編集部は徐々に学生が主体を担うようになってゆく。

私たちが編集作業をしていた会員宅は、東山通に面した大きな旧家で、編集が終わると、当時の私たちには手の出ないナポレオンとかスコッチとか、よくわからない高級酒を飲ませてくれた。編集作業に行く喜びのひとつであった。

酒を飲みながら、黒住さんたち先輩の話を聞く。高安先生との個人的な付き合いについても、そのいろいろのエピソードを聞く。さらには、高安先生の師である、土屋文明というまだ会ったこともない、会うこともできない〈大歌人〉の、そのお弟子さんまでいて、人物評の細々を聞く。さながら近代短歌の歴史に連なっているという実感があった。

結社というところは、そして短歌という文芸は、総合誌や結社誌などの誌面に掲載された作品ばかりでなく、その水面下にある、個々の出会いや経験によって醸《かも》されていく部分が相当に大きいと私は思っている。短歌史だけでなく、歌壇史、あるいは人物交流史が必要であると、ことあるごとに言ってきた。そんな思いが、まだそれとははっきり意識しないままに刷り込まれた時期が、この期間であったのかもしれない。

京大短歌会と「塔」短歌会の二つで活動を始めた私に、すぐに第三の機会が訪れた。その頃、京都には、京大の他に、立命館大学にも、京都女子大学にも学生短歌会があった。それら学生歌人の幾人かを糾合して、同人誌を作ろうというのである。

京大短歌会に北尾勲《いさお》という大学院の学生がおり、立命短歌会には同じく安森敏隆《としたか》という大学院生がいた。この二人が中心になり、京都女子大にも呼びかけて、「幻想派」という同人誌が創刊されたのが、一九六七年(昭和四十二年)十一月。「幻想派0号」である。だらだらと惰性でいつまでも続けていくようなことはしたくない、ということで、10号で終刊とすることを最初に決めた上で出発をすることにした。当時の、いかにも若い潔癖さを表したような「0号」なのである。

どういう経緯でこの同人誌が構想されたのかは、私は知らないが、北尾、安森が中心になり、私にも最初から参加の呼びかけがあった。創刊に参加したのは、十六名。京大から四名。立命館から三名、京都女子大から五名、それに他大学や結社誌からの参加が数名という構成である。あくまで学生中心の同人誌であった。

河野裕子は、京都女子大の二回生であったが、京女短歌会には所属しておらず、どうして「幻想派」のメンバーに加わったのかは、わからない。彼女の日記によると、その少し前に北尾勲に個人的に呼び出されて会っているので、北尾さんが、彼女をなんらかの経緯で知り、個人的に声をかけたのかもしれない。

とまれ、その顔合わせも兼ねて、初めての歌会が開かれることになったのが、河野裕子の日記によれば、昭和四十二年七月二十日である。


その顔合わせの歌会の日、私が楽友会館の二階の部屋に入った時、窓際《まどぎわ》に一人の少女が立っていた。何という髪型なのだろう、両側の髪を耳の後ろからすくって、うしろでまとめ、上の髪はその上に垂らして、リボンで結んでいた。この髪型は、

結婚してからも、子供ができてからも、ずいぶん長いあいだ変わらなかったように思う。（中略）

大きな厚い木のテーブルを挟んで、しばらく二人の時間があった。私の所属しはじめた「塔」という結社誌を見せたら、彼女はその表紙にとても興味を示した。須田《すだ》剋太《こくた》画伯によるドクダミの表紙だった。

（『たとへば君　四十年の恋歌』文藝春秋）

と、私は当日のことを書いている。この楽友会館で初めて河野裕子に会うことになったのである。

同じ日のことを、河野裕子は次のように語っている。

楽友会館というのは、京大キャンパスの中にあって、大正末に建てられた趣のある古風な建物でしてね。あの人が一番初めに来ていたらしくて、立って窓の外を見ていた。私が入っていったら振り向いた。それが初めての出会いだと思います。テーブルをはさんで向かい合って座ったんです。そして須田剋太が描いたドクダミの表紙の「塔」の八月号を渡された。

（『歌人河野裕子が語る　私の会った人びと』本阿弥書店）

どちらも相手が先に来ていたと記憶しているのが愛嬌《あいきょう》だが、どちらが本当だったのか、どうも私には自信がない。シーンとしては、女性がふっとしずかに振り向くというほうがいいようにも思うのだが。

白いブラウスだったと思う。背は高くないが、いかにも繊細そうで、じっさいに細かった。可愛《かわい》い少女だと思った。いっぽうで、ちょっとしたことにもよく笑う明るい女の子で、無防備な天真爛漫《てんしんらんまん》さとでも言えそうな、不思議なキャラクターでもあった。二人でいた時間はわずかなものだったが、持っていた「塔」をわざわざ彼女に見せたのは、自己紹介の意味のほかに、どこかにそれ以上の何かを期待する思いがあったのだろうか。

その夜は、十三、四人ほどが集まり、歌会が開かれた。それぞれが一首ずつ無記名で提出して、歌評を行なう。何しろ、みんな学生に近い。おまけに前衛短歌の難解な歌に価値が見出《みいだ》されていた時代であるから、鼻息が荒いうえに、議論もやたらむずかしく、激しい。知識を総動員し、歌のいいところをじっくり吟味するというよりは、いかに新しいか、前衛的かを競っているような具合でもあった。相手をやっつけるまで議論が続くといった具合。要するに青いのである。

当日、河野の提出した歌は、

揺すらむとして不意にまがなし少年めきて君はあまりに細き頸《くび》してゐる

というものであった。素直ないい歌である。ところが、この第三句「まがなし」がみんなわからない。何年も歌をやってきた大学院生の先輩たちも首をひねる。そのとき、だいぶ我慢をしていたのだろうが、彼女が「なんでこんなんわからへんの」と言ってのけたものだ。もちろん「まがなし」は「悲し」に接頭辞の「ま」がついたもの。今なら疑問以前のことだが、とにかく当時の大学生たちのレベルはそんなものであった。

それにしても、初対面の、それも自分より年上の人間の多い中で、こんなのも知らないのかと呆《あき》れた彼女に、みんなあっけにとられたものだ。あっけらかんとしていて、もちろん嫌味なところは微塵《みじん》もなかった。それにしても、なんて小生意気な女とは、確かにその夜の印象であった。小生意気な女め、と思う、そのことが、私の彼女への関心の動き方を物語っていたのだろうとは、いまになってわかることである。そしてもちろん、その「少年めきて」「細き頸」をしている青年への興味と、少なからぬ嫉妬心《しっとしん》をも意識したのだった。

（『たとへば君』）

後年、彼女も「そのとき、向こうは私のことを生意気なやつだと思ったらしいですよ。私も、なんて生意気なんだろうと思ったから、お互いに生意気だと思ったんですよ（笑）」（『私の会った人びと』）と語っている。河野裕子の誕生日が四日後の七月二十四日。彼女の二十歳の、ほぼ最後の日に、二十歳になったばかりの私が出会ったことになる。

最初の出会いから三か月。十月にこれまた偶然に河野に会うことになった。北尾さんが一緒に来いというのでついて行ったら、そこに先輩と一緒に、彼女が現れたのだった。その日のことを彼女は、次のように語っている。私との二度目の出会いを尋ねられて、京大の近くの喫茶店「らんぶる」で。新短歌をやっていた三船温子《ながこ》さんに連れて行かれたんです。そのときの印象が強かった。背の高い細い人だな、感じのいい人だなと思いました。私のうちはお商売屋さんでしたが、この人は普通の家で大きくなったなという雰囲気でした。事実、お父さんは西陣の帯問屋にお勤めで。永田については「試験管の中に蒸留水が立っているような感じ」と書いたことがありますが、本当にそのとおりで、全然、俗っぽくなく、頭はいいのですが、繊細すぎてこの人は世の中で生きていけるだろうかってちょっと心配でした。私もそうとう世間知らずのアカンタレで、ええ加減ですから、どっちもどっちですけど（笑）。蒸留水と井戸水が一緒に暮らして来たのね。私たち。

（『私の会った人びと』）

申し合わせたように先輩の二人がそれぞれ下級生を連れて現れたわけだが、その下級生の二人が結局はくっつくことになったわけである。「あなたは蒸留水だから」は、私への憎まれ口として、その後何度も聞かされたところだが、出会いの初めからそう思っていたというのもおもしろい。

彼女の日記には、同じ日のことが次のように記される。

10月14日

「涛《なみ》」25号合評会。

アホらしい程、ダメだった。お粗末な限り。（中略）

そんな訳で、途中から三船さんと抜け出して、

今熊野の「らんぶる」に。車で。

北尾さん、京大理学部の永田和宏さん

永田さん、一目で好きになった

小さいかと前から思っていたのだけど

びっくりする程大きい

北杜夫氏によく似た処《ところ》がある

一体、何故《なぜ》あの方からお返事が一月も来ないのか

不思議でならない

愛とはたのめないものだ。
愛とは、いつも一緒にいたいとのぞむことなのだ
離れてしまうということは　何と寂しいことなのだろう

だから一緒にすわった永田さんの身体《からだ》のあったかみを
身体にかんじていると、ほんの一瞬の間でも
やはりこころは傾いてしまう
彼は　ふかくて　寂しくて　厳しい人のようだ
宇宙物理を専攻するらしい
京大の短歌会に来てくれませんかと誘って頂く。
北尾さんとも永田さんとも　いいお友だちになれそう。

（日記　一九六七年十月十四日）

ここに少しだけ顔を見せる「あの方」への思いが、それからの二年、彼女を精神的にも肉体的にも苦しめることになるとは、まだ彼女自身も知るはずのないことであった。

「幻想派0号」に河野裕子が提出した作品は、「青き林檎《りんご》」二十五首であった。

癒《い》へ(ママ)しのちマルテの手記も読みたしと冷たきベッド撫《な》でつつ思ふ　河野裕子

ふつふつと湧《わ》くこの寂しさは何ならむ友ら皆卒《お》へし教室に立つ時

振り向けば喪《うしな》ひしものばかりなり茜《あかね》おもたく空充《み》たしゆく

君の持つ得体の知れぬ愛しきものパンを食ぶる時君は稚《いとけな》し

ナザレ村に青年となりしイエスのこと様ざまに想《おも》ひてマタイ伝閉づ

いま読んでみても、どれも落ち着いたいい歌である。大学に入るまえに、一年休学をしていたのだが、その経験がもとになっている作品群であろう。彼女はすでに中学の頃から作歌をはじめており、言葉が上滑りせず、錘《おもり》になる一語、一句の配しかたが、大学生の作ったものとは思えないほど、素直に場所を得ている。淡淡と詠《うた》われているが、感情の機微、翳《かげ》りが丹念に詠《よ》まれており、それが若い読者には物足りなかったのか、「幻想派0号」の合評会では、これらの歌にそうとうひどい評言が浴びせられていたようだ。

河野の残していた「幻想派0号」には、その合評会の折の皆からの評言のいくつかが、メモされている。私はすっかり忘れていたが、ある評者は、「なまぬるい」「もの足りない」「ウンザリする」「妥協している」「詩的世界が弱い」「一つの枠の中で詠っているにすぎない」などと言葉を継いだあげく、「作品以前の作品だ」とまで言ったようだ。好意的な他の評もいくつか残されているが、とにかく激しくこき下ろすことがカッコいいといった時代であり、最上級の威勢のいい言葉ばかりが幅をきかせていた時代でもあった。

青春の証が欲しい　葉鶏頭《アマランサス》の焔《ほのお》残して街昏《く》れゆけり　永田和宏

血を吐き痣《あざ》残るまで腹を蹴れ疼《うず》きは確かにわがものなれば

スローモーションの画面を駈《か》ける走者《ランナー》の歪《ゆが》める脣《くち》が夏を吐きおり

力量の差が歴然としていて、挙げるのも恥ずかしいような一連だが、言葉の張力を最大限まで意識し、内面の鬱屈《うっくつ》とともに、言葉と思いを一気に吐き出すような歌である。お世辞にもいい歌とは言えないだろう。

この批評会には、塚本邦雄さんが来て、一人一人丁寧に批評してくれたのは、望外のことであった。安森、北尾両氏がそれまでに知己を得ていたこともあったのだろうが、前衛短歌の旗手として時代を率いていた塚本さんにとって、後継者をどう育てるかを意識し始めた頃だったのであろう。

個人的には、この合評会で、塚本邦雄の私への評として「華麗なる馬車馬」という言を得たことは、それが決して褒め言葉ではなかったにもかかわらず、とてもうれしいことだった。要は言葉が暴れ馬よろしく飛び跳ねていて、一語一語が大げさすぎるということなのだが、ともかく〈あの〉塚本邦雄が私にレッテルを貼《は》ってくれた、それは今ではちょっと想像できないような喜びであった。塚本邦雄という前衛歌人は、それほどにも若者のあいだに神格化された存在なのであった。

河野の「幻想派0号」には、私の作品への書き込みが、他の作者のものよりも断然多い。彼女もやはり私を意識し始めていたのだろう。その書き込みと私自身のメモから、当日私の作品へのみんなの評言を拾ってみると、「世界の見方が近視眼的」「言葉が相殺《そうさい》している」「この一句は駄目押し」「ボキャブラリー不足」などなど、こちらも容赦ない。

彼女自身の評も書き込まれていた。「感性の柔軟さ」「未知数の可能性」「実験的な段階に留まっているのではないか」「夏、血、ひかり等のイメージが強烈であること」などと書かれており、なかなか好意的であるのが、いま読み返してみるとちょっとうれしい。

こんな機会も含めて、河野裕子に会うことが次第に多くなっていった。十一月九日の彼女の日記には、次のようにある。

三時五分前、「らんぶる」にて永田さんにお逢《あ》いする。

濃いこげ茶の背広。黒いズボン。

たれ髪の下から例の眼が、まるで珍しい鳥のような、

邪気のない視線を送ってよこす。

聡明《そうめい》。確かに聡明。
それなのにちっとも秀才面《づら》じゃない。
まるで子供みたいな「すれていない」処がある。
それが彼を二つばかり稚《おさ》なく見せている。（中略）
五時半までお話しする。
ほんとに楽しかった。ほとんど笑ってばかりいた。
まるで兄妹か、お友だちみたい
あんまりサラサラと気さくで、楽しすぎて、あけっぴろげすぎて、
ちょっとムード足りなかったけど、たのしくてよかった。
とても背が高い。私はとても小さい。
でもそんなことにも少しずつ　なれた。
私たちは　危うい恋人のようには、多分ならないだろう。
そして私たちは多分、初めからそうだったように、
ちょっとびっくりしたような、半分まじめで　半分おどけた、　そのくせ
とても感じ易《やす》い　あのまなざしで見つめあってゆくだろう。
（日記　一九六七年十一月九日）

「ちょっとムード足りなかったけど」に笑ってしまうが、「私たちは危うい恋人のようには、多分ならないだろう」という河野の思いにもかかわらず、月に一度、週に一度の会いが、週に二度、三度となるのにそう時間はかからなかった。

さびしきことは言わずわかれき

私たちが大学に入った当時、最初の二年間は教養部での講義に当てられた。京都大学では、吉田神社への参道を挟んで、北側に本部構内があり、南側が教養部。旧制第三高等学校があった場所で、三高時代の古い木造校舎が残っていた。

一九五六年（昭和三十一年）に文部省令として発せられた「大学設置基準」が、一九九一年（平成三年）に大綱化され、教養部が廃止の方向に向かうことになるのだが、私は教養部を廃止したことが、日本の大学教育にとって決定的な変曲点になったと思っている。

どの学部に入ろうと、最初の二年間は教養部で一般教養科目を受講する。いまでいうリベラルアーツである。その課程を経たのちに、三回生から専門課程に進む。大学において迅速に高度な専門性を付けさせるのが、教養部廃止の狙《ねら》いであろうが、教養部という制度は、ある種モラトリアム的な緩さのなかで、専門とは必ずしも関係のない一般教養に関する科目を受講するシステムである。

ベーシックな、幅広い知への興味とアクセスこそが、将来の専門知に必須《ひっす》のものであると私は考えている。かつ教養部は、自らの専門がほんとうに自分に向いているのかを見極めるための時間でもあった。事実、教養の二年間を経たのちに、学部を変わっていく同級生が何人もいた。高校在学中に、将来を間違いなく択《えら》べる人間は、そう多くないはずである。

理学部には、物理、化学、数学、地球物理、宇宙物理、動物、植物の七学科があったが、教養部時代はまだ学科ごとの区別がなく、三回生になるときに各学科に分属するのである。理学部は全体で一学年二五〇人だっただろうか。それが五つのクラスに分けられ、私はS４という組になった。クラス分けは第二外国語によって決められていた。S１からS４まではドイツ語、S５が「それ以外」で、フランス語、ロシア語、中国語からなっていた。現在からは考えられないが、当時の私たちの第二外国語は、圧倒的にドイツ語だった。

そのクラスで二人の友人と親しくなったのだが、これが二人とも変わっていた。一人は二浪して入ってきた丹羽義孝君。私たちの世代で二浪生は、なんとポツダム宣言以前の生まれなのである。S４にはポツダム宣言以前の生まれが、あと一人か二人いたはずである。戦後生まれとは言いつつ、まことに戦争は地続きというべき近さであった。もう一人は、一浪をして入ってきた山田治雄君。そして現役で入学の私。後に丹羽と私は物理学科へ、山田は数学科へ進むことになった。丹羽は二浪して入ってきたうえに、分属のときにも物理学科の試験に失敗し、一年留年をしているから、その執念というか、のんびりさ加減というか、どちらにせよ悠揚迫らぬ大物である。われわれはおじいちゃんと呼んでいた。

山田は、教養部時代から民青（共産党系の日本民主青年同盟）に入って活動をはじめ、京大の学園紛争時にもゲバ棒を持って教室に立てこもったりしたものだ。本部時計台の下に立てこもっている山田の陣中見舞いに出かけ、思いもかけず、京大学生運動史上、最大の〈戦闘〉に巻き込まれてしまったことがあったが、それは別の機会に書くことになるだろう。

一つずつ齢《とし》が違うのだが、二人はなんとも理屈っぽい。私が何を言っても、老成した二人に、お前はまだ幼いと馬鹿《ばか》にされる。しかも、私がほとんど興味を持ったことのないような、世の中の不思議なさまざまを取り上げて議論をふっかける。私が知らないことを楽しんでいるようでもあった。

もちろん私は若く、幼く、彼らの格好の餌食《えじき》でもあったのだが、馬鹿にしつつどこかで一目置いてくれているようだったし、私もいつもコンチキショウと議論を挑んでは負け、負けてはいても一緒にいて居心地が悪いということはなかった。

この二人は、私だけではなくクラス全体を、世の中をわかっていない坊ちゃんたちと思いたがっているフシがあった。多くの平均的クラスメートから超然とした場を築きたがっていたのかもしれない。その実、はぐれ者的な意識を根城にして、ひねくれた優越感にこもっていただけなのかもしれない。

この二人に影響されて、私も講義はよくサボった。大学に来て、きちんと授業に出ているなんてのは、学生のすることじゃない。もっと自分の興味を掘り起こすことこそ、学生時代にやるべきことだという、これまたヘンな矜持《きょうじ》があった。

一回生の後期の講義は、ほとんどサボって、ロシア文学ばかり読んでいた気がする。トルストイとドストエフスキーの主な長編は、ほとんどこの時期に読んだものである。『カラマーゾフの兄弟』だけは、何度か挑戦してその都度挫折《ざせつ》し、今日に至るまでまだ完読していないのだが。

私を含め、このヘンな三人組は、当然のことながら、クラスからは完全に浮いていたのだろうと思う。誰が言ったか、「高等遊民」というのが、私たち三人につけられていた名であった。

適当にサボってはいたが、教養部時代の〈おもろい〉授業は、ホントウにおもしろかった。『国語構文論』や伊勢物語の校注などで知られる渡辺実《みのる》先生の「言学」という不思議な講義は欠かさず出席した。言葉のナイーブな大切さを実感できた講義であったし、短歌に興味を持ち始めた私には、単位のための単なる一教科以上の意味を持っていた。

森一刀斎という名で、すでにテレビや新聞の人気者でもあった森毅《つよし》先生の講義もだいたい出席した。これまた規格外の途方もなく〈おもろい〉先生だった。講義の内容はほぼ忘れたが、最初の講義のときの、「君ら、最後まで出てきたら、パチンコ必勝法おしえたるで」という言葉は、その風貌《ふうぼう》とともに強く印象づけられた。期末試験のときには、試験問題を配って、さっさと教室を出て行ってしまった。カンニングでもなんでもオーケーというサインである。試験終了の十五分くらい前に戻って来た時の言葉が奮っていた。「なんや、君らまだやってんのか。はよ行かんと、生協で昼飯食えへんで！」。たぶん、全員合格点がついたのだろう。おおらかな時代である。

丹羽、山田とは、よくあちこちをほっつき歩いたものだ。私だけが自宅から通っている、いわゆる自宅生であったから、彼らのどちらかの下宿で飲むことも多かった。

どちらも百万遍に近い下宿で、今のようなアパートではなく、文字通り下宿。民家の二階で、襖《ふすま》だけが隣りの学生との仕切りといった具合であった。丹羽の部屋はいつ行ってもきちんと片づけられており、山田の部屋は、いつもすべてが乱雑に出しっぱなしの汚い部屋、好対照であった。

そんな下宿で飲んでいたある夜。高山樗牛《ちょぎゅう》の『滝口入道』の話になった。偶然、三人とも読んでいたのだが、私は冒頭の一ページ分くらいを暗記してもいた。横笛が夕暮れの御所をぬけだして、嵯峨の奥に齋藤時頼《さいとうときより》を訪ねて行く。どのくらいの距離感で、女人ひとりでどのくらい大変だったんだろうという話になった。それじゃあ、行ってみるかということで、三人で百万遍から歩いてみることになった。まあ、気楽なものである。

「頃は長月の中旬《なかば》すぎ、入日の影は雲にのみ残りて野も山も薄墨を流せしが如《ごと》く、月未《いま》だ上らざれば、星影さへも最《い》と稀《まれ》なり」と、樗牛の美文そのままに、夜の七時ごろからぶらりと歩き始めた。

私は大学に入ってからは、ほとんど下駄《げた》で通していた。なにしろ三高へ入りたかったのだから、バンカラこそが大学生のあるべき姿だと思っていた。木造の校舎の廊下を下駄で歩くと結構大きな音である。時々教室の中から「ウルサイ！」と怒鳴られたが、それでも臆《おく》することなく、四年間のほとんどを下駄履きで通した。強制的に下駄を取り上げられることもなかったが、冬はさすがに足袋は面倒で、靴だっただろうか。

その夜も、私だけはカランコロンと下駄で歩くのである。嵯峨野は、思っていたよりも遠かった。今出川通を白梅町まで歩き、さらに龍安寺、仁和寺を通って広沢池にいたる。このあたりで、夜の十一時をまわっていただろう。広沢池のほとりに座り込んで、おにぎりを食い、途中の酒屋で買った酒で、しんしんと冷え込んでくる身体《からだ》をあたためる。

三人とも、もうそろそろ帰りたいと思ってはいるのだが、誰も自分から、もう帰ろうかとは意地でも言い出さない。滝口寺へ着いたのは真夜中。秋の夜の寒さに三人とも震えが止まらなかった。祇王寺《ぎおうじ》の門前では、おーいと叫んだりしたが、何の応答もないままに（当たり前だが）、あとはとぼとぼと嵐山の渡月橋まで。もう午前二時はまわっていただろう。

渡月橋の袂《たもと》で、夜鳴き蕎麦屋《そばや》の屋台を見つけたときのうれしかったこと。蕎麦ではなくラーメンだったと思うが、思わず駆け込んでラーメンで温まり、ついでにビールを飲んだりもした。私のなかでは、あの時のラーメンが、いまも生涯でいちばんうまいラーメンだったということになっている。

人心地ついたのが夜明けに近い四時頃だっただろうか。屋台を出て歩き始めたとき、突然、自転車でやってきた巡査に呼び止められた。男三人。丹羽はいつもの革の鞄《かばん》を下げているし、私は下駄ばき、山田はリュックを担《かつ》いでいる。まったくヘンな組み合わせだ。これで職務質問しなかったら、職務怠慢というものだ。

「君ら、どこから来たんや?」「あっち」と丹羽が京都の街のほうを指さす。さっきから飲み続けて、三人ともだいぶ酔っている。

「あっちじゃ、わからん。どこだ」と巡査。「キョウト」と答えたのは山田だったか、私だったか。ヤレヤレという表情で巡査は手帳を仕舞い、自転車で去って行った。やはり京都は学生にやさしい町なのである。

塔どうもありがとう
アマランサス　日時計　向日葵《ひまわり》……どれも
神経の痛むような郷愁を感じます
私も夏のつよいひかりを欲しい　欲しい
確かな燃焼を欲しいのです

お話している時は、ヌーボーとしているのに、離れてしまったら
寂しくて　厳しいのです　だから
こわいと言うのです　こわいから嘘《うそ》がつけないのです

いろんなことを感じたり考えたりしても　私たちは
あんまり語彙《ごい》が少なすぎて　お話が上手にできないので
つい　何かをかじったり　笑ったり　くしゃみをしたりして　ごまかしてしまいます

この「ごまかし」は　考えてみたら　楽しいな
サンスウみたいに　きちんと　私たちのこころをさし示して、
相手に教えてあげ、予期した通りの
「答え」がはね返ってくるなら　きっと　文学も
お芝居も（ギリシア悲劇みたいに　お面を著《つ》けたの）なかったでしょうね
何だか　おたより　寂しそうで、気がかりです

それから　歌と、自分の間に隙間《すきま》があると　おっしゃっていたことも。
らんぶるで　初めてお逢《あ》いした時
ふかくて　寂しそうな人だと思いました
あなたということは知らなかったけど。

霧がたくさんで、何もかも見えない夜です
夜は　寂しくて　くらい　ばかりで　つまらないので
早く眠ることにしました　ゆめをたくさん見ます

地図を見たり　バスの時間表を調べたりしたけど
眺めていればいる程、方角も道順もわからなくなってしまいます
いつか　きっと　嵯峨野につれていってくださいね
あなたと居るときは　いつも　笑ってばかりで
あとから　情けなくなります　ごめんなさい

ゆうこ

（手紙　河野より永田へ　一九六七年十二月一日）

二人だけで会うようになって、何度目くらいだっただろう。その頃の河野裕子からの手紙である。「アマランサス」は、私が「幻想派0号」に発表した「青春の証《あかし》が欲しい　葉鶏頭《アマランサス》の焔《ほのお》残して街昏れゆけり」を読んでの手紙だったのだろう。日時計も向日葵も、その頃の私の歌には多く登場した素材。

二人だけで会う機会が増えていった。それまで、私には女性と二人きりという経験は皆無というに近かったが、会っていて、とにかくよく笑う少女であることに救われていたのだとも思う。

私が話しだすと、必ずそれに相槌《あいづち》をうち、反応してくれる。ひとつのことを言って、それで次の話題を待つというのではなく、何か言うと、ほとんどの場合、すぐに何かの反応があり、自分の思いを重ねたり、あるいは質問をしたりしてくるので、話が途切れる暇がない。これは、女性と二人きりになった経験のない私にはありがたかった。意識をせずとも、時間が過ぎていく。むしろ時間が早く過ぎて行きすぎるとまで感じられるのだった。

らんぶる　PM12:20　永田さん　5時半までお話
また例の如く　よく笑ったり　時間と空間　三次元の世界のお話
鏡の中の世界は　絶対に三次元の世界にはなりえない
鏡の中では　左右反対に映るのに
何故《なぜ》　上下反対には映らないのか（中略）

夜　おそくなる
お別れしてからの寂しさ　みじめさ
ああ言えばよかった　こうしてあげればよかった　寂しさ
余りに　自分は　あたたかみも　包容力もない
女性のような　気がして
とても背の高いあの人　小さな私　よく笑う私
何だか　たまらない

（日記　一九六七年十一月二十五日）

同じ時期の日記には、「永田さんとざっくばらんにお話している方が、気が楽だしずっと楽しいし、ムード足りなくても」などという記述もあり、当時、彼女に近寄ってきていた何人かのなかで、どうやら私がいちばん気楽に話のできる相手となりつつあったらしい。「ムード足りなくても」が余分だろう。

そんな、少々「ムード足りなくても」、お互いに楽しい逢いではあったが、それでも逢う機会が重なるうちに、彼女には、心に深く思い決めている男性がいるらしいということは、いかに鈍感といえども感じざるを得なくなっていた。

その相手は誰なのか。それを問い詰めるような関係ではまだなかったが、私の前で、もう我慢できないというように全身で笑い転げているこの少女が、時おり見せるかすかな苦悶《くもん》の表情に、嫌でも気づかざるを得なくなっていた。いや、そんな彼女の感情の微《かす》かな陰影を感じ取ることが、取りも直さず、私が彼女への思いに、自ら気づきつつあるプロセスでもあったのだろう。

確かめることもできない漠然とした影を意識しつつ、東大路丸太町、熊野神社に近い名曲喫茶「らんぶる」で逢うことの多くなっていった二人であったが、そんな関係に、ちょっとした、それでいてかなり大きな変化のきっかけをもたらしたのが、高安国世先生の講演会であった。
六時より楽友会館にて国世先生の講演　及びシンポジウム
とても居心地のいい広い部屋
何よりいいのは　蛍光灯でないこと（中略）
永田さんとふたりで　おかしくばりなどもした
すっかり　仲良しになってしまっているのを感じた
何の「ソゴ」もない
九時に終了　胸苦しく　だるく　しんどかった
気分がわるかった
永田さんが　玄関まで　送ってくださる
気分がわるくて　ほとんど　ものを言わない
送ってゆこうかと　おっしゃる
目まいが始まった　立っているのがしんどい

ほとんど　もたれるやうにして　歩いた
会館を出たところで　崩おれてしまった
腕をつかんで、抱かれるようにして少しあるいたけど駄目
「車　止めてくるし　待ってろよ」
といって　壁にもたれさせて、走っていった
すぐ車を廻してくださる
ほとんど抱きかかえられて　車にのった
唇も腕も　指もしびれて　つめたくなってゆくのがわかる
腰の上に抱きかかえられ　口もきけなかった
あのひとの　大きなてのひらが　額を　ほおをつつんで
心配そうに　のぞきこむけど　ものを言うちからもなく
グッタリしてしまった

長い時間だった　駅はとおかった
抱きかかえられていても　何の不安もぎこちなさも
何もなかった　まるで当然のことのようだった

草津駅まで送って下さる　申し訳なかった
一緒に歩く時、あのひとは肩を抱いてくれた
「また　京都に呼び出すよ」とおっしゃる

いま十二時半　彼は家に帰って　今何をしているだろう

（日記　一九六七年十二月十一日）

あの夜、講演会のあと彼女が倒れたことは、私たち二人に、何かとても大きな変化をもたらした。倒れないように支えながら、京都駅から電車に乗せ、草津駅まで送っただけだったが、それまでとはまったく違った二人になっていることに、二人ながら気づいていた。

しかし、彼女が意識が遠のくように倒れこんでしまったのが、急速に近い存在になっていく私と、それ以前に深い愛を一方的に育《はぐく》んでいたもう一人の青年との板挟み、その葛藤《かっとう》によるものであるとは、その日の私が知るよしもなかった。

翌々日の日記には、次のように記されている。

昨夜　永田さんよりお電話
「もういいの？　大事にしろよな
今週いっぱい　やすんだらいい
……オレ　これから　塔の校正に行ってくるし」
ほとんど　何も　言わなかった
〈何か〉が　私たちの間で　まぎれもなく急速に
接近した　まだずっと接近を続けている（中略）
一日、こころが　うねりのように乱れていた
あのひとの中に　飛び込みたいという衝動と
同じ位に　逃げたい　忘れたいという　おもいがする
いつもの〈嘔吐《おうと》感〉が　始っている

（日記　一九六七年十二月十三日）

その頃、私はこんな歌を作っている。甘く、ナルシスティックな歌であるが、明らかに、彼女を特定の少女として、恋人として意識しつつ作った初めての歌であった。

雪割草咲く野に少女を攫《さら》いたく夕暮るるまで風を集めぬ
永田和宏『メビウスの地平』

草に切れし指を吸いつつ帰り来れば叫びたきまでわが身は浄《きよ》し

海蛇座南にながきゆうぐれをさびしきことは言わずわかれき

二人のひとを愛してしまへり

高安国世先生の講演会のあと、河野裕子が倒れ、はじめて抱きかかえるように車に乗せ、送って行ったのが十二月十一日であった。十六日の日記には、

昨日、永田さんよりおたより
あたたかな　思いやりのあるおたより
〈あのこと〉についてはひとことも触れていない
男らしいのだと思う
あんなにも　ほとんど私たちは抱きしめ合ったのに
何という　いいことなのだろう

（日記　一九六七年十二月十六日）

と記され、そのあとに二十首ほどの歌が書かれている。

陽にすかし葉脈くらきを見つめをり二人のひとを愛してしまへり　河野裕子

いつの日かはかなきことと想《おも》ひ出《い》でむ肩に顔よせ風よけしことも

見あげつつ初めてふれし君が頬少しひげのびざらざらとせり

身体《からだ》大事にしろよと振り向きざまに言ひすぐに雑踏に呑《の》まれゆきたり

偶然のなりゆきとはいえ、私も彼女も初めて異性に触れたのであった。意識を失いかけている彼女を何とか送り届けなければと、私のほうはまったく余裕がなかったのだが、彼女のほうは、もうろうとしつつも、それがこんな歌になっていたことに、改めて驚く。

一首目、二首目は、河野の第一歌集『森のやうに獣のやうに』（青磁社）に収められているが、後ろの二首を含め、あとはすべて歌集未収載の初期歌篇にあたるものである。

「二人のひとを愛してしまへり」と詠《うた》われた、私のほかのもう一人は誰だったのか。その頃には、それが誰なのかは彼女の話からおおよそ想像はついていたのだが、その二人の出会いについては、彼女の日記が詳しく語っている。

その年、一九六七年（昭和四十二年）八月。河野裕子は所属する短歌誌「コスモス」の全国大会に参加している。

短歌結社では月々の歌会のほかに、年に一度全国の会員が集まって全国大会が開かれることが多い。大会では歌会のほかに、主宰者の講演、講話や、会員による研究発表など、さまざまな企画があるが、普段遠くにいる会員には、何より主宰者や幹部会員たちを間近に見られる数少ない機会であり、楽しみに集まってくるのである。現在は多くの結社で一泊二日が標準だが、この頃の「コスモス」では三泊四日の日程が組まれていたというのに驚く。

「コスモス」は会員数三千人以上という歌壇きっての大きな結社であった。大会の場所は四国の屋島。河野にとっては初めての参加であり、また初めての一人だけの旅であった。なかなか決心がつかないままに、意を決しての参加であったようだが、そこで一人の青年と決定的な出会いをすることになる。
誌上ではお互い名前を知っており、同世代ということで注目しあっていたようだが、その出会いは彼女にはまさに衝撃的だったようだ。日記には実に三十六ページにもわたって大会の模様が記されているが、その多くをはじめて出会ったその青年との交流、その印象の記述が占めている。

桟橋を渡って来る二人づれ　一目で宮柊二《しゅうじ》だとわかる
うしろから歩いてくる、みず色のサマーセーターの
少年めいた青年　リュックを背負い、ボストンを両手に下げてやってくる
先生の息子さんかと思う
次の瞬間、Nさんだと気付く

玄関に着いた瞬間、旅館の白い浴衣《ゆかた》を肩のところなど
まだノリの固そうにピンとしたのを
ヤッコだこみたいに　無造作に着て
ニョッキリ　スネをはみ出した若い方が

ロビーを横切ってゆかれた
ちょっと振り返って　ニッコリされた　それが、
Nさんと　お顔を見合わせた　最初だった　〔一日目〕

休憩の間　所在なくしていたら　Nさんが見えて
あなたの歌　注目していますよ　とおっしゃる
何だか少しお話する　清潔な　少年っぽい処《ところ》の
抜けきらない印象は　やはり同じである〔二日目〕

三時よりグループ歌会　別館のむし暑い部屋
横にNさんが見える　相変らず浅黒いお顔
驚いたことには　歌会の真っ最中にあぐらを組んだり
膝《ひざ》を立てたり　果てには寝転んでみたり
そしてかなり手きびしく　批評なさる

グループ歌会を途中からサボって　二人して、

ロビーの椅子《いす》でお話する　実にいいお声で、椅子まで響く
稚《おさな》いような清潔なくちびる　あらい短い髪　濃い眉《まゆ》
子供っぽいほど熱心で、はにかんだような　沈んだような
くっきりした大きな眼　髭《ひげ》など　ほとんど濃くなくて
少年から青年に移行する時のさわやかさである

度々　彼の口から出る「世界観」という言葉が
私は好きであった　それは
かつて私の見知らぬ　広いもの　より自由なるもの
より高いものを目指しているようであったから
そして、世界観という言葉の持つ
男らしい　つよさが　私は好きであった

ついて来いよ　というので　ついていった
フランス文学の本と、カメラを持って部屋から出てみえた
狭い階段をのぼった　身体のどこかがふれたようだった

その時、あまりに彼は大きすぎるような気がした
肩までも　私の頭は届いていないかもしれない

屋島寺で話す　いつまでも　何を話してもあきなかった
感じ易《やす》い　はにかみ易い　怒り易い　背の高い人
育ちのいいことも　頭のいいことも　それはすぐわかる
何度も　彼はカメラを向けたけれど　私は失礼なほど
それをいやがった　恥ずかしかったのだ
たとえ数秒の間であろうとも　カメラのレンズの中から
見つめられることは　恥ずかしかった

肩をつかまれたことも　髪を見つめられたことも
如何《いか》にも　あの方らしく清潔だった
てのひらの巾《はば》だけ近づけば　あの方の息のぬくみも
ほおに感じられただろう
でも　私たちは　はなれていなければならなかった　お互いに

私たち　これが青春なんですね　といった時、
愛情について語った時、明らかに私は
彼のひたひたとした愛情を感じた〔三日目〕

送ってゆこうかとも　何もおっしゃらずに一緒に歩いて
松林の道を抜ける　何も言わない
こんな時　一体　何を言えばいいのだろう
「私、Nさんとお友だちになるなんて思ってもいなかった」
思ったことをつぶやく
「ぼく、ほんとは来たくなかったんだけどね
君の名前が載ってるだろう、だから……」
ほんとうなのかどうか　わからない　でも嬉《うれ》しかった
じりじりと暑い　重いカバンを　彼が持ってくれる
バス停留場に着く
「私、何かあげようと思ったんだけど、何にもなくて、

昨日、もらったお林檎《りんご》、ひとつだけ持ってるんですよ」
青い林檎である
かじろうかと思って　くちびるをあてた林檎である
ひとつの言葉より　ひとつの木の実の方が
より多くを語ってくれそうに思われた
彼はよろこんでくれた。大きなてのひらにすっぽりと
おさまってくれた林檎を見て　何か安心した
バスがやってきた　誰もが乗ってしまった
最後になる。時々、交信しようねと小さな声でおっしゃる
いろいろ　お世話になりました　さよなら
振り向くと、手を振っている彼が見えた

あの方から得たものは、限りなく多くのものを孕《はら》みながら
私の内部に育ってくれるだろう
これを実現させることが　愛情の実現となるだろうと
つよく感じた　ひとつの確信であった　〔四日目〕

（日記　一九六七年八月七日）

三十六ページにもわたる日記の、その一部である。三泊四日のこの旅、大会の意味のすべては、一人の青年Nに出会ったことであっただろう。その名前はのちに河野の口からも聞き、日記には数限りなくあらわれてくる名なのだが、ここは『評伝・河野裕子』（白水社）における永田淳の記述に倣《なら》って、Nという名を用いておこう。

くだくだしい説明は不要であろう。かねてより雑誌に掲載される歌を通じて、お互いに意識しあっていた二人が、大会で初めて出会う。年配の会員の多いなかで、若い二人が急速に距離を縮めていったのである。若いというだけで、学生というだけで嫌でも目立ってしまう集団である。主宰の宮柊二も気づいていたようで、「宮先生は、私たちをひやかすみたいに、微笑《ほほえ》んで通りすぎてゆかれた」とも書かれている。

N青年は、すでに結社のなかでも編集の一角を担《にな》い、主宰者からの信頼も篤《あつ》かったであろうことは、彼が宮柊二の鞄《かばん》を持ってあらわれたことからもわかる。若きホープとして一目置かれる存在であることから、行動は自《おの》ずから自信に満ち、かつ自由であり、初参加の河野には、歌会の最中にあぐらをかいたり、寝っ転がったりする奔放さが新鮮で眩《まぶ》しく、魅力的に映じたのであっただろう。

誘われるままに歌会を抜け出したり、ロビーや松林で時間を忘れたように二人きりで話をする。楽しくない筈《はず》がない。

この八月七日の日記のあとには、N青年の歌が百二十首ほど抜き書きされている。「コスモス」誌を初めから繰って、彼の歌をすべて書き写したものだろう。たった一度の逢《あ》いであったにもかかわらず、いや、たった一度きりの逢いであったからこそ、彼への思いは、滋賀に帰ってからも、いよいよ強い恋慕として、純粋さのなかで増幅・培養されていく。まさに falling in love というやつである。

この青年への思いは、彼女の日記にはそののちにも、嫌というほど繰り返されることになる。手紙の交換は何度もあったようだし、絵葉書に河野への恋の思いを歌にして書いてよこしたこともあったようだ。それらの歌は日記に大切に書き残されている。彼の方にも、河野への思いは確かにあったはずで、二人は手紙を通じて、その後の数か月、互いの思いを通わせあうことになる。狂おしいまでに一途《いちず》に彼を思う河野の言葉が、めんめんと日記に綴《つづ》られてゆく。三〇〇ページほどの日記帳が、わずか三か月でいっぱいになってゆくのである。

同人誌「幻想派」の集りを通じて、私と河野の淡い交際が始まったのは、そんななかであった。はじめのうちは、「ほとんど笑ってばかりいた。まるで兄妹か、お友だちみたい」とか、「あけっぴろげすぎて、ちょっとムード足りなかったけど」「危うい恋人のようには、多分ならないだろう」などと日記に書いていた河野だったが、私と二人だけで逢う回数が増えていくにつれて、私への傾斜を意識せざるを得なくなり、N青年への思いとの板挟みに苦しむことになる。

初めて会ったときから、私へは好意を持ってくれていた河野であったが、近くにいて、逢いが重なるにつれて私への単なる友人以上の思いを意識するようになると、彼への罪の意識に押しつぶされそうになってゆく。

十月十六日には立命館大学で立命館の学生や「幻想派」の同人たちが集まって、講演とパネルディスカッションがあった。その日の日記には「永田さんのお隣りにすわっていて、私たちはお互いに意識しあっていた。一緒にいるということは、何物にもかえがたい。そうして、そうして、ほんとに、あの夏、Nさんを懇親会の席で見た時以来、感じなかった、激しい、男のひとの内に埋没したいという、あのやみがたいおもいが湧《わ》いてくるのをどうしようもなかった」と記している。

明け方のゆめは　こうだった

背の高いひとだった　すぐ近くにいたので　そのひとの
身体のあたたかみが　あったかい匂《にお》いのように
つたわって来た　永田和宏さんのようでもあった
でもやはり　Nさんだった
ゆめの筋は　わすれてしまった……
でも、あの、とてもなつかしくて　居心地のいい
帰るべき処に帰ったという安心感　あったかい安心感は
生ま生ましいほど　よく覚えている

（日記　一九六七年十月十九日）

永田さんとNさんが　こころの内でもみ合っている
永田さんでもあり、Nさんでもあり、どちらでも　ない人の　ゆめを見る
そのひとは　いつも黙っている
しろいすき通った幻のように　すぐ消えてしまう

（日記　一九六七年十一月二十六日）

午後一時　百万遍にて　永田さんにお逢いする
百万遍は　京大生のたまり場みたい
京女周辺の華やかさとは　全然異質のムード
オーバー。手を振って合図　かけよってくる背の高いひと
胸苦しいような一日だった　大きなあのひとに　一日
身体ごとかばわれていたような。逢っているということは
身体のぬくみを通いあわすことのできるということは
こんなにも　あったかいものだったのかしら

私たちは多分、以前書いたように　兄妹のように
サバサバした関係のままではいられなくなるだろう
私たちは　やはり男と女にはちがいないのだから
だから　こんなに胸苦しい
あのひとの方に　こころが傾いてゆけばゆくだけ
大きくゆらぎながら
Nさんの方にむきなおろうとする思い

（日記　一九六七年十二月九日）

夜　眠れないことがどうしてこんなに多いのだろう
Nさん　胸のどこかがひきちぎれる程なつかしいひと
今、永田さんを失ってしまったら到底しゃんとしてはいられない
今、Nさんを失ったら、歌を創《つく》るはりも　ゆめもなくなってしまう

（日記　一九六七年十二月二十一日）

永田さん
あなたに傍に居て欲しい
今の私には　もう　あなたしか居ない
あなたの胸の中で　あたたかく抱かれていたい
言葉も　あつい息も　何もいらない
今　お電話
風邪でお逢いできないとおっしゃる

風邪なんぞで　どうして寝てしまうの　バカ

（日記　一九六七年十二月二十六日）

十月、十一月、十二月と徐々に私への思いが打ち消しがたく強くなっていく過程が露《あら》わである。そんな葛藤《かっとう》が、高安国世先生の講演会のあと、意識を失いかけて倒れるという出来事につながったのだろう。その夜はなんとか無事に彼女を送り届けたのだったが、それ以降の逢いが、それまでとは違った密度のものになっていくのは当然のなりゆきだっただろう。そして、二人の間に存在する一人の青年の比重は、二人ともに、大きく意識せざるを得ないものになっていった。

年を跨《また》いだある日。その日は、河野はことのほか、思い詰めているという風で、向かい合っていてもぎこちなく、また調子が悪そうであった。悩みの因の察しはついていたが、どう言いようもない。話をしていても、時おり、茫然《ぼうぜん》と私を見ているばかりで反応をしないこともあった。沈黙の時間も長く、傍らから見ていたら、どこか別れ話で揉《も》めているかのようでもあっただろうか。かなり長い時間、喫茶店にいたと思うが、まわりの視線にもいたたまれなくなって、彼女を促して、外へ出た。

路地を少し歩いたところで、彼女が足を止めた。振り返ったとき、突然、私の胸に体当たりのようにぶつかってきて、激しく胸を叩《たた》くのであった。耐えていた感情が、遂《つい》に堰《せ》き止められなくなってしまって、自分でもどうにも制御できなくなっていた。「どうしたらいいの」と繰り返し、泣きながら私を打ち、そのままくずおれて、手で地面を打ち続ける。あまりの突然の激しさに、彼女が何を言っていたのかまったく覚えていない。

ああ　何ということになってしまったのだろう
抱きしめ合った　抱きあげられた
あのひとの　てのひらの中に　ほおを埋めながら
狂おしくうめいて　そうして
ああ
私たちは　一体どうしたというのだろう
言ってはならぬことを言ってしまった
傷つけてしまった　また　ひとりを。

ふたりの人を　愛していると
そのために　こんなに　つらいと
何という愚かさ　何という　卑劣さ
自分をうちのめしてやりたい
あんなにやさしく　あたたかく　抱いてもらうより
はり倒された方がよかった
くるしい
あなたを傷つけてしまった

あなたは　何と言った？
誰も傷つかないやうに　してあげよう
一週間待てよな　一週間したら　電話する
一週間したら　逢おう
一週間　何も考えるな　と。

あなたは　行ってしまうの？
いやよ　いやよ
あなたが　私の傍を離れてしまったら
もう　立ってはいられない
あなたを失ったら　私はどうすれば　いいの

（日記　一九六八年一月五日）

誰よりも　私を大事に　つつんでくれるひとを
このわがままな　愚かな私は　あのひとの腕の内側から
ナイフでも　つき刺すようにして　傷つけてしまった
〈オレが居るのに　どうして　そんなに　こわいの
さあ　つかまって　首に手を廻して　おとなしくして〉
そう言って　人気《ひとけ》のない路地で、あのひとは
私を抱き上げてくれた
腰も胸もつかまえられてしまった

叫びながら　なりふりかまわず　抗《あらが》いながら
コンクリの地面に　うつ伏してもだえた時も
あのひとは　限りなく　優しかった
分別をもっていた

〈好き　嫌い　はどうしようもないモノなんやし
そんなに苦しむな
また　身体をこわすぞ
さあ　自分の足でちゃんと立って〉
そう言いながら　むき出しになった脚に
スカートをかぶせてくれた

髪にほおをおしあてて、抱きしめてくれた　あのひとの
やさしさを、さびしさを　どうして忘れられるだろう
あの時も、あのひとは　くちづけをしなかった

〈誰か〉を愛している私には　もうそれ以上
触れたくなかったのかも　しれない
触れては　ならないと思ったのかもしれない
永田さん　あなたも　Nさんも
同じ位同じだけ好きな　阿呆《あほ》な　私を、
どうぞ　つき放さないでおいて。（後略）

（日記　一九六八年一月七日）

察しはついていたとはいうものの、私のほかに、そして私より先に、愛してしまった男性がいることを、その男性をどうしても忘れる、諦《あきら》めることができないということを、初めて彼女の口から告げられたのであった。

その日の日記、一月七日の文章のあとに、五首の歌が書かれている。

たとへば君　ガサッと落葉すくふやうにわたしを攫《さら》つて行つては呉《く》れぬか

河野裕子

灼《や》きつくす抱擁の時もナイフ持て君が心臓さぐりゐしわれ

一首目は河野裕子の第一歌集『森のやうに獣のやうに』に収録され、彼女の代表歌の一つともなった歌である。歌集では「たとへば君　ガサッと落葉すくふやうに私をさらつて行つてはくれぬか」と表記が若干違っている。この一首はまた、河野の死後、彼女と私の相聞歌《そうもん》とエッセイを集めた『たとへば君　四十年の恋歌』という本のタイトルにもなっている。

二首目は歌集に未収載であるが、「幻想派」1号に「たとへば君」の歌の直後に置かれて、発表されたものである。

特に一首目「たとへば君」が、いつ、どのような状況で作られたのかは、生前、河野裕子自身も遂に語ることがなかったし、私を含め、河野裕子論を書いた論者たちの誰も知らないことであった。今回、この連載をするにあたって、彼女の日記を読み、はじめて発見したことになり、私自身少なからず驚いている。

よく私は、講演などで、「たとへば君」の一首は、反則の歌だよなあと言って聴衆を笑わせてきたものだ。ここまで言われたら、男子たるもの攫わないわけにはいかないじゃないか、というわけである。彼女の初期の代表作だからというだけではなく、私に強い決意を促した歌として、この一首は私には、そして河野裕子にとっても大切な一首ではあった。

それが、あの夜の河野の発作的な感情の奔出の直後のものであったことに、そして、その錯乱にも似た行動のなかで、決定的に離れられない存在として私をはっきりと意識した夜のものだったことに、いまあらためて思いを深くするのである。

あの胸が岬のように遠かった

〈一週間　何も考えない様にと　あなたは
おっしゃった　けれど〉
呆《ぼ》んやり　駅をいくつも乗り越してしまいました
言ってはならぬことでした
暧く　抱かれるより　殴り倒された方が良かったのかもしれないと思います
あなたまでも　傷つけてしまいました
苦しめることになってしまいました
愚かにも　そうさせてしまいました

二ヶ月もちこたえて来ました　でも　もう疲れた様な気がします
いつまでも　こんな　危うい均衡の続くはずのないのもわかっています
お逢《あ》いしたい　でも　こわい

大事に　やさしく　からだを　気遣ってくれる人を
苦しめ　傷つけたくなかったのです
まるで　子供を　あやすみたいに　動物園へゆこうねなどと　書いて　くれたのに
それなのに　愚かにも
一番　言っては　いけないことを　言ってしまいました

あなたに傍に居て欲しい
あなたが　居なくなってしまったら　到底　ひとりでは
たっていられそうにもありません　でも、
こんな　裕子が　お嫌なら　仕方ないことだと思います
あなたに　お逢いしない前も、ひとりで何とか
やって来られたのだもの　と思ったりもします

ここは　さむくて　くらいけど、でも
髪をといて　灯を消して眠ることも　何だか　億劫《おっくう》です
いま、あなたは何をしているのだろうと
呆んやり　頬づえをついて考えています。
(手紙　河野から永田へ　一九六八年一月七日)

京都まで出てこられますか。
良かったら　なにも考えずに　出てきなさい。
木曜日、12時半　らんぶるに　行きます
そんな　裕子に逢いたいのです　　和宏
(手紙　永田から河野へ　一九六八年一月九日)

今朝　眠っていたら　おばあちゃんにおこされた
速達。永田さんから
封をあけるのがこわかった
手紙を抱いたまま　身悶《みもだ》えしてしまった

あの人に抱きしめられてゐる時も　私は
たえずNさんのまぼろしを見つめつづけてゐた
あの四国の夏のひかりを
その中を歩いてくる　丈高い　少年めいた面影を
あのさわやかな　唇を
そうして　あのぴったりと　こころとこころを
合わせて　充実しきって　静かに　保ちつづけた
あの沈黙を。
こい　とは　あのやうなものであった
そうして、こいとは、このやうに　悶えながら
抱きしめ合うことでもあった

くらい中で　封を切った
……そんな裕子に逢いたいのです……
裕子？
あのひとは　私を裕子と呼んだ
来なさい　と　書いた
接近。どこまで接近してゆくのか

裸のままの　飾らぬ私を知りつくし
それでもなおかつ　私を待っていてくれる人
やけどの傷あとの　あることも　入院したことも
頼りないことも　病気がちだということも
多くの人との恋も　呆んやりしていることも
今　彼以外の人を　ひたすら愛してゐるということも。
それなのに　私を待っていてくれる

（日記　一九六八年一月十日）

もう一人の青年と私との葛藤《かっとう》に耐えきれなくなって、狂ったように私に体当たりしてきた一月五日以降、このようなやり取りを交わしつつ、私たちは急速に接近することになっていった。河野の日記によると、このころは三日に一度くらい逢っていたようだ。

もちろんそれは、彼女がN青年をあきらめて、私へ一方的に接近してきたということではなかった。依然として、自分ではどうしようもない懸垂感のなかに揺らいでいるようであった。せめて私と会っている間は、それを押し殺していればいいものをと、普通なら思うのだが、それができないのが、河野裕子であった。自分は嘘《うそ》がつけないとよく言っていたが、そんな河野の不器用さに、二人ともが振りまわされていたと言うべきだろうか。

とにかくなんにでも興味を示し、おもしろがり、ころころと笑ってばかりの少女であったはずが、いまや「二人のひとを愛してしまへり」の葛藤のなかに身悶えし、もっともわからないのが、自らの感情であるかのようであった。

永田さんとご一緒。京都駅上の長崎屋で一時間ほどお話。

不覚にも涙ばかりこぼしてしまった。つよいちからで、
私の手をつかんで離そうとしないあのひと。
傍らに誰も居なかったら、私たちは明かに抱きしめ合ったにちがいない
草津駅まで送って下さる。
おもいつめれば、この頃、必ず全身水を浴びたようにさむく、しびれてしまう。
そうして、あのひとのあたたかい腕の中に、他愛《たわい》なくまるで子供みたいに抱かれてしまう。
つくづく情けない。
誰も居ない草津駅の階段で、あのひとは髪を撫《な》でてくれた。
危い一瞬、一瞬。「ここに誰も居なかったら……」
私たちは互《かた》みにそう思いながら　みつめ合っていた
〈衝動〉おそらく必然的に私たちは
もっと接近してゆく　限りなく　どこまでも

（日記　一九六八年一月二十日）

「おもいつめれば、この頃、必ず全身水を浴びたようにさむく、しびれてしまう」と

自ら書いているように、喫茶店などでも、話が微妙なところにさしかかると、不意に「あなたがだんだん遠くなる」と遠くを見るような目になり、倒れてしまうのである。慌《あわ》てて抱き起こし、他の客たちの注視のなかを、彼女を両腕に抱えあげたまま、店の奥の事務室に運び込んで休ませてもらったことが何度かあった。まるで騎士《ナイト》、なんとも気障《きざ》っぽい話だが、当の本人はそれどころではなく、なんとか彼女をもとにもどすのに精いっぱいなのであった。

どうしても一人で決められない。逢うたびに、二人の男性のあいだを揺れ動きつつ苦しんでいるのを、否応《いやおう》なく感じざるを得なかった。

わからなくなりました。
やはり、ぼくがいないほうがいいのだろうか。
ぼくが現われたこと自体、間違っていたのかもしれない。
ぼくは二人の人を　同時に好きになることは　できないと言った
いまも　そう思っている
しかし　そうなったからと言って

それは悪いことでもなんでもない
自分の本心がわからないのなら
わかるまで　待てばいい
そして　その結果が　どうなったって
それは君には　関係ないことだ
人を傷つけると言うのは
そういうことではないと思う

（手紙　永田から河野へ　一九六八年一月十九日）

そんなわかったようなことを書きつつ、十日ほどあとの手紙には、正反対のまったく違った強い思いを伝えているのだから、私のほうもそうとう思い詰めていたのかもしれない。

私が憎いと思ったことがあるか　と君が聞いて
ある　とぼくが答えたのを憶《おぼ》えていますか。
ただ漠然と、君が摑《つか》めなかったのです。

それが　時として　憎く　いらいらさせる原因なのです
君が　ぼくの目の前にいるのに　君の手を　自分の手にしっかり摑んでいる筈《はず》なの
に
それでも　君を　見失なう時があるのです
少なくとも　ぼくの目の前にいる君は　ぼくの手の中にある君の手は
ぼくだけのものであってほしい
ぼくに言われた言葉を　独占することができない　それがいやなのです
つまり　独占欲なのです　わがままなのかもしれません
けれど　君と二人でいるとき　二人の間に　誰かを意識しなければ　ならない　と
いうことが　いやなのです

ぼくも　思っていたほど　強くも賢くも　ないようです
たいていの事には　冷静であるはずでした　どんなに辛《つら》くても
少なくとも　外面上は　平気でいられるはずでした
君を　大きく包んで　あげられるように　なりたかったのです
君と同じ次元で悩むべきではないとも考えてはいたのです

この頃　よく夢をみます。
中学以来　ほとんど　夢らしい夢を見たことが　なかったのに。
こんど逢った時　夢の話をしてあげます
何だか　何も書けなくなってしまいました

君に　どちらかを選べ　というのは　残酷だと思います
けれど　どちらかでは困るのです　ぼくでないと困るのです
（手紙　永田から河野へ　一九六八年一月三十一日）

この手紙を読んで、どうしても明日逢いたいと、私に電話をしたことが彼女の日記に書かれている。
二月三日のことであった。逢ったのは、京都の府立植物園。凍りついた噴水の前に大きなプラタナスの樹《き》があった。そのすずかけの木のしたで、はじめてのくちづけをした。冬の植物園には、ほとんど人影はなく、からんと透明な空気が痛いような午後の寒さだった。

それまでも、何度も抱きあっていたはずだったが、どこまでストイックだったのか、あるいは初《うぶ》だったのか、くちびるを合わせるということはなかった。私にも彼女にも生まれてはじめてのキスであった。ほとんど衝動的な行動だったはずで、前後のことはほとんど覚えていない。覚えているのは、彼女がはげしく泣いたことだ。うろたえてしまった私は、茫然《ぼうぜん》と彼女の前に突っ立っていたような気がする。

くちづけ　骨も砕ける程　抱きしめられながら
しないやすい草みたいに　限りなく　奪われてしまった

人間だと思った　あたたかく　やわらかく　湿って
歯と歯が触れ合って　舌がぬれていて　ああ　つくづく
人間だと思った　それが　情けなかった　みじめだった

くちづけは　もっと美しいものだと思っていた
花びらにふれるみたいに　ひんやりして
すべすべしているものだと思っていた

その胸をなでながら　打ちながら　押しながら
〈あなたが憎い　あなたを一生憎んでやる〉と叫んだ
風景は限りなく侘《わび》しくさむかった
かなしくもないのに　涙ばかりが冷たく流れた
男というものが、限りなく呪《のろ》わしかった
男というものが　あくまでも能動的であるということがくやしかった
呪わしかった　血が少しからかった
くちびるをかみ切っていることすら気づかなかった
あのひとの胸がひどく鳴っていた
人間とは何故《なぜ》こんなに汚く呪わしいのかわからなかった

（日記　一九六八年二月三日）

なんでそんなに泣くのか。どうして一生憎んでやるのか、私にはよくわからなかった。初めてくちびるを奪われた女性は、こんなにも激しいショックを受けるものなのかと漠然と考えていただろうか。何のことはない、私の不器用さが彼女の夢を打ち砕いたのが原因であったのか。初めてのくちづけ。その衝動を解放する必死さに、美しいキスなどというテクニックに思いいたる余裕などまったくなかったのだろう。お粗末なことであるが、五十年後にこんなことを言われてもなあ、とも思う。ごめんね、と言いたいところ。……日記は続く。

植物園を出て、車で「再会」に行った
「再会」に何時間もいた　あたたかくてよかった
さっきのあのみじめさが少しずつ消えていった
〈あのひとに逢ってから　自分が生れ変ったような気がしたの　ものの考え方も変ったし　閉ざされていた未来というか　世界の　何かが広く　おしあけられてゆくみたいな気がしたの……〉
みるみるうちに　彼が萎《な》えてゆくのがわかった　唇をふるわせながら　つよく握っていた私の手をふりほどき顔をそむけてしまった
そして〈君は　あいつのことを忘れられん　絶対に〉と言った　しぼり出すように苦しそうだった

あんなに苦しむ彼を見たのは初めてだった
多分　男泣きとはあんな状態を指すのだろう
もうダメだと思った　この人は　いってしまうと思った
車に乗ってからもそればかりを思った　たえられなかった　自分を抑えることも
恥も外聞もありはしなかった　身を投げかけて　胸にほおをすり寄せ　頬も髪も胸
も撫でながら　このひとをもう決して失ってしまいたくない　と思った
〈バカ、バカ〉とささやく　あのひとの声が聞えた
バカでも　阿呆《あほ》でも　気狂でもいい
不意に　身をのけぞらされたまま　唇を奪われてしまった　抗《あらが》わなかった　運転手
の存在も廻りの人の目も何も何もなかった
あのひとの唾《つば》の味がした　唇を合わせている間だけは
五感はすべて感覚を失ってしまっていた

（日記　一九六八年二月三日）

すでに五十数年前の記憶である。ほぼすべてが茫漠として忘却の彼方《かなた》であるが、彼

女の日記の記述が、彼女の創作でないことは私のかすかな記憶からも断言することができる。京都駅へのタクシーに乗った途端、彼女が私に身を投げかけてきた。その展開は日記に書かれている通りであるが、しばらくして、後ろの若い二人の行動を見かねたのだろう。運転手のひと言は、今も鮮明に覚えている。「あんたら、ええ加減にしときや」。

いま思い出しても赤面するほかないが、たぶん私たちは、そんな言葉も耳に入らなかったのだろう。京都駅までそのままの状態であったような気がする。はた迷惑な話である。

あなた・海・くちづけ・海ね　うつくしきことばに逢えり夜の踊り場
永田和宏『メビウスの地平』

「ゆたゆたと血のあふれてる冥《くら》い海ね」くちづけのあと母胎のこと語れり
河野裕子『森のやうに獣のやうに』

逢う頻度はいよいよ多くなり、吉田山周辺、黒谷墓地、法然院、京都女子大の裏山など、できるだけ人の少ない場所を探すようにして、私たちは歩きまわった。
そして夜になると、国鉄草津線で帰る彼女を送って、京都駅にあった駅ビルの喫茶店で時間を過ごした。当時は三代目の京都駅舎で、烏丸口に面して一か所だけ八階建ての四角い塔があり、たしかその八階が喫茶店であった。八階から下に矩形《くけい》に下りてゆく狭い石の階段があり、夜になるとほとんど使う人がないのを幸い、階段の踊り場で長く時を過ごした。

京都駅タワーを八階までのぼり　階段の処《ところ》に
二時間ほどいた　ながい抱擁　ながいくちづけ
〈殺して　殺して〉呻《うめ》きながら阿呆なことばかり
つぶやいていた　殴られた　両頬を
殺すんやったら　おまえの喉笛《のどぶえ》をかみ切ってやる　と
言いながら　のども何もかも奪われた　限りなく
〈おまえは俺だけを見てろ　Nのことは忘れろ〉
〈裕子　裕子〉

〈誰にもおまえを渡さない　Nにも誰にも〉
〈死ぬな　長生きしろよな〉
〈おまえは　やっぱり　オレから離れていくのか〉

きれぎれな言葉の中で　くちづけに溺《おぼ》れていた
人が幾人か　階段をのぼり降りしていた
でも　もうそんなことが　一体　何だというのだろう

（日記　一九六八年二月九日）

期せずして二人の第一歌集にある先の二首は、そんな踊り場での語らいの言葉であっただろう。時折上ってきた人がぎょっとしつつ通り過ぎて行った。まったくはた迷惑な話だ。

あの胸が岬のように遠かった。畜生！　いつまでおれの少年

永田和宏『メビウスの地平』

ほぼ同じ時期の作である。抱きあうようになってからくちづけまでがいかにも長かった。そして、くちづけからセックスに至るまでもまた長かった。女性の胸は、若い男性にとって手の届かない憧《あこが》れである。「岬のように遠」いのである。それに手を伸ばせない自らの少年性の口惜《くちお》しさを歎《なげ》く歌である。なんと初《うぶ》な二人であったかと、こうして書きつつ、わが子を励まし、応援するような気分にもなってくる。

「どんなに接吻《せっぷん》をしても、私たちには足りない。あなたの舌がどんなに私のくちの中につよくおしつけられ突き出されて来ても、足りない、足りない。私たちは何でこんなになってしまったんだろう」（日記）と言いつつ、しかしそれ以上には進まない。抱きしめればいやおうなく彼女の乳房の感触は私の胸に伝わって来るし、別の日の日記には、「くちづけというようなものではなかった。息が詰りそうだった。されるがままになるしかない。太腿《ふともも》のところに、固くなったペニスがつきあたっていた」とも記されている。

今からは不思議な気もするが、私たちの抱擁は、しかしそれ以上には進まなかった……。

河野ともよく逢ってはいたが、その頃、大学一、二年生、いわゆる教養部時代は、友人たちともよく遊び、よく飲んだ。丹羽、山田ら理学部S4クラスの仲間、新しくできた短歌関係の仲間、そして高校時代に一緒だったが大学では離れてしまった仲間たちとも、よく会って飲んだ。

ある時、高校の同級生四人で飲みに出た。焼き鳥屋か何かで数時間。だいぶ飲んだが、それ以上は金が続かない。あとは鴨川堤《かもがわつつみ》で飲むことになった。まだ角瓶には手が出ず、酒屋で買ったのはサントリーレッド。立ったまま一気に回し飲みである。それでも酔わない。

誰が号令をかけたのか定かではないが、これから走るぞー、となった。四条から北へ、鴨川堤を四人が走る。何やらむしょうに可笑《おか》しく、みんな大声で笑いながら走るのだから、まわりの人たちが避けるのは無理もない。

三条を過ぎた辺りで、一人が河原から鴨川にごろごろと転げ落ちたのは覚えている。中学時代からの同級生、桂利雄君である。残り三人はそれでも走った。二条を越えて丸太町橋で、とうとう全員がダウン。もう走れない。

これ以降は定かでないが、私が最初に異常に震え出したらしい。こういう時、最後まで素面《しらふ》でいる奴《やつ》がバカを見るのは通例である。村上雅博という、京都で一番古い漬物屋の息子が、とりあえず私を家まで送り届けるべくタクシーに引きずり込んだ。もう一人は丸太町の橋の欄干に抱きついていたらしい。

かすかに覚えているのは、タクシーの運転手の怒声と、村上が頻《しき》りに謝っている声である。その村上は、私が吐くのを両手で受けて、何度も窓から外へ汲《く》み出していたのであった。運転手が怒るのは当然。これは我々の語り草になっているが、村上たちとは今でも年に何度か会って性懲《しょうこ》りもなく呑《の》んでいる。

彼が丸太町橋まで戻ってくると、件《くだん》の一人はまだ欄干に抱きついていたのだそうだ。川勝明彦と言って、高校時代の私の性教育の先生であるが、彼についてはまた後に登場してもらおう。村上は今度は、欄干に抱きついている川勝を引きはがし、自宅まで連れ帰ったという。とっくに酔いが醒《さ》めていたなどと言っていたが、初めに鴨川に落ちた桂は、もう駄目だろうと放って帰ったというから、彼らもやっぱり酔っていたのに違いない。

若さは常に愚かしくもばかばかしいが、数えきれないわが酒の失敗談の最初のものである。

村上がタクシーで私を送り届けたのは、京都の北、岩倉であった。私が高校三年のとき、私たち家族は御室から岩倉へ引っ越しをしていた。北区の紫竹から右京区の御室へ引っ越したのが、私の小学校六年のとき。それから六年後、再びの引っ越しである。今度は右京区から左京区へ。京福電鉄鞍馬線の岩倉駅から十分、近くに宝ヶ池の国際会議場がある。御室より広い一軒家であった。庭とガレージのあるのがうれしかった。父の勤める西陣の帯業界は、この頃がたぶん全盛期にあたっていたのだろう。父も専務として生活にかなりの余裕が出てきていた。

高校三年の、まさに受験の直前に引っ越しをするなどとは、今の受験生を抱えている家なら普通はしないだろう。最後の半年を、岩倉から長い時間をかけて嵯峨野高校へ通学しなければならなかった。

朝は父が途中の北野白梅町駅まで送ってくれ、京福電鉄嵐山線の電車で高校まで。そのあと白梅町まで戻って塾へ。遅い時刻に塾が終わって、電車を二本乗り継いで帰宅すると十一時くらいだっただろうか。それからがいわゆる受験勉強である。よく続いたものと思う。

私が大学に入って、しばらくした頃、母さだに病気の兆候があらわれた。初めはデパートの階段で転んだという程度のものだったが、数か月も経《た》つと、歩行がどうも普通ではないということに、本人も家族も気がつくようになった。

町医者に行っても、どうも神経系統の病気であるらしいということのほかには、何もわからない。そのうち、一人での歩行が困難になり、次第に家事も満足にできない状態になっていった。なんとかしなければと思うが、どこへどう持ちかけたらいいのかわからない。

ある時、思いあぐねて、私の大学での保健体育の担当教授に相談にいった。親切な先生で、それなら京大医学部に脳神経外科を作った荒木千里先生がいらっしゃるから、紹介状をもらってあげようと言っていただいた。それがどれだけたいへんなことなのか、私には一向に分かっていなかったが、その分野では神様のような人なのだと、人を介して伝わってきた。

父が母を連れて脳神経外科を受診したのは、それからすぐのことであった。

きみに逢《あ》う以前のぼくに遭いたくて

一九六七年（昭和四十二年）の夏、母さだは、京都大学医学部附属病院の脳神経外科に検査入院をすることになった。荒木千里教授、半田肇《はじめ》助教授によって昭和三十九年に開設されたばかりの新しい診療科であったが、母が受診した時には、すでに半田先生が教授となっておられた。荒木先生の紹介状をいただいていたということもあって、主治医は半田教授ということになり、母の死までをお世話になることになる。

一週間ほどの検査入院で、病名は、とりあえず小脳変性症ということに。今でこそ、この病気の発症機構などの研究は進んでいるが、多くの神経変性疾患がそうであるように（そして不思議な縁と言うべきか、後年の私の研究も一部、神経変性疾患に関わるものになったのだったが）、未《いま》だに根本的な治療法は見つかっていない難病である。

検査後一年ほどは、ゆっくりではあっても何とか歩けていた母は、翌年になると、外へは一人で出歩けなくなっていた。いきおい、買い物や家事ができなくなった母に代わって、夕食の支度など、妹の厚子が家事の中心を担《にな》っていくことになる。中学三年の頃であった。下の妹の悦子が中学一年。

私はすっかり忘れていたが、厚子にばかり負担がかかり、彼女がいらいらし始めた頃、私が家事の分担制を提案したのだそうだ。特に厚子と悦子が二人ともピアノの練習で家を留守にする木曜日は、私の当番の日に当てたのだという。「カレーライスとかいろんなもの作ってくれたえ」と妹たちは懐《なつ》かしそうに言うが、私には茫漠《ぼうばく》とかすかな記憶でしかない。

いずれにせよ、特に厚子には負担が大きかっただろう。高校に入っても、クラブ活動などもせず、いっぽうで受験勉強もしながら、病気の母親を看《み》る。のちに悦子も手伝うようになったが、九年は長い。その間、自宅で療養する母を、もっとも近くから支えたのは、厚子であった。中学、高校という多感な時期を、母親の看護がいつも頭から離れなかったであろう妹たちを思うとき、不憫《ふびん》だと思うとともに、今も彼女たちに頭があがらない思いになる。

私は大学生になっていて、昼間も家に居ることが多かった。よく母と一緒に昼飯を食ったりしていたと妹たちは言う。それにしても一日の大半の時間を、母は誰も居ない自宅でひとり過ごさざるを得なくなっていた。その母の悲しみ、焦燥、元気に外へ出ていく者たちに対するある種の妬《ねた》ましさといった感情に気づくには、私はまだ若く、元気でありすぎた。

学生生活が始まり、家のなかだけが世界ではないということに気づく過程でもあった。外への回路ができた分、確執の強かった母との関係にも、精神的な余裕が生まれていたのかもしれない。正直、母の悲しみを、それに周波数を合わせるように一緒に感じてやれなかったような気がする。哀《かな》しいことだが、どこか鈍感であったのかもしれない。

河野裕子の家に初めて行った日のことを話す前に、河野の家族について書いておこう。

父親は河野如矢《ゆきや》、母親は君江である。河野の両親は二人とも熊本の上益城《かみましき》郡御船《みふね》町七滝《ななたき》の出であり、互いに親戚《しんせき》なのであった。確か従兄妹《いとこ》同士。如矢の父と、君江の母が兄妹だったはずである。近親婚だから、私みたいにヘンなのが生まれる、とは生前の河野がよく言っていた言葉だ。

戦争中、上海《シャンハイ》に渡って商社の仕事をしていた如矢のもとに、同じ村の親戚だった君江が、親たちの決めた結婚のため海を渡ったのだと言う。二人は終戦後、七滝に帰り、そこで裕子が生まれた。裕子が二歳の年、福岡の大牟田《おおむた》に転居し、妹の真由美《まゆみ》が生まれることになる。

その後、一家は京都に移り、京都駅近くの借家に住むことになった。如矢は、戦後しばらくは闇《やみ》の商品を扱ったり、自転車のタイヤの修理に使う注入液などを作る会社で働いていたようだ。一九五〇年（昭和二十五年）十一月十八日未明、京都駅で大火災が起こり、駅舎がほぼ焼失するのだが、その炎が家から見えていたとよく言っていた。裕子が五歳のときに、滋賀県の石部に転居し、衣料品の行商を始めることになる。

「初めての行商に行きし日風呂敷《ふろしき》に軍手とモンペ嵩《かさ》ひくくありき」（歌集『七滝』）は、後年、母河野君江が作った歌である。自転車に載るだけの商品を載せて、誰ひとり知る人のいない田舎での、特に古い排他的な町での行商である。

「よそもので、九州弁丸出しの親たち。どういう目で見られていたか。必死で行商したんですよ。（中略）ああいう癇癪《かんしゃく》持ちの父が知らない土地で頭を下げ通して一生を終わりましたね。車を運転していても、みんなに頭を下げて下げて。だれも助けてくれる人がいません。親も親戚も。父と母はただ二人、背水の陣。『よそものは正直でなければ生きていけない。信用だけが自分たちのいちばん大事な財産だ。（中略）お客さんとケンカだけはしてはいけない』と言うのが父の口癖でした」（『私の会った人びと』）と河野は語っている。
そんな自転車一つで始めた行商であったが、如矢と君江の必死の頑張りで徐々にお得意が増えてゆき、念願の店が持てるようになった。石部は現在は湖南市になっているが、元は旧東海道の石部宿である。如矢が買うことのできた家は、石部宿の脇《わき》本陣にあたるかなり大きな家であった。斜め前が本陣で、いまもその家には、本陣跡の碑が立っている。

京大病院で手術を受ける　永田さんがつきそって下さる
約二時間　あまり痛くなかった
手術が済んだ頃、母も来た　永田さんの運転で
家まで送って頂く　夕飯　さし上げる
きちんとした　きれいなお座敷で　一時間程　二人きり
屈託のない　素直な　男の子っぽい態度が好ましかった
〈眼のとても　きれいな　少年みたいに若い人ね〉というのが　母の感想。
傷が痛んで　夜眠れず。

（日記　一九六八年二月二十七日）

河野の家に初めて行ったのは、裕子が京大医学部附属病院で手術を受け、母親の君江さんと一緒に、二人を石部まで車で送って行ったときであった。それまでにも何度か家まで送って行ったことがあったのだが、正式に家に招き入れられたのは、その時が初めてであった。

私はもちろん車を持ってはいなかった。車は父の車である。父は当時東京への出張が多く、朝の六時前に家を出る。父に頼まれて、出張のたびに京都駅まで送って行ったものだ。行きは父が運転し、京都駅から私が運転して帰るのである。眠くてまだ朦《もう》朧《ろう》としているが、家を出て鴨川にかかる頃、鴨川堤のケヤキ並木の向こうを、真っ赤な朝焼けが染めているのを、どこか夢心地に見ていたような気がする。朝焼けという言葉に出会うと、今でも父を送って行っていた鴨川堤のあの朝焼けが真っ先によみがえってくる。

こうして父を送り届けると、その代わりに、父の居ない間は私が車を自由に使っていいということになっていた。河野との逢いに使っていたのは、もっぱらこういう機会の父の車であった。

そう言えば、初めて河野を石部まで車で送ることになったとき、夜の名神高速道路を走って、京都から栗東《りっとう》まで行った。実は、私はそれまで自分で高速道路を運転したことはなく、初めての経験である。どうしてインターチェンジを出たらいいのかも知らないで、女性を（おまけに河野は極端な方向音痴で、栗東からの道がわからない）乗せて走ったのだから、我ながらいい度胸をしている。高校時代、無免許で同級生の女の子をバイクに乗せて帰ったのと同じかもしれない。

とまれ、彼女と君江さんを乗せて、石部まで。面映ゆくはあったが、運転手を務めたのだから、胸を張って家に招き入れられたわけである。お父さんもお母さんも、とても歓待してくれた。まだ高校生だった妹の真由美さんも屈託なく、みんなとても感じのいい家族だったというのが、その日の印象のすべてであった。私の家にはない、家族みんなが共有しているなごやかさが、羨《うらや》ましいほどに感じられ、みんなが私を歓迎してくれているのが嬉《うれ》しかった。

この手術がどういうものか。幼い頃の、火傷《やけど》の傷跡の瘢痕《はんこん》化《か》したところを治療するのだと言っていた。形成手術である。詳しくは聞かなかったが、彼女にとって、この傷跡のことは人には言えない大きな心の傷となっていたようだった。劣等感の強い人だったが、その大きな原因の一つはこの傷跡だったのかも知れない。

腰のきずあとのことは、ものごころついた時から、最も大きなひけ目でした。もう
諦《あきら》めていました
お母さんの一瞬の不注意からおこった事故とは言え、その為《ため》に恨みがましく思った
ことはありません
毎晩、傷あとを撫《な》でて寝てくれた気持が、痛い程　よくわかるからです
こんな私でも　いいと言ってくれたのが　嬉しかったのです
こんな身体《からだ》になってしまったのを　申し訳ないし、かなしい気がします
どうぞ　かんにんして下さい　そして　お母さんのこともかんにんしてあげて下さ
い

（手紙　河野から永田へ　一九六八年四月九日）

まだ京都の借家に住んでいた頃、それは二階を借りていたのだそうだが、母の君江が鍋《なべ》に湯を抱えたまま、階段の上で躓《つまず》いてしまったのだそうだ。その鍋は、そして熱湯は、ちょうど階段を降りていた裕子の背に、そのまま降りかかったのだと言う。大火傷である。彼女が四歳の頃のことであった。

貧しく、その日を暮らすことだけで精一杯だった家族。その幼い子に大きな火傷を負わせてしまった君江を思うと、私は今でも胸が痛くなる。治療も十分にはできなかったのだろう。君江には、毎晩、裕子の傷跡を撫でて、あやまりながら一緒に寝るしかできなかったに違いない。

そんな母親の気持ちをもっともよくわかっているのが裕子であった。母に対して恨みがましい思いはまったくなく、彼女にとって母親は、終生なにものにも代えがたい大切な存在であった。「お母さんのこともかんにんしてあげて下さい」の一節があわれである。

私に、その火傷の傷跡について話をするのは、余程の勇気が要ったのだろう。思い切って話をした夜のことは、翌日の日記に二十八ページにもわたって書かれている。

その日は、逢った最初から、なぜか私も彼女もほとんど口をきいていなかった。喫茶店「再会」から平安神宮まで歩き、そのバス停から滋賀交通のバスで帰るはずだった。私が乗車口から押し込むようにバスに乗せようとし、彼女が抗《あらが》ってどうしても乗らず、とうとうバスが行ってしまった。

何かの行き違いがあって、お互いに不機嫌に黙りこくっていたその日。帰らせようとする私と、帰るまいとする彼女の意地の張り合いがきっかけとなって、いつかは言わねばならないと思いながら、なかなか切り出せなかった「そのこと」が口をついたのであったのだろうか。平安神宮の前、京都会館の裏庭でのことであった。

腰のところに廻されていた手をとって傷のま上においた
「指を広げて。ずっと、もっと」
あのひとは不思議そうにした
「傷があるの　大きなひどい傷なの」
「知ってたよ　前から。それがどうした」
「傷なの　ひどい傷なのよ　こんな私でもいいの　それでもいいの」
見上げたら　あのひとはこの上なくやさしい　満足そうな顔をして　微笑《ほほえ》んでいた
「傷があるからどうなるって言うの　バカだなあお前は」
不意に彼は　力いっぱい抱きしめて　きいた
「子供は　うめるの？」
かなしみのような　引き裂かれるようなよろこびに似た　涙がふきあふれた　声をおさえることができなかった
胸にすがりながら　何度もこっくりをした

「子供は　うめるわ　あなたの好きなだけ　何人でも　うんであげる。子供はうめるのよ」
どんなにかなしかったろう　どんなにせつなく　どんなにうれしかっただろう　何もかも知りつくして　それでも　なお私を　奥さんにしたいと言ってくれる
ほんとに　ふきあふれるように　涙が流れた
（日記　一九六八年四月九日）

その夜のことは、私もよく覚えている。もっとも怖《おそ》れていた私の反応に安心したのか、いつまでも涙が止まらなかった。彼女の傷跡を実際に見ることになったのは、だいぶあと、手術のかなり後だったが、なんだこんなことをあれほど怖れていたのかと拍子抜けするほど、目立たない傷跡であった。

しかし、その〈告白〉を受けることで、彼女が確実に私に近い存在になりつつあること、そして、私のほうは、彼女を引き受ける覚悟を意識せざるを得なくなっていった。

きみに逢う以前のぼくに遭いたくて海へのバスに揺られていたり

永田和宏『メビウスの地平』

いつ、この歌を作ったのか、はっきりした記憶はない。「きみ」という存在に出会うことになり、今はとても倖《しあわ》せである。しかし、そんな喜びの時間のなかに、時おり「きみに逢う以前のぼく」、その時間を懐かしく思うことがある。暗く、デスパレットであった、あの頃の自分。そんな自分にもう一度遭いたくて、「海へのバス」に揺られている。意味的にはそんなところである。二人の男性のあいだを揺れ動く河野に、翻弄《ほんろう》されていた時期の歌でもある。

この海がどこだったのか、どうもはっきりとはしないが、京大理学部の例の三人組、丹羽と山田と私の三人で、山陰地方を旅行した折の記憶が何らかの影を落としているのかもしれない。ほとんど無銭旅行というに近い旅だった。どこかで少し河野から離れてみたかったのかもしれない。

京都から山陰線で向かったのは、松江であった。はっきりした目的があったわけではない。何となく宍道湖《しんじ》と鳥取砂丘が見られればそれで満足くらいの計画だったと思う。小泉八雲記念館にも立ち寄った気もするがはっきり覚えていない。とにかく三人が三人ともいっさいの計画性に乏しく、そのくせ、きっちり計画を立てて旅行をするなどということを、どこかで軽蔑《けいべつ》したがっていた。

松江の駅から、宍道湖の岸辺まで歩き、湖の向こうに落ちてゆく夕日を見ながら、三人でチキンラーメンをそのまま齧《かじ》っていたのを覚えている。三人ともほとんど何も話さず、どこかそのそこはかとない落魄感《らくはくかん》に酔っていたような節がある。

もちろん泊まるところの予約などしている筈《はず》がない。取り敢《とあ》えず留置場に泊めてもらおうと、交番だったか、小さな警察の建物を訪ねたのだが、あいにく今日は空いてないと言う。「空いてない」には笑ったものだ。その横に、何かの新聞社の出張所といった小さな建物があった。頼み込んだら、快く二階の一室を貸してくれた。記者が出張などで来たときに泊まる、六畳ほどの畳の部屋で、布団《ふとん》も自由にと言われ、しかも無料。こうして書きながら、本当だったかと自信がなくなるが、とにかくその夜は遅くまで、酒屋で買った酒をぼそぼそと三人で飲んでいた。

翌日は鳥取砂丘へ。松江からヒッチハイクである。男三人一緒にいては、そもそも車は止まってくれない。いちばん若そうなお前が止めろと言うので、私が国道に立って車を止め、止まったところで草むらに隠れていたおっちゃんぽい二人が現れるという寸法である。詐欺《さぎ》まがいのヒッチハイクで迷惑このうえもないが、実際、若い女性が乗せてくれたときは、恐怖を感じているのがありありとわかり、早々に降りた。

とにかく三台くらい乗り継ぎ、最後のトラックの運転手は親切にも大阪へ行くから、そこまで乗せて行ってやろうと言ってくれた。それもいいかと思ったのだが、鳥取砂丘だけは見ておきたいということで、砂丘の入り口で降ろしてもらったのだった。

安上がりと言えば安上がり。しかし「観光の実《じつ》」ということで言えば、こんな贅沢《ぜいたく》な旅もない。なにしろ、何も見ていないのである。能天気にして、時間の浪費。しかし、こういう意味のない無駄こそが、若い時期の記憶の大切な部分として残っていくこともまた事実なのである。

河野にとって、火傷の痕《あと》を私に言うのに大きな勇気が要ったように、私にも河野にいつか告げなければならないことがあった。母親のことである。母が早くに亡《な》くなったこと、いまの母が産みの母親ではないこと。これは河野の火傷以上に、誰にも言ったことのない私の心の傷であり、秘密であった。

膝《ひざ》の上の　少年の顔を通り越して　ほとんど
子供っぽい程　無心な寝顔を　見ながら　あなたを
このようにして抱き、このようにして眠らせた、あなたの母上が羨しく

そうしてお胎《なか》の中のあなたを
どんなに愛《いと》おしんで　あなたを産まれたのかと思うと
妬ましいような気がしたのです
どんなに　私が　あなたを大切に　なつかしく思っても
それは　母親の愛情に比べれば　只《ただ》の小娘の愛情でしかないような気がしたのです

でも　あなたが　いつか話して呉《く》れるであろうことを　話してくれた時、
今まで不可解であったことの辻褄《つじつま》も合い、
判《わか》らなかった　歌の意味も　やっと判りました
淡々と話して呉れた　あなたをえらいと思います
あなたに似た眼や眉《まゆ》や身体つきをしたひとを
どんなにさがしても　見つけることはできず
お逢いすることも　話すこともできないのかと思うと
ほんとうに寂しいのです
あなたがいつか　私の胸に顔を埋《うず》めて　さびしいと
つぶやいた時　私はまだ　なんにも知らなかったのです

知らないということは罪なことです

（手紙　河野から永田へ　一九六八年九月十一日）

母のことを話したのは、黒谷の墓地であった。彼女の日記には、「おそらく二十五、六歳で亡くなられたのだろう。〈おれを産んだひとは　死んだ〉　淡々としていて　それだからいっそう寂しかった　信じられなかった。見上げていると　泣けてしかたなかった」と書かれ、別のところでは「あのひとの後姿を見上げていると、ふっと涙があふれた　〈こんなに大きくなった息子を　産みの母親なら　どんなおもいで見上げるだろう〉」とも書かれている。

その日の日記には、

緑月《りょくづき》の昧爽《よあけ》にわれを産みしかば母の虹彩《イリス》に揺るる若葉ら　永田和宏

という、出たばかりの「幻想派」2号の私の作品（のちに歌集『メビウスの地平』所収）を書き写した後、三十五首の歌を作り、書き残している。大部分は未発表である。

いとけなき君をうち置き血を喀《は》きて逝《ゆ》きたるひとにせつに逢ひたき　河野裕子

その母の死にゆく際《きは》も隔てられ無心に君は遊びをりしか

膝の上に君は眠りぬその母に抱かれし記憶持たざるひとよ

その日を境にして、彼女はすべてを話してもいい存在、私が感じ、思い、考えるすべてを話したい存在になったのだと言ってもいいだろう。そしてそれは、彼女が六十四歳で亡くなるまで、ずっと続いていたのだと、亡くなって十年になるいましみじみと思うのである。

ちょっと話が飛躍して申し訳ないが、令和の最初の年に『象徴のうた』（文藝春秋）という一冊を上梓《じょうし》した。平成の天皇・皇后両陛下の歌を取り上げながら、平成という時代を振り返り、かつ両陛下が〈象徴〉ということを如何《いか》に大切に考え、実践してこられたかを、歌を通じて検証しようとしたものである。歌を辿《たど》ることで、従来言われてきたものからは、少し踏み込んだ〈象徴〉像を探り当てることができたと、私は個人的には思っている。

その「はじめに」で、明仁《あきひと》上皇が皇太子時代、美智子《みちこ》妃との婚約内定に際して詠《よ》まれた次の一首をあげておいた。


語らひを重ねゆきつつ気がつきぬわれのこころに開きたる窓

皇太子明仁（昭和三十三年）

ものごころつく前から実父母の手を離れて養育され、寂しい幼年時代を過ごされた皇太子である。しかし、

「婚約に至るまでの時間、皇太子殿下は、美智子さまに率直に胸のうちを打ち明けられたはずである。その過程で、はじめて『われのこころに開きたる窓』に気がつかれたのである。それを逆に言えば、それまでは、自らのうちをさらけ出すように素直になれる存在が、身のまわりにいなかったということに他ならなかった。『こころの窓』は閉ざされたままであり、それを自らの立場からはやむを得ぬ当然のこととして受け入れて来られたのが、皇太子としての二十数年という時間であったのだろう」

と、私は書いている。

私にはこの一首への思い入れが強い。まわりの大人ばかりの世界で心を鎧《よろ》いながら過ごしてきた青年が、初めて自分の心のうちを、言葉にして伝える。それは伴侶《はんりょ》となるべき存在を得た喜びであるとともに、その一人の存在の前に、自分を全開できる喜びでもあったに違いない。

上皇陛下を引き合いに出すのは畏《おそ》れ多いと顰蹙《ひんしゅく》を買いそうだが、振り返ってみて、私もやはり幼いころから、心を鎧って生きてきたのだった。母さだに対してそれが強かったのは已《や》むを得ないことであったが、父に対しても本当の意味で心を開いて真剣に相談をしたという記憶がない。妹たちとは、母が違う兄妹という意識はほとんどなく、仲が良く、また兄としてよく可愛《かわい》がったと思うが、何しろ六歳、八歳違うということから、相談相手にはまだならなかった。

そんな生活をさほど異常とも思わず過ごして来た私であったが、河野裕子という存在に出会い、何でも聞いてくれる、聞きたがる、そんな二人の時間のなかで、まさに「われのこころに開きたる窓」を強く感じるようになっていたのである。

先の河野からの手紙に答えて、次のような私の手紙がある。

母のことは　幼いときから　常に頭を離れぬ問題でした

誰にも言ってはならない　言っても仕方のないこと。
平気だった　と言えば、うそになります。
死という事実そのものよりも　どこを探しても
どんなに待っても　決して現われない　ということ
たとえ何十年生きようとも　自分の生まれ出てきた
〈母〉というものを　決して見ることも　触れることも
できないということは　たまらなく口惜《くちお》しいことです

ぼくには　人に抱かれたという記憶はありませんでした
寂しい悲しいなどとは決して思うまいと思っていました
けれど　母に抱かれ　母の体温を直接自分の肌で感じたという経験を
ついに持てなかったということだけが
なんとしても　口惜しかったのです

君を抱いていると　暖かくて　懐しいのです
素直になれるような気がするのです

いつかは　話さねばならない問題でした　そして
これっきり　恐らくもう誰にも　話すことはないだろうと思います（中略）
正直言って　君の目に　あふれてくる涙を見たときは
驚きもし　そしてそれ以上に　自分も一緒に
泣きだしたいくらい　うれしかった
そういえば　ぼくのために　涙を見せてくれた人は
君だけだったような気がします

（手紙　永田より河野へ　一九六八年九月十五日）

わが頬を打ちたるのちに

河野裕子が、幼いときに受けた火傷《やけど》の傷跡のことを私に話し、私もまた、実の母が死に、いま一緒に暮らしている母は二度目の母であるという、それまで誰にも話したことのないことを河野に打ちあけた。お互いに、いつかは言っておかなければならないことを話したことで、そして、それをお互いが大切に受け止めたことで、二人の距離は決定的に近くなった。本当は逆で、決して離れたくないという思いがあったから言えたことでもあったのだろう。

二人が逢《あ》う頻度はいっそう多くなった。逢えば、お互いに抱きしめないではいられない。人気《ひとけ》のない場所を探しながら、無闇《むやみ》に歩いている時間が長くなった。河野の日記には、どこへ行ったかが、ほぼ毎回書かれているが、人の目を避けるとすれば、いきおい墓地や山の周辺ということにならざるを得なかった。銀閣寺に近い法然院やその裏山、京都大学に近い黒谷墓地や吉田山。そんな場所を歩き、人気のない草むらや墓碑の裏を見つけては、身体《からだ》を寄せあった。しかし、二人きりになれる場所などそうありはしない。

ある日、知恩院の裏の斜面を歩いていた。お堂の裏を見つけ、くちびるを重ねながら長く抱きあっていた。さっきから気づいていたのだが、どうも向こうの木の陰からこちらを覗《のぞ》き見ている男がいる。どのくらい見られていたのかもわからない。見られて困るようなこちらの振舞いも悪いのだが、嫌なものだ。彼女も気づいていたらしい。歩こう、と別の場所を探す。しばらくすると、また別の場所から、こちらをうかがっているさっきの男に気づく。この覗き見野郎と、だんだん、いらいらしてきているのがわかる。こういう時、自制の利《き》かなくなるのが私の悪いところである。

「ちょっとここに、じっとしてろ」とか何とか言いざま、ざっとその男めがけて駆けだした。男は驚いて逃げ始めたが、こうなれば、追いかけるほうの迫力が勝るものだ。そのとき私は下駄《げた》だったのだが、その音もその男を脅かしたのだろうか、中年男はしばらく走って、逃げるのをやめ、こちらに向き直った。

お互い「なんや、なんや」とか、「この野郎」とか、意味のない言葉をぶつけながら、男の胸倉をつかみ、顔を一発殴った。殴り合いになるかと思ったのだが、向こうは覗き見をしていたというひけ目があるのか、あるいは一発目でひるんでしまったのか、殴り返すこともなく、二発目もまともに受けた。手を放すと、こちらを振り返り振り返り、走って逃げてしまった。

まあ、何事もなくて済んだのはよかったと言うべきだが、思慮分別に欠けることこの上もない行動だっただろう。喧嘩《けんか》っ早いが決して強くはない。もし私が殴り倒されでもしたら、彼女はどうなったか。そんな彼女の安全も考えずに走りだしてしまった自分を恥じるばかりだが、あれが、最後に人を殴った記憶である。

逢うたびにくちづけをし、そして抱きしめ合う。若い二人である。ただ抱きしめ合う以上の、性への渇望《かつぼう》がどちらにも押し寄せてくるのは、ある意味では当然のことでもあった。

河野の日記にも、「何もかもひとつになって　分ち合いたい。まじめにこころからそう思う」「ひとつになりたかった　やみがたい　内部のちからのこもった欲求があった」といった言葉が頻出するようになる。「逢うたびに、抱き合っているうちに、私たちはもうそれだけで充《み》たされなくなるのではないだろうか　愛とは、恋とはもっと謙虚にお互いを守り、いたわることではないのだろうか」といったこれからへの漠然とした怖《おそ》れも記される。

それは、もちろん私の思いでもあり、渇望でもあった。いや、彼女以上に、私の方に強い性への渇きがあったはずである。二十一歳、初めての恋。性への誘惑がなければ、そのほうがおかしいだろう。

私たちは　逢えば抱きしめ合わずには
いられなくなってしまった
でも　決して　あのひとはこれ以上の線を
越えて来ないひとだ
俺がもし　狼《おおかみ》になったらどうする
と尋《き》かれたけれど　あのひとは　いつも
私以上に　分別を持っている

（日記　一九六八年三月二十七日）

とも書いているが、女性から、そんな風に信じられてしまうのは辛《つら》いことである。ぎりぎりのところで、性へ突っ走るのを抑えていたのだろう。今から考えれば、そんな無理をすることはなかったのにとも思うのだが、彼女を傷つけることを怖れていたのは事実であった。彼女の夢を、というべきだろうか。

彼女の日記によれば、その年の六月二十五日のことだった。京都駅で会った。前日の電話で、どうしても屋島へ行くと言う。屋島はもちろん前年の「コスモス」全国大会でN青年と出会った場所である。なぜ行かねばならないのかは、ついに言わなかったが、もちろんその意味は私にはよくわかる。

新大阪行きの切符を買った彼女と、喫茶店に入った。何を話したのだろう。

聡明《そうめい》な　やさしい人だと思う　そうして
その聡明さをうちまかす位に　すべもなく　若いちから
おそらく性欲が　おおうすべもなく　若い果実のやうな
はだの下から　ひかるようにして見える　そんな眼で
あのひとは私を見る　いとしくて　なつかしくて仕方ない眼で見る
眼をはなせば　すぐ飛んでいってしまいそうな
気紛れの水鳥を見るように　私を見る。
「行くな　絶対にゆくな」

力づくで　階段をおり　車にのせられて「再会」へ
「もう　おれを苦しめるな」と　あのひとは言う。
自分の気紛れ　愚かさ　軽薄さに　私は愛想がつきる

（日記　一九六八年六月二十五日）

とにかく屋島行きは思いとどまらせたが、これほど私との距離が縮まってもなお、去年の夏の屋島での思い出が彼女を強く領している、苦しめているのかと思うと、切なかった。

「再会」を出て、植物園へ行った。別に何か思惑があったわけではない。その日の彼女は朦朧《もうろう》としているようだった。私もどこか破れかぶれといった気分だったのだろう。その萩群の一画で、彼女を押し倒した。それは覚えている。しかし、前後のことは忘却の彼方《かなた》であった。彼女の日記には、その顚末《てんまつ》がいやというほど（たぶん）正確に写されている。

刈草の上に　やさしく倒して「後悔しない」ときく。
きれいな　あのひとの眼の中に　しろく私が映っている

眼球の中で　すこし歪《ゆが》んだ顔。

知らんぞ　と言うなり　乱暴に背中のチャックをひき下げ
肩から　ひきはぎ始めた　胸があらわになる
苦しくて　息ができない程　首を吸われる
胸を抱きしめている私の手を　強い力でもぎ取ろうとする
あのひとは　やっぱり男のひと　こんなにあかるいのに
まだ私たちは婚約すらしてはいないのに　まだ先は
何年あるか知れないのに「知らんぞ」などと
無責任なことを口走るなり　私を　こんなにしてしまう

もがきながら「あなたは　ほんとうに私を好きなの」ときいたら
うなづいて　眼をあげて　私の眼をのぞいた
私を犯そうとする時も　このひとは　何故《なぜ》こんなに潔々と
うつくしい　曇りのない　眼と唇をもっているのだろう
「私を本当に好きやったら　どうしてこんなことをするの」

二分ばかり　あのひとは　そのままの姿勢で
じっとしていた　動かなかった
身体をおこして、乱れた服をなおしてくれる時
あのひとは　何を考えていたのだろう

「オレは　バカだ」と　つぶやく
腕中　木のひっかき傷だらけ　ズボンは泥だらけ
「オレをなぐれ」
「オレをなぐれ　たのむから　なぐってくれ　たのむから」
しづかな　やさしい水のような気持だった
このひとを好きだと思った　このひとが
どんなことをしても　好きだと思った　そんな
甘いことを考えていると　力いっぱい　左の頰を殴られた
耳がしばらく　じんと鳴った
おれが殴ったから　殴り返せ　と
子供みたいなことを　あのひとは言う

戦いに負けた　牡《おす》のけもののように　みじめな様子をしていた

（日記　一九六八年六月二十五日）

わが頬を打ちたるのちにわらわらと泣きたきごとき表情をせり

河野裕子『森のやうに獣のやうに』

この一首も、河野の初期の代表作のひとつである。もちろん覚えていたが、あの時の歌であったとはほとんど意識していなかった。なんという迂闊《うかつ》なことだったろう。

一九六八年（昭和四十三年）から六九年という年は、大学では学生運動のピークを迎えていた年であった。慶應義塾大学、早稲田大学における学費値上げ反対闘争、東大医学部でのインターン制度に対する反対運動などに端を発し、ベトナム戦争、七〇年安保闘争、沖縄返還運動などの諸側面を含みつつ、多くの学生がその運動に関わっていった。

京大ももちろん例外ではなく、私たち一般学生も、頻繁にクラス討論を行ない、街頭デモに繰り出し、同志社、立命館の学生たちとともに河原町通から円山公会堂までの行進には何度参加したか数えられない。河原町御池や四条河原町の交差点では渦巻デモと称して、ぐるぐるまわったりしていたが、機動隊とのあいだに大きな衝突はなかった。

京大では基本、民青系（共産党系）の学生が強かったが、全共闘（全学共闘会議）系の学生との間の衝突が、六九年一月、安田講堂における封鎖解除のころから、目に見えて激しくなってきた。

理学部では三回生から研究室に分属することになっていたが、私が所属することになった物理学科、福留秀雄研究室は学生運動のカオスとも言うべき場であった。何しろ民青の中心と全共闘の中心が一研究室に割拠していたのである。

助手の一人が全共闘の活動家。もう一人の助手が京大五者連絡会議（学生自治会の同学会、大学院生協議会、職員組合、京大生協、京大生協労働組合）の委員で、民青系の活動家であった。廊下のつきあたりに近いあたりに、バリケードが築かれていて、そこから向こうは全共闘の〈解放区〉。私たち三回生は、民青系の助手の先生がメンターになっていたから、当然、そのバリケードの向こうへは入れなかった。

私自身は、大学のあり方を問い、「大学解体」や「自己否定」といったキーワードのもとでラディカルな行動を取る全共闘に、心情的には共感を覚えつつも、彼らの視野と要求の範囲が大学そのものに留まり、一般社会との連携の意識の乏しいのを不満に感じていた。これでは大きな政治権力を動かす力とはならないだろうと思っていた。結局、どちらの運動、派閥にも加わらない、いわゆるノンポリ学生と言われる類《たぐい》の学生であった。

京大では、六九年一月、「本部構内に（永田註：全共闘系学生によって）封鎖された学生部建物があり、封鎖に反対してバリケードを築いた一般学生・五者・大学当局がそれを取り囲み、さらに外側に構内突入を図る封鎖支持の学生がいるという構図」（西山伸「京都大学における大学紛争」）が生まれていた。

このままでは、東大安田講堂の二の舞になり、京大に機動隊が導入されることになる。それを阻止するために、自主的に封鎖を解除するという名目だったのだろう、一月二十二日の夜、学生部への突入がはかられた。

私がなぜその場にいたのか、どうしても思い出せない。たぶん民青として活動していた友人の山田に手伝えと連れ出されたのかもしれない。ゲバ棒を持って、二階へ上った筈《はず》だったのだが、どういう経緯だったか、二階の窓から飛び降りたことだけを覚えている。開放のために入った筈なのだが、私たちの一隊だけ、いっせいに追われて逃げだしたのはなぜだったのだろう。

窓から見ると、ちょうど自転車置き場のスレートの屋根があった。古い建物で、二階の高さはかなりあった。だが、その屋根なら飛び降りても大丈夫と思ったのだろう、思い切って飛び降りた。スレートの屋根というのがあんなに脆《もろ》いものだとは知らなかった。スレートを破ってそのまま地面にたたきつけられたのである。不思議にまったく怪我《けが》はなかったが、あとでぞっとしたのは、そのまま落ちたからよかったものの、もし両脚が屋根を支える梁《はり》を跨《また》ぐようにスレートを踏み割っていたら、とんでもなく惨《みじ》めなことになった筈だ。考えるだに怖《おそろ》しい。もちろん河野には内緒であった。

二度目ははっきり覚えている。先の西山伸の記録によれば「2月14日開催の教養部代議員大会に備えて、前夜から五者の学生・職員約800名が会場となる法経第一教室をはじめとした時計台に入っていたところ、14日午前2時半頃から全共闘系の学生約500名が攻撃をかけ、小雨の中午前7時頃まで激しい衝突が続き、負傷者は250名に上ったと報じられた」とある。

これにも件《くだん》の山田が参加し、法経第一教室に立て籠《こも》っていた。午前一時過ぎだったろうか、丹羽と二人でちょっと陣中見舞いにでも行ってみるかということで、のこのこと出かけたのだった。法経第一教室は、もっとも大きな教室で、作り付けの机と椅《い》子《す》があり、五〇〇席ほどはあったのだと思うが、ほぼすべての机が取り払われていたのには驚いた。バリケードなどに使われたのだろう。なかには一〇〇名ほどの学生たちが残っていただろうか。もう少し多かったかもしれない。

　私と丹羽が山田を見つけ、しばらくのんびりしゃべっていた時だった。やって来たぞという声が聞こえ、いっせいに電気が消された。明るいと攻撃目標になるからだろう。しまったと思ったがもう遅い。逃げ出す術《すべ》がない。取《と》り敢《あ》えず、ヘルメットと角材（ゲバ棒）が渡された。こうなったら仕方がない、なんとか一緒に戦う以外に道はない。

　しかし、机や椅子が完全に取り払われ、傾斜のついた床だけとなった大教室に隠れるところはどこにもない。しかも、扇状の大教室の後ろは、すべて窓。ガラスはすべて割れていたと思うが、そこからどんどん火炎瓶が飛んでくる。真っ暗な室内に飛んでくる火炎瓶は、床に落ちて燃えながら転がって来る。こんなとき、火炎瓶は怖くないのである。見えるのがありがたい。避《よ》けられる。

　ところが怖いのは石であった。拳《こぶし》大以上の大きさの石がどんどん投げこまれてくる。闇の中を飛んでくる石は、当たるまでわからない。これは怖かった。できるだけ窓から遠ざかって、ひたすら火炎瓶を避け、石が直撃しないよう祈るばかりで、とても戦うなんてものではなかった。

誰かが、ここは広すぎて守り切れないから、今から法経四番教室へ移動する、と号令を発した。退却である。続けっ、ということで、みんないっせいに飛び出し、取り囲んでいた全共闘のゲバ棒とわたりあいながら、とにかく法経四番教室へ駆けこんだ。入り口の扉の内側に、たぶん机の天板だったのだろうが、長い大きな板片を幾重にも重ねて立てかけ、釘《くぎ》などないから、内側から十数人が集まって押さえていた。にわかバリケードである。

火炎瓶もどんどん投げ込まれるし、私の背中にも石が当たった。顔に当たらなかったのが幸いだった。窓から入ってこようとする奴《やつ》めがけて、火炎瓶が投げ返され、火だるまになって向こうへころがり落ちた奴もいた。しかし、取り囲んでいる人数がどんどん多くなっているのが、こちらにいてもわかる。こちらには何しろ飛び道具がなく圧倒的に不利。

どのくらい持ちこたえたのだろう。このままではやられる。みんないっせいに飛び出そうということになった。ドアを開いて、とにかく突っ走れというのである。外では角棒を持った連中が取り囲み、集中攻撃にあうのは目に見えているが、籠って死を待つよりは、といった心境だった。不思議に恐怖は感じなかった。負けるのがわかっていても、総攻撃だと命令されて、死地へ駆け出す兵士の気持ち、その幾分かはわかったような気がしたと言っては傲慢《ごうまん》だろうか。

出口からいっせいに走り出る。両側から角棒で滅多打ちにされながら、それでもてんでばらばらに走って逃げた。この時はまだ角棒であり、鉄パイプでなかったのが幸いした。暗い方へ私も走ったが、一人がどこまでも追いかけてくる。だいぶ走ったところで急に止まり、「なんだ、やるのか」と向き直った。その学生も「なんだ、お前ら民青が！」とかなんとか言ってしばらく睨《にら》みあったが、やがて肩をそびやかして元のほうへ戻っていった。要は、集団心理なのである。一人一人の個に戻ると、暴力はたぶん学生には似合わない。

負傷というほどの傷も受けずに、夜明け頃、北部構内の理学部へ戻ったのだった。野次馬根性が思わぬ大事に巻き込まれたという格好であった。そのあとのことは覚えていない。

闇に弧を描きし焔が地にひらけばむしろ美し錯誤なす蘂《しべ》
永田和宏『メビウスの地平』

始発電車はわれひとりにて　むなしさのたとえばズボンが破れしことも

河野の日記を見て、驚いた。法経教室からほうほうのていで退散した翌日、二月十五日に百万遍で河野と待ち合わせていたのだった。十二日ぶりと日記にはある。

幾台となく機動隊の車が通っていった
なんにも言わないで車を見つめている横顔は、
その沈黙のふかさともの思いのようすはNさんに似ていた。
法然院の裏山の　春のやうなひかりの中で　抱き合い重なっているときも
下の方からデモ隊と機動隊の喚声がきこえてきて、何かが痛かった
私より幾層倍　あのひとはそれを感じていただろう
男のひとは　何も云《い》わない
学校に泊り込み、夜中に包囲され、
ゲバ棒を持って三派とやり合ったことも　多くを言わない
その間　あのひとが感じなければならなかったおもいを
そのすべてを判《わか》ってあげられなくても、
疲れている身体をやさしく抱きしめてあげるだけで

あのひとは慰められるだろう

（日記　一九六九年二月十五日）

あの激しい一夜の翌日、まだ衝突の続いている京大から逃げ出し、法然院の裏山に登って、二人だけの時間を過ごしていたわけである。この頃は、昼過ぎ、あるいは夕方に大学へでかけ、一晩大学で、焚火《たきび》などしながら過ごした後、始発電車で家に帰るといった生活が続いていたように思う。

〈学生運動〉と〈短歌〉と〈恋人〉。私はあんなに好きだった物理から見事に落ちこぼれることになるのだが、その原因を冗談交じりに、「三重苦」と言っている。まさにその三つの軸のみを中心に回っていたような、三回生の後期であった。

その年の四月、河野裕子から電話があって、角川短歌賞に決まったという。驚いた。そんなものに応募しているということさえ、ひと言も聞いたことがなかった。角川短歌賞は、歌壇の芥川《あくたがわ》賞とも言われる賞であり、新人の登竜門でもある。五十首をまとめて応募するが、その年の応募数は三九八編。近藤芳美《よしみ》、宮柊二、斎藤史《ふみ》、玉城徹《たまきとおる》、塚本邦雄、山本友一《ともいち》の六人が選者であった。

初めての応募で賞を射止め、しかも初めての戦後生まれ、最年少受賞である。「短歌」六月号に選考座談会が載っているが、六人の選者のうち、塚本邦雄を除いて全員が点を入れていた。塚本も、もっとも多く書き込みをした作者だったと明かし、まず文句なしの受賞だったと言えるだろう。

かへらざる憧《あこが》れなれど夕映えてあかがねいろに坂はありたり

ねぐせつきしあなたの髪を風が吹くいちめんに明るい街をゆくとき

くちづけを離せばすなはち聞こえ来ておちあひ川の夜の水音

われを呼ぶうら若きこゑよのどぼとけ桃の核ほどひかりてゐたる

タイトルは「桜花の記憶」。圧倒的に若い少女の感性である。当時のどんよりと古びた歌の多いなかにあって、明らかに一つの若い作者の出現を印象づけたが、いまとなっては、むしろ感性のわかわかしさと、どこか律義《りちぎ》な古さ、慎ましさが不思議な交錯と陰影を作っているように見える。

「この歌はいい。君が今までに作った歌の中で一番いい」と恋人がほめてくれた。そんな形で自分の歌をほめられたことは、一度もなかった。うれしかった。よし、歌を作ろうと思った。作って作って作って作って、何十首も、何百首も作り続けるのだ、と思った。

夕闇の桜花の記憶と重なりてはじめて聴きし日の君が血のおと

という桜の歌だった。（中略）

ひと月ほど、夜も昼もせっせと歌を作り、歌を作り溜《た》め、歌のことばかり考えていた。後期の試験が間近に迫っていたが、試験勉強などまるでうわの空である。

応募締切日の最後まで粘った。二月末日、消印有効である。大型の原稿用紙を買いこんで来て、清書にかかったが、思ったよりずっと時間がかかる。夜中すぎても、なかなか進まない。汗ばんで、息ぐるしく、頭が熱い。座敷の雨戸をあけると、少し風が吹き、雪が降っていた。

雨戸をあけたまま、どんどん清書していった。たいせつな桜の歌一首のためだけに書いてゆく、五十首だった。

（河野裕子「京都新聞」一九九〇年三月十八日）

もう少し、彼女の日記から補足しておこう。「夕闇の桜花の記憶」、それは前年の四月、京都会館の裏庭で、彼女が初めて火傷の傷跡のことを私に打ち明けた、その夕闇の庭に咲いていた桜なのだと言う。

傷があるのがどうしたの。バカだなあ、おまえは。
そう言って抱いてくれた。涙がふきあふれた。
あのひとの肩ごしにあおいだ、何いろもしていなかった
さくらの花をうち沈めた夜の空のいろ。
あのとき、私は恋の只中《ただなか》にあって　それでも空《むな》しかった
こころの半分だけは灼《や》けるように　まだNさんを
忘れることができず　疼《うず》いていた
夕闇の中に　さくらのはなが　どこにも咲いていた

私はあなたに　なんにもしてあげられない
あなたが京大紛争のさなかで学校に泊り込んでいた頃は
それでもまだ何かがあったと思うのです
二月十四日のすぐあとの頃　法然院の裏山に登った日の
あなたは　いつものあなたのようではなかった
裡《うち》に在るものがとても口惜《くちお》しいような
羞《はず》かしいものでいっぱいのようなお顔をしていました
あの頃も　私はなんにもしてあげられなかった
只、あなたもきっと起きているだろう真夜中に
試験勉強など放ったらかしで　歌ばかり作っていました
私には一途《いちず》になれるものが歌しかなかったのです
賞を取るとか取らないとかではなくて
賞に値するだけの作品が欲しかったのです
しんしんとした夜更《よふ》け

（日記　一九六九年四月十七日）

まだ起きている筈のあなたがしていることと
等価の何かが欲しかった

（手紙　河野から永田へ　一九六九年四月二十八日）

私が河野の一首を褒めたことが角川賞へ応募する一歩を踏み出させたことになった。いっぽうで、私が自分なりに引き受けようとしている学生運動やそのための行動、それに彼女が自分を同期させたいと願っての応募でもあった、そんな切実な一体化願望に引っ張られるような応募であったことを、生前の河野の口から聞いたことはなかった。

わが愛の栖《すみか》といえば

大学に入って、短歌に出会い、学生運動に否応《いやおう》なく巻き込まれ、そして恋人を得た。どれもいい出会いだったが、とりわけ短歌への傾斜、没頭は激しかった。

京大短歌会は、三回生あたりからは私が中心的な存在として切り盛りしていたが、月に一度の歌会のほかに、研究会と称して、教養部物理の助手の先生の部屋に入り浸っていた。その先生も「新短歌」という定型によらない短歌を作っている歌人だったのである。そのほかに、京都女子大学短歌会との合同の歌会や、京都、大阪の六つほどの大学の短歌会を結集して、関西学生短歌連盟などという団体を作り、合同歌会をやったりもした。これは京都と大阪の間で、あまりにも熾烈《しれつ》な議論が展開し、ほとんど喧嘩腰《けんかごし》の会になったので、長くは続かなかった。

結社誌「塔」の歌会も月に一度だったが、いちばん若い会員として必ず出席をしていた。六十歳、七十歳の会員から私たち学生まで、年齢を越えて話ができるという機会は少なく、社会への小さな窓のような存在であった。「塔」では、編集の手伝いをすることになり、これも月に三度くらいは集まって、割付作業や校正をやっていた。この頃の「塔」はわずか三〇ページほどの雑誌であったが、編集、割付、校正、発送まで、数人の編集委員ですべてをこなすのはけっこう大変なのである。

それに加えて、もっとも頻繁に集まっていたのが、同人誌「幻想派」の仲間であったかもしれない。歌会をやり、雑誌「幻想派」ができれば、合評会をやった。そのほかに、先輩の下宿などに頻繁に集まっては、一晩飲み明かすのが楽しみだった。作家意識ということでは「幻想派」がラディカルであり、前衛短歌の渦中《かちゅう》にあって、いかに中央歌壇の〈権威〉を無化するかなどと、大上段からの議論がまかり通っていた。

その頃、わが京大短歌会に対して、東京では早稲田短歌会が学生短歌会の雄であった。そして、「幻想派」に対して、早稲田の学生らを中心とした「反措定《はんそてい》」という同人誌もあり、これも好一対の対抗軸であった。関西の京大短歌会と「幻想派」に対して、関東の早稲田短歌会と「反措定」が、しのぎを削っていたのである。

「反措定」は、その名前からもわかるように、政治的な主張を前面に出し、全共闘運動の一翼を担《にな》うといった存在であった。一方「幻想派」は、「短歌に幻を視《み》る以外に何の使命があろう」という塚本邦雄の有名なテーゼに共鳴した雑誌名であり、当然のことながら、塚本的な芸術主義に大きく傾いていた。東京の連中からは、「お前たちは、現実を直視することを忘れ、幻に遊ぶなどと、この大事な時に日和《ひよ》っている」と公開質問状が届くが、京都の側では、「東京の連中の歌は、芸術性が皆無で歌にもなっていない」などと馬鹿《ばか》にしていた。

深作光貞《みつさだ》さんという、歌壇のフィクサー的存在の方が居た。のちには京都精華大学の学長にもなったが、若い歌人への目配りがよく、何人もの学生たちを歌壇の総合誌へ推薦するなど、ずいぶん大きな力になってくれていた。ある時、この対立をおもしろがった深作さんが、東軍「反措定」と西軍「幻想派」を、関ケ原で対決させようという企画を立ち上げたのである。両者とも「ヨシ、異議ナシ!」と乗ったのであった。西には北尾勲、安森敏隆らの大学院生の他に、私や河野裕子がいた。東には、伊藤一彦《かずひこ》という落ち着いた歌を作る青年もいたが、総じて三枝昻之《さえぐさたかゆき》、福島泰樹《やすき》などの先鋭な政治的発言が目立っていた。

たとえ実現していても、嚙《か》み合うはずがなく、せいぜい表に出ろといった展開になったのだろうが、どういういきさつだったのか、結局は実現しなかった。今でも三枝昻之とは、あの時やっていれば、どうなっただろうなどと懐《なつ》かしむことがある。

取《と》り敢《あ》えず、これだけ短歌に深入りしていれば、さらに週に何度か河野裕子に逢《あ》わずにはいられなくなっていたこともあって、勉強の時間が足りなくなるのは当然である。否応なく物理に落ちこぼれていく寸前にあったのだが、それはもう少しあとの話。

短歌、恋人、学生運動の他に、大学に入ってもう一つ目覚めたのは、山行き、登山であった。

高校時代までに登った山と言えば、せいぜい京都の比叡山か愛宕《あたご》山程度のものであり、本格的な登山などしたことがなかった。大学に入った年、中学以来の同級生である桂利雄君と一緒に、信州に出かけたのが、まず始まりだった。

と言っても、二人とも信州の山は初めて。ハイキングに近いものであった。まず霧ヶ峰から車山を越えて白樺湖まで、そのあと、美ヶ原を経て、上高地へ。最後は富山から室堂を経て立山の雄山に登るというコース。途中、バスや鉄道を乗り継いだが、ユースホステルなどで四、五泊はしただろうか。なんだか名所のオンパレードで、書くのも恥ずかしいが、最後の室堂から雄山が唯一《ゆいいつ》山登りと言えるものであった。

しかし、この時の印象が圧倒的で、翌年から年に何度も山に向かうことになった。多くは、河野には内緒で出かけた。

次に印象に残っているのは、高校時代の友人、川勝明彦君を誘って、穂高へ登ったことだろうか。日時はしっかり特定できる。大きな事故があった日だからである。一九六七年（昭和四十二年）八月一日、私たちは、電車で松本へ向かっていた。夕方のような記憶があったが、それは強い雨が降っていて空が暗かったからなのだろう。電車の窓から穂高連峰を見ていたら、峰を這《は》うように稲妻が走るのがはっきり見えた。峰の上に電線を張り、そこを光が走っていくといった感じで、あんななまなましい稲妻はそれ以前も以後も、見たことは一度もない。稲妻は二度、三度と走ったような記憶がある。

その時は、ああ、大丈夫かなあ、明日は晴れるかななどとのんびり話をしていたのだったが、松本駅について、驚いた。落雷で松本深志高校の生徒が遭難したと、確か号外が出ていたはずである。詳しい情報はわかっていないようであったが、まさに明日、私たちが登ろうとしている穂高連峰での遭難であった。先ほど電車のなかで見ていた落雷が、それだったのだろうか。どうしようかとも思ったが、若い二人に何の躊《ちゅう》躇《ちょ》もあるはずはなく、計画通り登ることにした。

上高地から涸沢《からさわ》を通り、奥穂高岳から前穂高岳へ到《いた》って上高地へというコースである。途中でまだ捜索関係者らしき何人かに遭ったが、そのとき私たちはことがそれほど大きな事故になっていたとは知らなかったのである。

一日早く、私たちの登山が計画されていれば、私たちも間違いなく同じ目に遭っていたはずである。

冬の八ヶ岳連峰に登ったのが、学生時代の山行きでは一番の思い出である。これまた、あそこで死んでいても何の不思議もない出来事があった。

一九七〇年（昭和四十五年）四月初旬、その時期の北アルプス、中央アルプスはまだ冬山に近い。準備はしっかりやった。前年には同じコースを、高橋三雄君、佐々田哲哉君という物理の同級生と視察のために登った。コースの確認である。またその年の一月には京都北山の最高峰皆子山《みなごやま》へ、冬山登山を行なって、雪のなかでテントも張らずにビバークする訓練をした。雪を掘って、シュラーフ（寝袋）のなかで寝るのである。

そんな準備万端を調えてからの八ヶ岳登山であった。この山行きは高橋君のほかに、同じ物理の同級生の柴田進君、それと化学科だったが一年先輩の榎敏明さんとの四人のチームであった。四月と言っても、まだ雪は深く、まずは行者小屋から赤岳鉱泉へ入り、その雪のなかに二張りのテントを張って、ベースキャンプを作った。

翌日はよく晴れていたので、横岳から主峰赤岳への縦走である。取り敢えず、ツェルト（簡易テント）を一張りと一日分の食糧を持って、登り始めた。硫黄岳から横岳を経て、赤岳へ到るコース。雪の深いところでは、輪カンジキを履き、雪が凍り始めた稜線《りょうせん》では鉄の爪《つめ》をもったアイゼンに履き替える。硫黄岳の稜線に出たときの感動は忘れられない。

快晴であった。しかし、稜線に出て空を見上げると、空が暗いのである。しかも、その深い藍色《あいいろ》の空に、なんと星がいくつも見えたのであった。太陽が出ているのに空が暗い、そこに見える星たち。これには感動した。前日には雪が降った。空気中の埃《ほこり》を核に雪の結晶ができ、それがきれいに埃を洗い落としてくれたのであろう。太陽の光が埃に乱反射しないから、空が暗く、星が見えるのだ。要は宇宙に居るようなもの。昼の空に星を見た、生涯でただ一度の経験である。

赤岳の山頂までは順調であった。ところが、下山しようという時になって、急に空模様が怪しくなり、激しく吹雪き始めた。とても下山は無理。急遽《きゅうきょ》、山頂に引き返し、二人用のツェルトを張って、そのなかに避難せざるを得なくなった。結局、このなかで丸二日ビバークするのだが、その間、テントの中にも雪が降ることを発見したり、夜中に酸欠になって寝ていた四人がいっせいに外に飛び出したり、夜に稜線で小便をしている時に雪女に遭遇したり、などなど実に不思議な、この世離れした経験の連続の二日間であった。それら不思議な体験は、私のエッセイ集『もうすぐ夏至だ』(白水社)に書いているが、なかで、一瞬の差で命拾いをした、「あわや」という経験だけは書いておきたい。

二日間山頂ビバークを余儀なくされた三日目、朝からまさに快晴。さあ、下山ということになった。吹雪のあとは雪庇《せっぴ》に注意というのは、雪山の鉄則である。もちろん私たちもそれは知っていたし、十分注意はしていたのだが、普通にはなかなか見分けがつかない。歩き始めてすぐ、あろうことか、榎さんが稜線に積もっていた雪庇を踏み抜いてしまった。

みんな一本のザイルで繋《つな》がっている。一人が滑落したら、残る人間は逆側の斜面に飛び降りろというのが、これまた雪山の鉄則である。知識として知ってはいるが、咄《とっ》嗟《さ》にそれができるほど我々は雪山には慣れていなかった。榎さんが滑落するのを茫然《ぼうぜん》と見て、立ち竦《すく》むばかり。声も出ない。

その時、滑落した榎さんが、まさに見事なとしか言いようのない制動を見せたのである。冬山のテキストに載っている、そのままの咄嗟の動作で、ピッケルを雪に打ち込み、わずか二、三メートル滑っただけで止まってくれた。まだザイルには余裕があった。あの制動が無ければ、ザイルで繋がったわれわれ四人は、間違いなく全員、雪の斜面をどこまでも転がり落ちていた。生きていることはまずなかっただろう。

柴田君は、ハンチントン病という、後に私の研究テーマとも関係する病気で若くして亡《な》くなってしまったが、あとの三人はまだ元気で、もう一度赤岳に登ろうかなどと性懲《しょうこ》りもなく言っている。赤岳のあの一瞬は、まさに「いのち拾い」という言葉そのままの、掛け替えのない拾い物であった。


この連載を始めたのは、河野裕子の日記を発見し、そのあまりの一途《いちず》さをなんとか残したいと思ったことによるとは、「はじめに」にも書いたはずである。しかし、こうして書きながら、ごく最近発見したのは、なんと私自身の日記だったのである。河野の日記に隠れるようにして、仕舞い込まれていた。

これには驚愕《きょうがく》した。日記をつけていたなどということさえ、完全に忘れてしまっていた。私のものは薄い二冊の大学ノートで、横書き。一九六八年（昭和四十三年）と翌年の二年分である。河野の日記と一緒に出てきたということは、生前の河野が読んだ可能性もあるのだろうか。冷や汗ものである。

さすがに河野の日記を書き写すのと同じような気分で、自分の若い、幼い文章を公開することには耐えられないが、河野の日記だけを読んでいたのではわからなかった部分が、私の日記を併せて読むことでわかったこともあり、少しだけ紹介をしておきたい。

10時頃、ゆう子にTEL。40分くらい話していただろうか。大体、ぼくは邪魔くさがりだから、あまり長いとイヤになってしまう。

ぼくが日記をつけるのは似合わないと言う。当然だ。日記などというのは、トニオじゃないけれど〝額に刻印を捺《お》された者だけ〟がつければいいのだ。

だが大切にしたい。自分の青春。二人の青春。自分の青春のありったけをかけて愛した人。

その人は将来ずっと存在しつづけるとしても、いま、ぼくの愛する人は、一度きり、この場きりのものでしかない。いまの彼女は、一瞬ごとに消滅する。いまの、瞬間の燃焼を確かなものに焼きつけておきたい。書くのではなく、書かずにはいられないのだ。

（永田日記 一九六九年一月六日）

言葉遣いがなんとも羞《はず》かしいが、これは日記をつける言い訳のようなものか。トニオはもちろんトーマス・マンの『トニオ・クレーゲル』。筋はほとんど忘れてしまったが、芸術家と俗人、芸術とは何かなど、真剣に考えていた頃の愛読書であった。そして、その月の終わりに近く、次のような記述がある。河野のものと並べて写しておく。

らんぶる、二時四十五分。黒谷、真如堂《しんにょ》、
八時すぎ車。太閤垣《たいこうだいら》。車の中。
九時四十五分、車で送ってもらって帰宅十一時。
お食事をして帰って頂く。父、母、大学紛争のお話など。
家に見えたのは二度目。アド（永田註：愛犬）、大歓迎。
十一時二十分お帰り。短歌二月号に、あの人の作品掲載。
写真、すこしぼけている。いい作品。

（河野日記　一九六九年一月二十四日）

昼の全学集会の後、ゆう子に逢った。黒谷へ登った。
親父《おやじ》が別府へ行くので　京都駅で車を受け取ったあと、京女のうらへ行ったら、ゆう子の最終の電車がなくなり、家まで送っていった。
帰ってからのことは　どうしても書きたくない。
おそらく一生忘れられないことだろう。
今日のことを話した　それだけで
何であんなひどいことを　言われなければならないのか
自分の精神状態に自信が持てなくなってしまった。
おさえようとしても　自分が自由にならなかった。
最後に爆発したのは、ゆう子のことを　ひどく言われたからなのだと思う。　それ以
後のことは　おぼえていないから。

（永田日記　一九六九年一月二十四日）

幻想派合評会、　わずか七名。
のち　雨の中を車で、　昨夜と同じ場所　樹々《きぎ》の間、雨、
車の中はほのぐらくてあたたかい　安心しきった抱擁
昨日　あのひとは　昔のことを云《い》ってくれた

「帰るのいや　帰るのいやって　オレの子供の時みたい
オヤジが　ひと月に一度か二度　逢いに来てくれた時も
そういってオヤジを困らせたんだって　あの頃はオレは
子供だったのに　おまえも子供みたいなことを云う」
何だか　涙があふれて仕方なかった。亡くなった母上のこと。さびしい幼年時代。
おれにみんな欲しい　あのひとはそう云う

雨が車の背をうっている　街の灯りが　ほのかに届いて少し顔が見える　そのくらい中に
私は胸をあらわにし　生れて初めて　人に乳首を吸われた　せつなかった
あたたかく　しづかで　ものぐるおしく　下半身が疼《うず》いた
そして　私はやわらかくて　やさしかった
やわらかくて　きれいね　と　あの人は云った
右側の胸だけ。みんなおれのもの　おれだけのもの

ぼくいやだなあ　赤ちゃんできるの

どうして？
赤ちゃんができたら　おまえを取られてしまう
男のひとは　完全に無防備になったとき
どうしてあんなに子供っぽいのだろう
私の胸を吸った時だって　男というより　子供めいた仕草だった。
あのひとの場合、それでよかったのだと思う
あのひとは、母親の乳房さえ知らない人だった。

（河野日記　一九六九年一月二十五日）

昼、全学集会。三時から　幻想派の合評会。
そのあと、きのうと同じ場所へ行った。
はじめてゆう子の乳房に触れた。右だけ。
かたかったようでもあり　とてもやわらかかったようでもあった。
くちびるをつけたら　ふと母のことがおもわれた。
ゆう子はゆうべのことを知っているはずはないのに

まるで彼女には　なんでもわかってしまうのだろうか。
ゆうべは助けてほしかった。そして、
本当にぼくを助けてくれるのは　ゆう子だけだと思った。
死んでしまった人をうらんでも仕方がない。そのかわりに
ゆう子がいてくれるのかもしれない。
ひょっとしたら　母とゆう子がどこかで　つながっているから　きのうのきょう
あんなことがあったのかも……
（永田日記　一九六九年一月二十五日）

あの胸が岬のように遠かった。畜生！　いつまでおれの少年
永田和宏『メビウスの地平』

こう詠《うた》ったのは、一年ほども前のことだっただろうか。自らの幼さを呪詛《じゅそ》するように「畜生！」と吐き出した少年は、そのはるかに遠かった胸にようやく到達した。その夜のことはよく覚えていた。しかし、なぜそのような展開になったのかは、河野の日記だけを見ていてもわからなかった。

その前夜、母さだが、まだ会ったこともない裕子のことを罵《ののし》ったこと、そのことで私は、自分を制することができないまでに傷ついていたようだ。そんな思いを抱えて、翌日また裕子と逢った。何も言わなかったはずなのに、なぜかそれまで頑《かたく》なに拒んでいた彼女が胸を開いた。初めて触れた乳房。
　そんな時にお互いが、同時に私の亡くなった母を思っていたというのが、それをお互いが日記に書き残していたというのが不思議である。「ゆうべのことを知っているはずはないのに　まるで彼女には　なんでもわかってしまうのだろうか」と、私は書いている。

　ブラウスの中まで明かるき初夏の日にけぶれるごときわが乳房あり
　　　　　　　　　　　　　　河野裕子『森のやうに獣のやうに』

　若い少女のブラウスの中に、透き通ってくる初夏の光が明るい。まだ誰にも触れられたことのない乳房が「けぶれる」ごとくひっそりと息づいている。無垢《むく》ゆえになんら臆《おく》することのない大胆さと、誇らしささえ感じられる歌である。

わが愛の栖《すみか》といえばかたき胸に耳あてており　いま海進期

永田和宏『メビウスの地平』

まさか私がそんな気障《きざ》なことを言った覚えはないが、自分への愛の栖として、私の胸に耳をあてている恋人。何かを聞きとろうとしているかのようであるが、私の胸には、海が少しずつ陸へ広がっていく、そのかすかな音が聞こえるのだろうか、と言うのである。「海進期」とはまた、彼女への愛がどんどん膨らんでいくという思いも、そこにはあった。

いま初めて気づいたことだが、彼女の角川短歌賞への応募のきっかけとなった一首、

夕闇の桜花の記憶と重なりてはじめて聴きし日の君が血のおと

河野裕子『森のやうに獣のやうに』

と、私の先の歌はほとんど同じ時期に作られ、同じ場面を詠《よ》んでいる。私の一首は、一九六九年四月発行の「幻想派」４号の、「海進期」というタイトルの冒頭歌であり、河野の「桜花の記憶」はその年六月の角川「短歌」に掲載されている。しかし、前年

末には彼女に「この歌はいい。君が今までに作った歌の中で一番いい」と言ったそうだから、当然記憶には残っていたのだろう。彼女が私の胸に耳をあてて聴いていた血の音は、また私の中に広がっていく海の響きでもあったのだろうか。

彼女の日記によると、角川短歌賞の授賞式は六月に東京大神宮であったようだ。その日に上京したのだが、東京駅に件《くだん》のN青年が迎えに来ていたということを初めて知った。

その何か月か前には、Nが京都へ来て、河野と会ったのだという。そのことは河野からの手紙で知った。会った翌々日に投函《とうかん》した手紙である。

「こんなことは黙っていたほうがいいのかも知れないし、その方が賢明なのかも知れないけれど、あなたには、どんな小さなことも隠してはいられないのです」として、京都駅でNと会ったことを告げていた。会うと、「人生上のことで悩んでみえるらしく、見間違えるほど疲れて痩《や》せていました」と言い、「離れていた距離も、時間も嘘《うそ》のように感じなくなり、私は又、いつもの現実希薄感に襲われ、そうしてその分だけ異常なリアリティを持って、夏の、あの強かったひかりが甦《よみがえ》り迫って」来たけれど、彼に対して「自分でも驚く位、客観的に見ている自分にほとんどあきれてしまいました」と続いてゆく。「あのひとと一緒に居て、あなたにお話して、あなたに見られて悪いことは、誓って私はしませんでした」は、ほとんど言う必要もない言葉であった。その頃にはN青年のことは、もはや私のなかではほとんど気にならない存在になっていた。

しかし、角川賞の授賞式で彼に会っていたことは、遂《つい》に彼女の口から聞くことはなかった。おいおいという気分。

直前に電話をしていたようで、「夜、十時半、Nさんに電話。幾度も泊っていくようにおっしゃる。あのひとの家に。でも私は泊まらないだろう。泊ってはならない。どんなことがおこるか予測できないのだから。永田さんに抱かれたい。一日、あのひとのことばかり考えていた」と日記には書かれている。

角川賞の授賞式は、今のように多くの歌人を招いての大きな会ではなく、選者六人と角川書店の社長角川源義《げんよし》らがテーブルを囲んで食事をするという会であったらしい。四時頃まで昼食会が続き、そのあと河野の先生であり、選者の一人でもあった宮柊二さんらに連れられて、数人で有楽町へ繰り出したのだという。そこには、どこかで待っていたのだろう、Nも加わり、楽しい語らいの場であったようだ。

六時過ぎに、東京駅に向かったとあるが、これもNと一緒である。

空はオーロラいろ。東京の夕焼けはちょっと異様で、息をのむほど美しかった。

きれいね、きれいね、と言って飛び上がって喜んだら、Nさんがおかしがって笑う。

駅構内で、京都にTEL。

「もしもし」永田さんはどうしてこんなに子供っぽい声をしているのだろう。何だかほっとした。京都はいいな。

「あのね 帰るのよ。八時に発つの 十一時に着くのよ お迎えに来てよ」

「～～～」と彼がしゃべり始めたらジーンジーンとTELが切れる。

仕方ないからNさんと両替をしたりしてまたかけなおし。Nさんが横からどんどん十円玉を入れる。

Nさん、永田さん、私。三人三様、まるで子供みたい。（中略）

十時五十四分。京都着。一山ほどのおみやげを抱えて中央改札口。

いつものように、はだしのむぞうさ。

ポケットに両手をつっこんで、カーディガンをひっかけ、改札口の上にすわって足を投げ出している。

何というお行儀のわるさ。

とびあがるほど泣きだしたいほど嬉《うれ》しい。
うしろからついて、「こんばんは」
「ああ、ほい」と返事。なんというまぬけかげん！

（河野日記　一九六九年六月七日）

その後は、家まで送って行ったのだが、東京でNと一緒だったことは、彼女はもちろんひと言も言わなかった。東京駅での三人の共同作業がいかにも幸せな瞬間として書かれているのが、いまとなっては微笑《ほほえ》ましい。もちろん腹が立つわけもなく、こんな小さな秘密も、何となく孫娘の行状を見ているような気さえしてくるのである。

はろばろと美《は》し古典力学

私が河野裕子に、大学院へ進学しようと思っている、できればアカデミアに残って研究者になりたいと思っていると初めて告げたのは、河野の日記によると受験の前年、一九六八年（昭和四十三年）の春であったらしい。

「院の修士課程から博士課程に進みたい　とあの人は言った。あのひとが、ゆきたいのなら　そうしたいのなら　どうして　私が　止めることができようか」と、五月十七日の日記には書かれている。私も河野も、大学の三年のときであった。物理学科への分属が決まり、次の年の秋には大学院の入学試験が控えていた。

河野に大学院へ行きたいと言ったのは、当然、二人の結婚の問題を意識してのことであった。その頃にはまだ、直接そのことを口に出してはいなかったけれど、二人ともお互いに結婚を意識してはいた。

河野が幼い頃に火傷《やけど》を負い、その痕《あと》が残っていることを私に打ち明け、私も、生みの母が三歳のときに亡《な》くなったことを打ち明けた。お互いに閊《つか》えていた心の傷をさらけ出したことによって、お互いが何でも話せる、何でも聞いて欲しいという存在になっていた。まさに「われのこころに開きたる窓」（皇太子明仁）に気づいたのであったが、それはとりもなおさず、この人となら一緒にやっていける、一緒になりたいという思い以外のものではなかった。

この人を誰にも渡したくない、私ひとりのものにしたい。そんな純粋な思いとともに、結婚をしたいという思いには、一方で、早く家から逃げ出したいという思いもたしかにあったはずである。家から、もっと直接には母から逃げたいという思いが強かった。

小脳変性症という、運動機能が徐々に侵される病気と診断され、その頃には家のなかを伝い歩きするようになっていた母さだは、大学生になって自由に好きなことをしているように見える私に対して、潜在的な敵愾心《てきがいしん》が湧《わ》いてくるようであった。特に、恋人を得て、うきうきしているように見える私に、どうしようもなく腹が立ったのだろう。些細《ささい》なことから口論となることが多かった。

そんな家から早く逃げたい。一度父親に、下宿をさせてくれるよう頼んだのだったが、同じ京都市内であり、岩倉の自宅から大学までは三十分もかからないこともあって、一言のもとに駄目だということになった。

今からは考えにくいが、河野自身も、自分が二十三歳になることを、異常に焦《あせ》っているようであった。日記にも、手紙にも、歳《とし》をとったという言葉が頻出し、それは滋賀の田舎町のこともあって、二十五歳までにはお嫁に行かなければといった思い込みからくる焦りでもあったようだ。日記には、私の大学院進学という将来を考えた場合、結婚はいつになるのかといった不安が繰り返し綴《つづ》られることになるが、何気ない会話のなかに漏れてくる、そんな彼女自身の焦りも、結婚を織り込んだ将来設計のプレッシャーとして、私を圧してくるのであった。

結婚と大学院進学という葛藤《かっとう》以前に、私にはもう一つ大きな不安要因があった。それはそもそも大学院の入試に合格するのかという不安である。


当時、理学部の各学科のなかで、物理学科は希望者が多く、物理への希望者だけには分属試験が課された。ほとんど勉強に力が入っていなかったとはいえ、三回生になる直前に行なわれた分属試験には問題なく合格することができた。

教養部時代の物理や数学は、高校時代の猛勉強のおかげもあって、ほとんど勉強らしいことをしなかった私でも、なんとかごまかすことができ、単位も落とすものはあまりなかっただろうと思う。もっともこの当時の京大は、ある意味ではいい加減で、よく言えばきわめておおらかだった。

しかし、さすがに専門科目になるとそうはいかない。力学も古典力学から量子力学になると、ほとんど別の世界である。古典力学でも微積分は必須《ひっす》であり、微分方程式からなるニュートンの運動方程式と初期状態さえあれば、世界はすべて記述できるなどと豪語していたものだ。微積分は私の得意とする数学の一分野のはずであった。ところが量子力学の最初に出てくる、シュレーディンガーの波動方程式の講義をサボったのが禍《わざわ》いし、ついていけなくなった。おまけに、複素積分などという概念が出てきて、こうなるとほとんどお手上げである。大体、虚数軸のまわりの積分なんて、概念からして、いったいこの世界とどんな関係があるんだと悪態をつきたくもなろうというもので、複素数を使った微分、積分が理解不能ということになってしまった。

スバルしずかに梢《こずえ》を渡りつつありと、はろばろと美《は》し古典力学

永田和宏『黄金分割』

後年作った歌であるが、私の初期の代表歌と言っていただくことの多い一首でもあ

る。秋の夜空、葉を落として枝ばかりになった木の梢の向こうに、星座が見える。スバルは昴とも書き、六連星《むつらぼし》とも呼ばれる星座だが、秋の代表的なその星たちが梢をゆっくり渡っていくのが見える。あの星たちもまちがいなくニュートンの運動方程式に従って運行している。

……と、ここまでが表の意味であるが、この歌は、実は物理からの落ちこぼれを嘆く歌でもあるのである。ああ、あの古典力学の美しさに没頭していられた頃はなんて良かったのだろう。量子力学の数学的記述についていけなくなっていた私が、「はろばろと美し」と郷愁のように懐《なつ》かしんでいたのは、己の落ちこぼれ感の故《ゆえ》なのでもあった。

学部の講義は、学園紛争の影響を受けて、後にはほぼ全面的にロックアウトということになってゆくのだが、私たちが三回生のときの、湯川秀樹先生の「物理学通論」の講義は思い出深いものがある。京大物理をめざしたのは、そこに湯川先生が居られたからであることは、他の多くの学生と同じだっただろう。その湯川先生の退官を控えた最後の年の講義に、私たちの学年はぎりぎり間に合ったのである。

湯川先生以降、「物理学通論」という講義は無くなってしまったというが、毎週、何曜日だったかの午後、理学部植物園横の、基礎物理学研究所、通称湯川研の一室で講義を受けた。サボることの多かった講義のなかで、この講義だけはほとんど出席したのではないだろうか。なにしろ「その人あり」故に入学した理学部であり、しかも「その人」の最後の授業である。これに出なければ京大に来た意味がない。

最後の年ということもあるのだろうか、湯川さんもずいぶんリラックスした様子で、自ら楽しんでおられるような講義であった。古典力学、熱力学から、量子力学、量子論まで、まさに自由闊達《かったつ》にといった雰囲気の話が続き、孫の世代に近い学生たちを相手に、時おり豪快に笑ったりしておられた。

誰か同級生に気の利《き》いた者が一人でもいたら、最後の一年の講義を録音し、一冊の本として出版すべきだっただろう。間違いなく価値のある記録ともなり、若者への格別の入門書ともなったのにと、今になって悔いること頻《しき》りである。

試験などはもちろんなく、学期末のレポート提出がすべてであった。レポートのテーマは確か「物理学における因果律について」といったものだった（これは、河野への手紙に書いていたのでたぶん正しいだろう）。ジャック・モノーの『偶然と必然』などを参考に、かなり力を入れて書いたことを覚えている。どういう評価だったかは気にもしていなかったが、単位をもらったことは確か。

ともあれ、一九六九年（昭和四十四年）四月、私は四回生になっていた。半年後に待ったなしに迫ってくる大学院入試、そこにいよいよ差し迫った問題になってきた結婚、それら不安定な要素を抱えつつ、私は、自ら引き受けなければならない問題に押しつぶされそうになっていたのであった。

先回書いたように、当時の私の日記が見つかって驚いているのだが、河野裕子から角川短歌賞に決まったと電話をもらった夜の記述が残されている。

夜　ゆう子からＴＥＬ。

角川短歌賞の一席に入選したのだそうだ。結婚という問題が今非常な重みを持って目の前にあるだけに、なんだかふくざつな気分。さっきから呆《ぼ》ーっとしていて、一向に考えがまとまらない。

結婚するということは、二人ともに、ぼくに関しては研究、ゆう子については歌に障害になるような気がする。客観的にみて、それは十分わかっている。

だが「今」が問題だ。もしこのままゆう子に逢《あ》えなくなるとしたら、これまた勉強どころではなくなる。ゆう子と離れるということが、ゆう子が誰かのものになってしまうということが、いまのぼくにはとても耐えられない。

生活、あるいは日常、これの持つ重みがこれほど感じられたことはない。

（永田日記　一九六九年四月十四日）

翌日の日記にはさらに長く、大学ノート数ページにわたって、夜の二時から書き始めた懊悩《おうのう》が記録されている。

短歌、研究、結婚の三つの項を立て、どれを取って、どれを諦《あきら》めるか、図を作りながら、それぞれの場合について「考察」を加えているのが（今となっては、ばかばかしくもあるが）、切なくもおもしろい。三元連立方程式を解く要領である。必死さが伝わってくる。

もし、短歌と結婚を取るならば、就職という線に落ちつき、経済的にも安定するから父も許すだろう。しかし企業の技術者としての自分を許せるか、満足できるのかと問うている。

少し前の四月七日には、「問題は、明らかすぎるほど明らかであって、いかに生活するか　ただそれだけです。就職すればいいに違いないけれど、いまは、ゆう子と一緒になるから　それだからこそ　絶対に就職はしたくない　と思うのです」などという手紙を、河野に出したりもしていた。

もし、研究と結婚ならどうか。自分だけが短歌を諦め、研究に専念することにして、河野と結婚する。これも可能だが、傍らで河野が歌人としていい歌を作っているときに、そこに目をつぶることが自分にできるのか。

こんないろんな考察のなかに、短歌、研究、結婚の三つすべてに○をつけた場合のケーススタディがないのが、いまからはなんとも不思議である。初めから、そんなことはとても無理だと諦めていたのだろうか。

日記には、さらに、私と河野の数年先までの時間軸が別々の線で引かれている。それぞれが当面する事態、状況、タイムスケジュールが書きこまれていて、差し迫った問題としての焦り具合がひしひしと伝わる。

河野が私より一歳年上であること、何がなんでも二十五歳までに結婚したいと思っていること、私がすんなり大学院入試に合格したとしても、その時はまだマスターコースの二年であること、おまけに「一年で大学院にはいれるのか？　いまの自分の実力では無理だろう。一年浪人は覚悟しなければならない。ゆう子が就職するにしても、それだけ待たせることはできない」など、自分の落ちこぼれ状態はよく認識していたようである。

「どうしたらいい？　どうしたって無理だ。ああ、どこかへ脱出してしまいたい。どこへ。フェルディナンみたいに。いま死ねるだろうか。彼女と一緒なら死ねるか。」などという書き込みもある。フェルディナンは、J・L・ゴダールの映画「気狂いピエロ」の主人公である。

「ほんとうに短歌と研究は両立しないだろうか。いまの短歌との接触のしかたでは駄目だ。やはり二者択一。時間的に。」ともあって、八方塞《ふさ》がりの状況にあがいているのである。後半は、どうにも結論のでない難問に嫌気がさしたのか、ほとんど支離滅裂の投げやりな記述が続き、とうとう逃げ出そうと思ったのか、朝四時に家を出て、車で滋賀へ向かうとあった。

勉強や歌でほとんど徹夜をしたあと、夜明け方、ふいっと当てもなく車で出かけるということがその頃何度かあった。親父《おやじ》の車を無断で借用し、滋賀へ向かう。山科《やましな》から大津を抜けて、国道一六一号線を私の生まれた郷里、高島郡の五十川方面へ向かうのである。

その日もそんな気分だったのだろう。解決不能の問題から解放されたいという思いで、琵琶湖岸の道をどんどん走っていた……はずであった。突然、けたたましいクラクションの音にはっとわれに返った。ほとんど十メートルほど先に大型トラックが突進してくる。間一髪、ハンドルを切ったが、目の前に迫るトラックの運転手の驚愕《きょうがく》の表情が不思議にはっきり見えていた。怒鳴っていたようであった。当たり前だ。居眠り運転である。完全に反対車線を走っていたのだ。気づくのが一秒遅かったら、間違いなく正面衝突だっただろう。数秒ほどそのまま走ったのだろうか、急激に震えのようなものに襲われて、路肩に車を止め、ぐったり動けなくなってしまった。どのくらいの時間、その場に茫然《ぼうぜん》としていたのか、もはや思い出せない。

もちろん家族にも河野にも内緒にしておいたが、徹夜明けのドライブはあれが最後だったはずである。

私が河野の一首を褒めたことが角川賞へ応募する一歩を踏み出させることになった。いっぽうで、学生運動やそのための行動にいやおうなく引きずられてゆく私に、自分を同期させたい、一体化したいと願っての応募でもあったのだ。そんな彼女の思いを知っていれば、精一杯その受賞を喜んでやるべきだったのだが、受賞の知らせを受けて、私がまず思ったのは、彼女とのこれからの生活をどう組み立てていくか、そのなかで私の研究者への道と短歌への没頭をどう両立させるかであった。謂《い》わば三竦《さんすく》み状態が一気に立ち上がり、押し寄せてきたという感じであった。それを言うことはなかったが、私の接し方のどこかに不安を感じたのだろう、何度か逢ったあと、こんな手紙を受け取った。

（永田註：二月）二十八日未明、雪の吹き込む座敷で　最後の浄書を終わった時、額もてのひらも汗をかいてぼおっとしていました　五百首を目指していたのに　出来たのは結局二〇九首でした

でも、いま　こころの半分では受賞したことがすこしも嬉《うれ》しくはないのです　私はあなたに他の誰よりも嬉《（ママ）》んで欲しかったのだけど　それは単純な手前勝手な気持だったことが判りました

角川賞をとったからといって　裕子を嫌いにならないで下さい

作品を作っていたときの気持の半分か　すくなくとも1／3は　五月のあなたのお誕生日にきっと　私しかできないいいおくり物をしたい気持だったのです

この一年の間に　あなたがしなければならないことを考えると　胸苦しくなります

私の存在が、私の不注意な言動があなたを余計圧迫するような気がして　だからお別れしたあと　かなしくなってしまうのです（中略）

ほんとうのことを言えば　失うことをおそれているのです　いまという時間と　ひ

かりと　あなたを失うこと。
あなたが 私のお胸の中で　あったかくしている時だけ　その時だけしか　安心できないのです
（手紙　河野から永田へ　一九六九年四月二十四日）

受賞は嬉しかったし、凄《すご》いことをやってのけたなと誇らしくもあった。逢って、その喜びを伝えているつもりだったのだが、そこが下手なのである。河野の受賞によって、自分たちの近未来に関する方向の決定が、差し迫って来たという不安と焦りが、恐らく私の表情に滲《にじ》み出ていたのだろう。晩年まで河野はさまざまの場面で、「あなたは嘘《うそ》をつくのが下手なんだから」といい続けたが、まさに私の気持ちは彼女には御見通しであり、少しでも私に寄り添っていたいとの思いからの応募だったのに、その賞を取ったばかりに私の心が離れてゆくのではないか、そんな悲しみと焦りを彼女に与えてしまっていたのである。

ずいぶん長い間　手紙を書かなかったので　もう書き方を忘れてしまいました。
（中略）

ぼくはいままで　敗《ま》けるということは　たった一度を除いて経験したことがありませんでした。敗北感を感じたことがなかったと言ったほうが正確かもしれない。もちろん、模試でもスポーツでも敗けることはあったわけだけれども、それは敗北感とはつながらないものでした

そのたった一度の敗北感も、今は気にならないものになりました。

ところがこのごろ、主に自分の能力というものに、鈍い不安を感じるようになってきた。鈍い、ずいぶん鈍いうつうつとした不安。将来を考えた時の生活力というもの…

たとえば親父の会社では、ぼくと同世代の連中が、続々と自分で一戸建ての家を買っているなどと聞かされると。

そして、よりシビアな問題として学問のことがあるわけです。むしろこれは能力の問題ではなくて、量の、勉強している時間の量の問題なのですが、そうなると、どうしても「短歌」というものが　邪魔になるのです。

ぼくの態度が、ずいぶんきみを傷つけ心配させているのを考えると、情けない思いです。

賞をとったことを喜んでいないのでは　決してないのです。

ましてどうしてきらいになったりなど、するものか。

ただ自分がいかに短歌に魅入られているかを知り、それがいかに研究の障害になるかに悩んでいたときに飛び込んできた知らせに　ふと〝重い〟と感じたことは事実。それでも一緒にいたら、こいつやったな　とか何とか言いながらおでこを突っついたりして、きみにあんなかなしい思いをさせることは　なかったと思うのです。

ただ　才女にはなって欲しくない。二人っきりでいるときの　腕の中にいるときの甘えん坊のゆう子がいい。かぎりなく安心していられる　何も言わなくてもいいような。


（手紙　永田から河野へ　一九六九年五月二十六日）

ここに言う「たった一度の敗北感」は、たぶんN青年のことであろう。Nに対する慕情に近い河野の思いを、どうしても断ち切ることができなかったことを指すのだろう。しかし、いまや河野の思いが私だけに向かっているのは疑いようもないことであった。

楡《にれ》の樹《き》に楡の悲哀よ　君のうちに溶けてゆけない血を思うとき

永田和宏「疾走の象《かたち》」（「短歌」一九六九年二月号）

水のごとく髪そよがせて　ある夜の海にもっとも近き屋上

半球の林檎《りんご》つややかに置かれいるのみ満身創痍《そうい》・夜のまないた

疾走の象しなやかに凍りつきよもすがらなる風よ木馬に

その年には、私にも角川書店の「短歌」から初めて作品の依頼があった。写真とともに、「疾走の象」七首が載り、まがりなりにも原稿料をもらったのだった。率直にうれしかったし、やれるぞ、という思いと、河野に負けないように歌をやっていかなければという思いが湧くのは当然であった。

問題は、短歌と物理、創作と研究。この二つを結婚という軸のどこに置いて考えるべきかということであった。そこに、自分の現在の実力では、一年ですんなり試験に合格するのは無理ではないかという不安が追い打ちをかけていた。

この二年近くの間、終始一貫してあなたが考え続けて来たこと、そして一緒に居るときは決してあからさまに話してくれなかったこと、時々手紙のどこかにふっと思いついたみたいにすこしだけ書いてくれたこと。
手紙に何も書かれていない時も、いつも私は青いインクの行間に　見えないペンで書かれた〈不安〉という字を見つめつづけて来たような気がします。その字を見つけ出すとき　決って私は　友だちや幻想派の仲間たちと一緒にいるとき決して見せたことのない　あなたのある表情を見ました
あなたは　私がどんなことを言っても　すこし位のことがあっても　まるで聞こえなかったみたいな、なんにも感じていないみたいな平気な顔をしていました
徹夜呆《ぼ》けであくびばかりしている時も　たった一度だって身体《からだ》がしんどいとか　勉強が辛《つら》いとか言うのを聞いたことがありませんでした　そんなあなたに安心しきり、甘えすぎていたのかもしれません
先日の夜の電話で　あなたがしんどいと言ったとき　時間がすさまじい速さで　もうここまでやって来ていたのかと　初めて気がついたような感慨でした
一己《いっこ》の男が自分の存在を賭《と》してでも獲《と》ろうとするものについて　私の立場からすっかり理解しつくせそうにもありません（中略）

いま　私はあなたの傍に居て　なんにもしてあげられない　いまの私が　あなたを
愛するということは　自分の生活をしっかりと生きることに還元するしかないので
はないかと思います
どんなにしても　ふたつがひとつになることが不可能な時、ひとつひとつはやはり
個に戻ってゆくしかない　そうしてその場で精一杯やるしか仕方ないと思います。
そんな意味で　白秋に打ち込みたいと思います。固くるしい変な手紙でごめんなさ
い　夜はすこし寒い位だから、風邪なんかひかないように。　ゆうこ
あなたへ

合歓《ねむ》いろのながいたそがれに頰染めて奪ひし秘密　与へし言葉

（手紙　河野から永田へ　一九六九年九月三日）

長い夏だった。まる四十日ほど逢うことなく過ごしたのは初めてのことだった。河野は京都の花山中学校に教育実習に通い、同じ時期、私も京都の双ヶ丘中学校、わが母校で教育実習を受けていた。「いまの私が　あなたを愛するということは　自分の生活をしっかりと生きることに還元するしかない」という河野の思いは、また私の思

いでもあった。

しばらくひとりにしてくれませんか。何も言わずに　離れて考えてみたいのです。

電話では二度もずいぶんぶっきらぼうに切ったりして　きっときみを傷つけてしまったと思うけれど　いまは　何も言わないでぼくのわがままをゆるしてください。

優柔不断で信念がなく　ふらふらしていて一つことにまい進できない自分が情けなく　腹立たしく感じます

（手紙　永田から河野へ　一九六九年七月十三日）

お互いに一人になって考えてみる。何が本質で、何を捨てて、何が捨てられないか。何がもっとも切実で、何が自分を慰め、懐かしさとともに抱き止めてくれるのか。すぐに解決できることなどあり得るはずがないと思いつつも、逢えば必ず抱きしめ合い、どんどん性の深みへ突き進もうとする二人にとって、この苦しい夏の存在は、何より自分を見詰め直すためにも大切な時間だったのかもしれないと、今は思えるのである。

泣くものか　いまあざみさえ脱走を

一九六九年（昭和四十四年）から翌年にかけては、私の人生のなかでももっとも苦しい時期のひとつであった。

「夜　こちらからＴＥＬ　おれ東大受けるしな　と淡々という　しばらく声が出なかった。『しんどい』とあのひとが　初めて言った　弱音など吐いたことのないひとなのに。頑張ってねとは一言もいえず　淡々と話したまま　切る」と、河野が日記に書いたのが、九月一日。

そのしばらくあとには、次のようにも書かれている。

裕子をおいて　東京にゆこうとしているあのひと、東大を何故《なぜ》　受けるの。東大に合格するとは思わない。でも、どうして、何故　私をのこして行こうなどと考えるの。ダメだったら　京大を又　来年受ければいいことではないの

吉田山で　8／25　抱かれている時、「おれがいなくなったらどうする」と聞いたのは　このことをさしていたのだ
あのひとが東大を受けようと考えていることなど知らなかった　知らなかったのに　涙がふきあふれて、このひとが私の傍らから　片時もいなくなるなど　想像するだけで　胸が痛くなるほどにかなしかったのに。（中略）
東京に行こうなどと　裕子をおいて行こうなどと　ただの一度だって　あのひとが考えたことがかなしくて　この上なく　持っていきばのないかなしみだと言うことを　あのひとは知っているのだろうか
いいえ　でも　あのひとは　私が眼が溶けてしまう位　泣いて頼んだって自分の決めたことはやってゆく人なのだ。とてもやさしい　よく気のつく人なのだけど、ほんとは　誰よりわがままな冷たい人なのかもしれない　特に私にそうするのかもしれない
（河野日記　一九六九年十月十八日）
彼女は「ダメだったら　京大を又　来年受ければいい」と書いているが、当時の私は、もっと切羽詰まっていた。つき合い始めて三年が過ぎ、翌年には河野は卒業・就

職を控えていた。いつ結婚できるか。河野の両親も焦《あせ》っているらしかった。私の意思を早く確認したいと思っていることは、ことあるごとに彼女の口から聞かされていた。父と母に話をして欲しいと何度も言われていた。

河野と付きあっていることは、私の父には伝えていたが、結婚のことまではまだ言い出せずにいた。大学院に入ってしまえば無理を言って父に援助を頼むことも可能かもしれないし、自分で自活の術《すべ》を探すことも可能かもしれない。

しかし、大学院に一年でうまく入れるかどうか、私には自信がなかった。もとより東大の大学院を受験したからと言って、すんなり通るとも思わなかったし、別に東大に行きたいわけでもなかったが、とにかく一年でどこかの大学院に滑り込むことが、河野との結婚の最低の条件とも思われた。

そしてその年、実際に東大理学系研究科の物理専攻を受験した。しかし、当然のごとく及ばず。

もちろん京大物理が本命であり、東大の失敗はさほど落ち込むことはなかった。慶應大学の学生として横浜に住んでいた、高校時代の同級生村上雅博の下宿に泊めてもらい、試験の前後は毎日東京へ出かけ、のんびり神田などを歩いていた。

いっぽう、京大物理学科の大学院入試は、不思議な体験となった。受験の当日、私たち受験生は、二台のチャーターバスに乗せられたのである。受験会場は京大ではなかった。

後に七〇年学園紛争と呼ばれる学生運動はまだ続いていた。京大全共闘が大学院入試の粉砕を叫んでいた。実際、翌年の私たちの学年の京大の卒業式は中止に追い込まれたのだった。多くの大学で似たような状況があった年だが、特に民青系の強かった京大理学部は格好の攻撃目標にされたのだろう、ゲバ棒を持った全共闘が、試験会場を襲うという噂《うわさ》があった。実際にあるだろうとは、誰もが思っていたことだった。

私たちを乗せたバスがどこへ向かうのか、受験生には、事前に知らされていなかった。全共闘のシンパが受験生として紛れ込んでいれば、そこから漏れ、試験場が襲われるかもしれないと警戒したのだろう。まだ携帯電話のない時代である。バスに乗せてしまえば、車内から通報される心配はない。

付き添いの教官が、バスの一番後ろで、追跡してくる車がないかを、いつまでも監視していたのはおもしろかった。自分たちの受験ということも忘れて、映画の一シーンのなかにはまり込んでしまったかのような不思議な感覚。逃避行などという言葉に実感があった。受験ということも忘れて、誰もがハイテンション、かつスリリング。不思議な時間であった。

後で聞いたところでは、タクシーに乗った全共闘の学生とのカーチェイスになり、〈追っ手〉を撒《ま》くために、いったん島津製作所の正門から入り、裏門から抜け出すなどまでして振り切ってきたバスもあったという。

ともあれバスで一時間余り、着いたのは京都の南、大山崎町の山の中の寺であった。私はこれは光明寺だと記憶していたのだが、同級生たちの話によるとどうやら別の寺であったようだ。高校生のとき、北野塾という私塾に通っていたことはすでに書いたが、高校三年の夏季合宿のために一週間ほど滞在したのが、近くの光明寺であり、ひょっとしたらその記憶に置き換わったのかもしれない。

大広間の畳に、座り机が並べられている。大学院の入学試験ではあるが、みんながそこに座って試験に臨むという、なんとも不思議な、そしてどこかわくわくするような体験。

おまけに、どういう手段だったのだろう、過激派の学生が、この試験会場に押し寄せたのである。粉砕を叫ぶ学生たちが、寺の門前までやってきて警備の人ともみ合っているとのことで、試験は突然、途中で中断、そのまま解答用紙が回収されてしまった。なんだか歴史に残りそうな大学院入試の顚末《てんまつ》である。

その所為《せい》ではなかったのだろうが、結果的にはこれも落ちた。

東大の時はさほどショックではなかったが、さすがに京大で、多くの同級生が合格しているなかでの不合格は、精神的にかなり大きなダメージとなった。

もちろん理由は自分がいちばんよく理解していた。たぶんどの同級生よりも、物理の勉強に割いている時間が少なかっただろう。そもそも大学にいる時間自体が少なかった。

歌にのめり込み、「京大短歌会」「幻想派」「塔」という三つの会を掛け持ちしていたし、雑誌の編集までやっていた。「塔」短歌会では、はるか年長の、職業も経歴も地域も異なる大人たちに交って、一人の歌人として対等に扱われていることが誇らしくもあり、興味深くもあった。総合誌から原稿料までもらったこともその一因である。必然、物理に割く時間の絶対量の不足は覆《おお》うべくもなかった。

この受験の失敗は、改めて「短歌なのか、物理なのか」、あるいは「文学か、研究か」という難問を、いやおうなく私に突きつけることとなった。このアポリアは、ここでは詳しくは述べないが、研究者となってからの私からついに離れることのなかったもっとも大きなディレンマ、私が半生にわたって苦しみ抜くことになるものであり続けたのである。その最初のつまずきがこの時だったに違いない。

その冬は暗かった。寒かった。大学院は、翌年もう一度受け直すことに決め、それは河野にも伝えた。しかし、本当のところ、何がなんでも翌年には入ってやるといった闘志にはほど遠く、またその自信もなかった。頑張って、一年間勉強に打ち込めるのかどうかも、よくわかっていなかった。どこか漫然と諦《あきら》めきれないだけといった、投げやりな、かなりデスパレットな気分のなかに沈んでいた。

何かこれといった理由があったわけではなかったが、この頃、母との関係が悪くなっていた。大学院入試に落ちて、私自身がどこかぶっきらぼうに機嫌が悪かったこともあったのだろうか。

母は母で、原因不明の難病で外へも出られず、家族のなかで自分だけがなぜこんな目に合わなければならないのかと、ことある毎《ごと》にいらいらしていた。その気持ちを本当に理解できるほど、私自身が大人にはなっていなかった。

何が原因だったのか母と口論になり、私が家を飛び出そうとしたことがあった。夜中である。父はいなかった。玄関のドアを開けて出ようとしたとき、背後で「あんたは、こんなになった私を見捨てて出ていくんか」という叫び声を聞いた。その時、なぜ戻ったのか今でもわからないが、すごすごと私は家に戻り、二階の自分の部屋へ引きこもったことを覚えている。

卒業に近い大学生の行動としては、なんとも不甲斐《ふがい》ない、理解不能な行動である。なぜ飛び出せなかったのか。

普通は、大学生にもなれば親を親とも思わず、インディペンデントでインディファレント。独立して無関心になり、遠ざかっていようとするものだろう。息子のほうから親を批判したり、逆に叱《しか》ったりするものだろう。それが、ある意味、正常な発達というものであり、親子関係というものだ。

客観的には、母との関係は対等、あるいはそれ以上であったはずなのである。しかし、幼いころから常にどこかで怖《おそ》れていたのが母でもあった。母には口ごたえしてはならない。一種のトラウマとして、それが私の正常な親離れを阻害していたのかもしれない。

いつか黒谷の会津藩士の墓の中で　どうしてもぼくには許せない人が一人いると
言いましたね。憶《おぼ》えていますか。
じっとぼくの顔を見上げている君には　どうしても言えなかったけれど、あれは
父ではなくて　母なのです。

二十歳《はたち》なれば話すこと少なくなりてあまりに小さき母の影踏みて立つ

これは短歌を作り始めてまだ間のない頃の作品です。決していい作ではないけれど、ぼくの留守に母がノートをひっくり返してこれを見つけたらしく　ひと騒動でした。

「やっぱりあんたは違う、私の産んだ子とは違う、冷たくて薄情だ」と言うのです。この言葉をいままでに幾度聞かされたことか。幼いときより　このくらい怖い言葉はありませんでした。

ぼくには初めから　今の母が本当の母でないこと　ぼくを産んだ母は死んでしまったことは知らされていました。(何とかごまかして、本当の母親と思わせておいてくれたら……と今でも残念に思います。)

それでも死んだ母について、最近まで死んだ原因も、母の名前さえ知らされてはいなかった。そんなぼくに事ある毎に、例えば一度金魚鉢を洗っていて割ってしまったことがあったけれど、その時も親切味がない、やっぱり違うと言われても、何が違うのでしょうか。

こんな家にきたばっかりにとか、あんたがいるばっかりにとか言われても、ぼく

がどう責任を負えばいいのでしょうか。（中略）

それでも、自分では一生懸命耐えてきたつもりです。今考えても、ぼくには反抗期というものがなかった。反抗すればあとがどうなるか、ぼくが一番よく知っていました。じっとがまんするということ。

それよりも、自分をふり返ってみたとき、反抗期を持っていないということの口《くち》惜《お》しさ、空白でなにもない様な妙なたよりなさは、恐らく人一倍反抗心が強かったであろう君には、わからないでしょう。

この頃でこそ、母が無茶なことを言ったら、妹がとめてくれます。けれど、妹は幼なすぎて話し相手にはなりませんでした。

時々父が気にするなと慰めてくれるのは嬉《うれ》しかったけれど、ぼくからは父に何があったとも話さないし、父も正面から母と衝突するのは避けていたようでした。

こんなことを人に話すのは、本当に君が初めてです。

君は「緑月の」の歌がいいと言ってくれたけれど、幻想派の二号は、家の者には誰も見せていません。（中略）

こんなことをくだくだと話すことには罪めいたものを感じるし、そして何よりも、恐らく本当にはわかってもらえないだろうということは、少しさびしいことです。

いつか話さねばならないと思いはじめてから、ずいぶん日が経《た》ちました。迷ったあげく、どうしても君にだけは、ゆう子にだけは話しておかなければならないと。

断っておきますが、これはあくまでぼくが書いているのだということを忘れないでください。完全中立の神ではなく、一人の個人としてのぼくが。

母とはそんなにいつもけんかしていたわけではなく、むしろ仲の良い時の方が多かったし、考えてみれば、母もぼくも同じ被害者なのかもしれません。決して悪い人ではないのです。かわいそうな、不幸な人だったのかもしれないとも思っています。

いずれ家へ連れてくることもあるだろうけれど、その時は、だから公平な目で見て欲しいと思います。ただ、結婚しても、君と母とは　一緒に住まわせたくはありません。

ぼくもそんなに一人ぼっちではないかもしれない。ゆう子がいるし、親父がいるし、真由美さんに負けないくらいの（少しヒステリー気味だけれど！）妹もいるし。

過ぎ去ってしまった時間と同じように、死んでしまった人はどうしようもないのですね。

ゆう子も　決して　死んじゃ駄目だよ。

（手紙　永田から河野へ　一九六九年六月九日）

この手紙にある「緑月の」の歌とは次の一首である。

緑月《りょくげつ》の昧爽《よあけ》にわれを産みしかば母の虹彩《イリス》に揺るる若葉ら

永田和宏『メビウスの地平』

この歌は河野の愛着の深い一首であったらしく、日記にも「一度はこんな歌を作ってみたい」などとまで書いている。私自身はそれほどとも思っていないが、彼女がことある毎に話題にしていたこの歌は、母さだには見せられない一首であった。

私が亡《な》き母千鶴子の歌を作るようになったのは、さだが亡くなってからだったのかも知れない。初期の歌には「緑月の」の一首を除いて、ほぼないだろうと思う。母さだに申し訳ないという思いと、見られてはまずいという思いの両方が、私に亡き母の歌を作ることを思いとどまらせていたのであったかもしれない。

上の妹の厚子が、はるか後年、「お兄ちゃんは、絶対お母ちゃんに口ごたえしなかった。よくぐれなかったと思うわ」と言ったことがあった。

厚子とは六歳、悦子とは八歳、齢《とし》が違う。彼女らは私には、いつまで経っても齢の離れた小さな妹たちであった。いつも一方的に庇護《ひご》する対象と思っていた妹たちが、しかし、私と母の関係をしっかり見てくれていたことに驚くとともに、救われた思いがしたのを覚えている。

閉鎖空間での人間関係は、第三者の目がないことが辛《つら》いのだ。一人で耐えているとしか思えない時、耐えることは苦痛でしかない。誰かしっかり見ていてくれる人がいると思えることは、それだけで苦しみや辛さを和らげ、慰めてくれるものとなる。私には、いつも身近で見ていてくれる妹たちがいたのだ。しかしそれを知ったのは、母の亡くなった後だった。

この頃のことだったと思う。夜中の一時を過ぎていただろう。今で言う、ラジオの深夜番組を聞くともなしに、聞いていた。何か作業をしながら聞いていたのだと思うが、そこに「月の沙漠《さばく》」の歌が流れ始めた。

別段、何の思い入れもない曲ではあった。しかし、それを聞きながら、そしてまったく理由のわからないままに、われ知らず号泣をしたことがあった。その「なぜ」は今でもわかっていないが、あの深夜、一人で意味もなく、止めどもなく、おいおい泣いていた自分をはっきりと覚えている。

どこか異常な精神状態にあったことだけは確かである。今でも、何かの偶然から「月の沙漠」のメロディを聞いたりすると、胸のどこかが締め付けられるような、故《ゆえ》のない悲哀に包まれている自分を感じることがある。どこかとことん暗い、そして出口の見えない精神の穴に落ち込み、もがいていたのかもしれない。

大学院受験に失敗して、また一年、試験のための勉強に苦しまなければならないこと、母との関係が以前よりこじれ始めて、家に居たくないと思い始めていたこと、そして何より、早く対応を決めなければならない結婚の問題があった。

泣くものか　いまあざみさえ脱走を決意しかねている春の野だ
永田和宏『メビウスの地平』

すべてから逃げ出したかった。家からも、大学からも、そして結婚という目の前の大きな壁からも。

この頃になると、河野からも、私がいっこうに彼女の両親に意志表示をしないことをなじられることが多くなっていた。

今日は風も吹いて、脚が寒かったのに、むやみに顔ばかり火照《ほて》っているのは、徹夜のせいにはちがいない。

こんな日には、他愛《たわい》ないことばかり言って　鼻なんかちょっとつついたりして、ゆう子の胸の中で　だんだんねむくなっていけば　いちばんいいのだろうけれど
……

三年たっても依然として状況が同じだったということは、君がどんなにやさしくどちらが悪いのではないと言ってくれても、やはりぼく自身の甘さのせいではあるのです。長いあいだ考えつづけてきたこと、ほんとうに疲れてしまうくらい考えてきたこと、それはまぎれもなく今のこんな状況だった。

こうして　はっきり意志表示しなければならない時がくるのは百も承知していながら、それを一日一日と、それより秒刻みで延ばしているような半年だった。

逢《あ》うたびに、君を傷つけているようで、まさに時間という凶器に二人とも傷つけられていくようで、苦しかった。

なんとかしなければならない、どうにか言わねばならないと焦っていたのです。

だけど、ぼくに何が言えただろう。浮草みたいに　どこまでが自分の根かわから

ないのです。腹立たしいけど、自分の無力さが情けない。

君の言うことも、君のお母さんの言われることも、何一つまちがっていないと思います。そしてこんな状態に君を追い込んだのは　全くぼくの責任なのです。けれど今ぼくには、責任など考えている余裕がない。

もう少し待って欲しい。一ヶ月も二ヶ月もと言うんじゃない。もう少しだけ待ってください。

（手紙　永田から河野へ　一九七〇年一月十四日）

結婚を約束するだけの何の裏付けもないままに、もはやこれ以上、先延ばしにすることができないところまで来ていた。この頃、逢えばささいなことから口げんかになったり、お互いに黙ってしまったりすることが多くなっていた。彼女自身も、追い詰められ、笑い転げる快活さが影をひそめ、以前のように精神の不安定を見せる場面も多くなっていった。

これ以上は延ばせない。とにかく、彼女の両親に会って、話をしなければならない……。

もう一週間になる。

二月十五日、日曜日。

初めてあのひとが、結婚のことを両親に話しに見えた日。

四時すこし前、国道からバスをおりて歩いてみえた　背が高かった　やせて　それが心配だった。

母をまじえて三人で話す　あとで父が加わる。九時まで。お酒とウヰスキー。

夜道を駅までおくることにする。風が吹いて寒い。

自転車にのせてもらって西横町のところでおろしてもらい、そこから裏道をあるいた。

結婚するのは、おまえしかないいんやぞとあのひとが言う
なあ　裕子　という。何だか両親たちからはなれてほっとした様子とおもいつめた様子がまじっていて　尋常でない気がした　風がはためくように夜道を吹いてくる
突然　気狂いみたいになって私を抱きしめて　うわ言のように　おれはどうしたらいいんだとしぼり出すような声を出した　唇がお酒のにおいで　いつものあのひとのにおいを消していた
見上げると、額髪のたれた下から　かつてみたこともない、おもいつめた目で　私

を見つめていた
風が音をたてるほどつよかった　抱き合って道の傍に立っていた　寒いとは思わなかった
あのひとは　泣いているみたいだった　そんなあのひとを初めて見た　息がつまるほど抱擁が激しくて　声も出なかった　なんにも言ってあげられなかった
ひえた頬に　ひげがのびかけていて、泣いているらしいくしゃくしゃの顔が　よけい寂しくおもわれ、私には抱きしめてあげることしかできなかった
おれはどうすればいいんだ
のろのろと自転車が走り出し、駅まで五分しかなかった　なんにも言わなかった
うしろにまわされた手が　私の手をさぐり　つめたい、男のひとの手だった
駅のまぶしいひかり、ひっそりと人影がなく、夜がずっとおくふかく沈んでゆくみたいだった
電車に乗ってからも　あのひとはまばたきもせず、突っ立ったまま　私をみつめたみつめるというより　にらみつけるみたいなまなざしだった　そんな眼で見られたことが　かつてあっただろうか
ほんの三十秒ほどの間が、五分にもおもわれた　見返すことすらできぬほど　狂お

しい凝視。
あのひとは　なんにも言わなかった。
ドアがしまり　ふりむいているあのひとの眼が　闇《やみ》の中にとおくなっていった
風の中を自転車で走りながら　私がいなくなれば　あのひとは　狂ってしまうだろ
うと　そればかりおもった

どうして別れることがあるだろう　あのひと以外に　結婚するひとはありはしない
あのひとの未来であれば　それが如何《いか》なる形で展《ひら》かれようと　私が　私自身が　え
らび取った生き方なのだ　他にどんな生き方が　私にあるだろう。
あのひとの傍に居たい　それだけを思う　それだけを思って　この四年間がすぎた
私の一生のうちでも　最もかがやきと予感と歓《よろこ》びにみちた　安らかな時間と季節だ
った　なにもかも　すべてがいいことでいっぱいで　倖《しあわ》せだった
あのひとが　居てくれるということのために　十代の寂しい　つんのめりそうな憂《うれ》
いは　記憶になっていった
私の貧しさが　せめてゆたかな視野を得ることができたのは、すべてあのひとを媒
体とした時だけだった

私は生きていたい　あのひとが　私と同じ時間帯の中を生きている限りは　燃焼していたい

（河野日記　一九七〇年二月二十一日）

河野の両親と会い、結婚のことを語った。何の経済的な裏付けもないが、裕子と結婚したいと思っていること、ただもう一回大学院への挑戦をしてみたいこと、もし駄目だったら、そのときは就職をしてすぐ結婚したいなどを語ったと、思う。

私にできる精一杯の約束だっただろうし、なんとも頼りない意志表示であったはずだが、河野の両親はどこまでもやさしかった。ありがたかったが、申し訳なかった。空手形を切っているようなうしろめたさ。普通なら、こんな男に娘を託せるだろうかと思うだろう。この二人の親とは、結婚してからも嫌な思い出はたった一つもない。そんな親たちであった。

しかし、緊張はしていたのだろう。河野の日記は、緊張から解き放たれた、その帰り道の私を書いているが、別れるとき、そんな異常な目付きをしていたのだったか。

私は、何の保証も、何の勝算もないままに、後戻りできない約束をしてしまった、一線を越えて、現在の自分では担《にな》いきれない重い荷を背負ってしまったという思いに、押しつぶされそうだった。この約束をどう実現するか、できるのか。こうして河野の両親に話すということは、父にも伝えていなかった。答えのない問題に、追い詰められていた。

彼女のこの日記を、当時の私が知るはずもなかったが、この後半の彼女の思いを読んでいたらまた違った展開になっていたのかもしれない。

ほどなくして私は、彼女のその一途《いちず》な、熱い思いを裏切ることになってしまったのである。彼女は、そのことを、ついに知らないままに死んでしまった。

妹の厚子によると、私が二階の自室で倒れているのを、悦子が見つけたのだという。その年の二月だったと言うが、私には日時の記憶がまったくない。

意識が戻ったとき、そこは病院のベッドであった。高野川に沿った、川端今出川に近い根本病院という小さな病院。傍らに父が居た。

睡眠剤のブロバリンを買いに出たとき、本気で死ぬつもりだったのかどうかは思い出せない。しかしそれを百錠も飲めば、死ぬのだということは知っていた。ブロバリンによる自殺は多くの記事で知っていた。しかも薬局で買える薬であった。河原町四条と三条のあいだにある二つの薬局で、一瓶ずつ買った。一か所で二瓶も買うと怪しまれると思ったのだろう。確か自分の名前は書かされたように思うが、怪しまれはしなかったようだ。

買った日だったかどうかも思い出せない。夜一時は過ぎていただろうと思う。ウイスキーを飲み、ノートに何かを書きなぐっていたはずである。遺書のつもりではなかったが、何かを書いていないでは耐えられなかった。まずブロバリンを百錠飲んだ。そこまではよっきり覚えている。それで止めておけば、死んだのだろうか。死にぞこなうのが怖かった。もう一瓶を開け、半分くらいまでは飲んだように思う。ひょっとして二百錠全部飲んだのかもしれない。どうして助かったのか、いま以《も》って わからない。ウイスキーと一緒に吐いたのだろうか。

何日眠っていたのか、何日入院していたのか、医師や父に聞くこともなかったし、今もわからないままである。病院から家に帰った時、部屋はきれいに片付いており、睡眠薬の瓶なども跡形もなかった。

悦子が私を見つけたことも、今回、この稿を書くのに、妹たちに尋ねて初めて知ったことである。父も母も妹たちも、このことについてはその後も、一度も口にしたことがなかった。

昏睡《こんすい》の真際《まぎわ》のあれは湖《うみ》の雪　宥《ゆる》せざりしはわれの何なる

永田和宏『メビウスの地平』

第一歌集のなかにひっそりと置かれている一首であり、ほとんど誰も触れたことのない歌である。

そう、許せなかったのは、誰でもない。いろんなものに押しつぶされそうになっていた私ではあったが、私が何より許せなかったのは、私自身であったはずである。

おほよその君の範囲を知りしこと

なぜ、死のうとしたのか。そして、何をしくじって、死にぞこなったのか。

今回、こうしてあの時のことを書こうとして、ブロバリンについてネットで調べてみると、日本セーフティプロモーション学会の学会誌に発表されている論文にであった。「日本における1950-60年代の催眠剤による自殺とアクセス制限の関連（第2報）自殺手段として用いられたブロムワレリル尿素系催眠剤について」なるタイトルのもとに発表された二〇一九年の論文である。

これを見ると、当時、急性催眠剤中毒として病院に搬送されてきた患者のうち、ブロムワレリル尿素系催眠剤、すなわちブロバリンによるものがもっとも多かった。死亡例の約五〇パーセントがブロバリンによるものであったというが、ブロバリンを飲んで運ばれてきた患者の死亡例は約一〇パーセントであったと報告されている。ちょっと驚きである。

服用量が不明なのでなんとも言えないところがあるが、私が当時、飲めば必ず死ねると思っていたのは、単に新聞などでは死亡事例のみが強調されて報じられていたのを、そのまま鵜呑《うの》みにしていたことによるのだろう。

いまから顧みても、なぜそれほどに追い詰められていたのか。何が本当の理由だったのか、私には今も、はっきりした答えが出せないでいる。先回書いたように、考えられる理由は三つあったのだと思う。

大学院の入学試験に落ちて、一年の浪人を覚悟しなければならなくなったこと。もう一年やると決めたにもかかわらず、何がなんでも合格してやるといった決意には遠く、モラトリアム的な気分を抜け出せずに居た。落ちたことのショックよりも、再起のエンジンがかからない、あるいはかからないだろうと思ってしまう、そのことが私を苦しめてもいた。

母との折り合いが悪くなっていたことも、家での居心地を悪くしていた。いつも関係が悪いばかりではなく、普通に楽しく過ごしている時間の方が多かったが、どこかで地雷を踏んでしまうのではないかといった緊張感に怯《おび》えていたところがあったかもしれない。結婚すれば、必然的に河野をその家族関係のなかに引き入れなければならないことがおっくうで、そんな関係には耐えられないだろうと怖れていた。

それらを含めて、避け得ない問題として、河野との婚約、結婚があった。自分の一年先が見通せない状態で、現在何かを計画することに何の根拠も持てないままに、河野に、そしてその両親にどのような約束ができるのか。実際には、両親と会って、一応の話はしたのだったが、その実現、あるいは約束履行への道を考えると茫然《ぼうぜん》としてしまうのだった。

いまも時折、あれは何だったのだろうと考えることがあるが、結局、何が原因だったのかはよくわからない。ただ、何となく言えることは、それら三つのうちのどれかが決定的な原因となって、死への行動に雪崩《なだ》れ込んでいったのではないのだろうということである。

私はその分野の専門家ではないので、一般化して言うことは控えるべきだろうが、人間がどうしようもなくなって死を決意するのは、ある特定の原因、あるいは理由があっての故《ゆえ》ではないのではないかと思っている。

何か一つが重くのしかかってきて、身動きできなくなり止《や》むを得ずというのではなく、いくつかの払いがたい困難があり、どちらを向いても自分を睨《にら》みつけている困難が見える。いわば、八方塞《ふさ》がりという状態になった時、人間は究極の逃避行動にでるのではないかと思うのである。ひとつひとつはなんとか凌《しの》げるものであっても、それがたまたま一挙におしかぶさってきたとき、出口がないと思い、ひとつひとつの困難に向き合うだけの気力を失ってしまうのかも知れない。

私は後年、いろいろな講演の場で、「自分のいま居る場だけを世界と思わない」とか「人生の風通しの良さ」といったことに触れることが多いが、人間は追い詰められると、一点だけをひたすら見つめ続け、視線をゆったりと遊ばせるという余裕を失ってしまう。自分の生きる場はここにしかないのだと思うと、息苦しくて、ますます目の前の問題が大きく膨らみ、息苦しさがますばかり。

ちょっとドアを開きさえすれば、すぐ横にはまったく別の大きな世界が開けていることに気がつかない。窓を開けて、風を入れてくれる存在がないとき、ここだけではない別の世界がすぐ横に広がっていることを示唆《しさ》してくれる存在がないとき、そんな閉塞感《へいそくかん》に押しつぶされそうになるのである。

河野との結婚の問題さえなければ、きっと彼女に何らかのSOSを発して、自らの状況を相対化できたのだろうと思う。彼女にならなんでも話せるはずであった。しかし、その相談すべき彼女との問題が、私にとってのひとつの困難であったことが、私をどうしようもなく追い詰めていった理由であったのかもしれない。

ある夜、「月の沙漠《さばく》」を聞いて、訳もなく号泣したことはすでに書いた。その少し前のことだろうか、家の近くの畦道《あぜみち》で曼珠沙華《まんじゅしゃげ》を摘み、数本を机の上に挿しておいたことがあった。曼珠沙華の枯れていく一部始終を見た人はほとんどないだろうが、その秋から冬にかけて、私の机の上では、曼珠沙華の花が枯れて、真っ黒になった花弁が細い紐《ひも》のようになって、絡《から》み合いながら垂れさがっているのがいつまでも放置されていた。放置というより、その凄絶《そうぜつ》な枯れ方の美しさに魅了されていたと言うべきだろうか。やはり、どこかが異常な精神状態にあったことだけは確かであった。

河野裕子と付きあい始めた頃、短歌の師の高安国世先生から、私が河野との恋にのめり込んでいくことに危惧《きぐ》の念を伝えられたことがあった。個人的には河野のことは何も報告していなかったのだが、月々の歌を見て、河野への思いがどんどん深くなっていくことを案じられたのだろう。

「塔」の先輩歌人に坂田博義《ひろよし》という歌人がいた。河野に最初に見せたのが坂田の歌であり、その抒情《じょじょう》的な歌は「塔」のなかでも多くのファンを持っていた。高安先生が、もっとも将来を楽しみにしておられた若手歌人の一人だった。私も「塔」に入会し、その年の終わりに初めて書いた評論が、「坂田博義ノート」と題した彼の作品論であった。

坂田は数歳年上の女性と恋に落ち、学生結婚をした。大学を卒業し、職についたが、第一子が生まれる直前に自死してしまった。その原因はわからないが、高安先生をはじめ、「塔」の会員たちに与えた衝撃は大きく、数年は誰もが彼の事件に打ち沈んでいた。私が入会した頃にも、その雰囲気は濃厚に残っており、誰もが坂田のことを思いつつ、表だっては発言しないといった風だった。

高安先生は、同じことが私にも起こるのではないかと危惧しておられたのだ。そして、もちろん先生には何も申し上げなかったが、まさに先生の危惧通りのことが、わが身にも起こってしまったことになる。坂田が抱えきれなかったものを、私自身が実感しつつ書いたのが坂田論であったはずだが、それを書いた当時、まさか自らそのような行動に走るとは思ってもみなかった。

この事件のあと、どのくらいの期間、家に籠《こも》っていたのか、いっさいの記憶がない。ただ、家のなかの誰も、この件にひと言も触れずにいてくれたのをありがたいと思っていたことだけはかすかな記憶として残っている。

当時は、何を思う余裕さえなかったのだが、この件で、母には申し訳ないことをしたと、今なら思うことができる。母は、一九七五年（昭和五十年）七月、娘の紅《こう》が生まれてすぐに亡《な》くなることになるのだが、徐々に身体《からだ》が悪くなる中で、それ以降、私のこの事件については一度も口にすることはなかった。ショックは受けていたのだろうと思う。以前のように、私に怒りをぶつけるということもいっさいなくなったのは、母にとってこれが大きな衝撃であったことの裏返しでもあったのだろう。あるいは父と母のあいだで、私の問題について何か話し合ったのだろうか。それもわからない。父にも母にも、その生前に一度もこのことについて謝る機会がなかったが、それぞれ自分にも責任があると思っていたはずで、それは私の抱えるいくつかの問題の一つにすぎなかったことをなんとか伝えてやればよかったとも思うのである。

河野ともほとんど逢《あ》うことのないままに、日々を過ごしていたのだろう。こんな手紙が残っている。

以前のようにとは言わない
でも　私はこたえてほしいと思うのよ
はっぱのかたいっぽうに　てがみを書いたら　あとかたいっぽうは　まだ〈さら〉なんだから。
こんにちはと言ったら　なあに　とこたえるのは　うちのローリーだって知ってい

ることなのに
まともじゃない、変わっていると、私は全く意識しないのに言うひとがいても、私は私のようにしか生きるしかないと思うのよ
他に方法も目的も何もありはしない
私が私であるということのかなしみは、ローリーをふわふわあったかくだっこしているときや、地面や風がひかるときや、あなたのお胸の中でしか、自由になることはできないのに、時としてあなたは遠くなる
とおく　限りなくとおくて、あなたがまだ生まれていないような　あなたがもう死んでしまったような　私がまだ　とおいところをひとりであるいていて　あなたと逢っていないような　そんな時間の限りないさびしさを　感じたりすることがあるのだけれど

きれいなものがあったら　一緒に見たいと思うし
びっくりしたことがあったら　大急ぎで話したいと思うし
髪を洗っていつもよりすこしだけきれいな時は　逢いたいと思う
それなのに　なんにもこたえてくれなかったら

なんにも言ってくれなかったら　ましてや、俺のことをなんにも判《わか》っていないと言われたら

なしのつぶてさま

ゆうこ

（手紙　河野から永田へ　一九七〇年二月二十三日）


あなたは十一月のプラタナスの木の　一番上のはっぱみたいにとおい。

みずくさくて　ひややっこみたいで。私みたいに自家発電も充電もできる仕組みになっていると　時々メーターに故障がおこって、さわっただけであなたなんか感電死させる位　平気なんだから。

私はまたガタピシして来て、おしりが痛くて　二日もねているわよ
おしりに注射三十本位打った。あしたもよ。痛くて少し泣いたけど。

あなたがいてくれるといいと思ったけど、きっと私が泣いてた頃には、いい気持で昼寝なんかしてたんだろうし。

どうせあなたは　ひややっこなんだから。

こうしてとおくはなれて考えてみると、あなたはとても寂しい感じがしてしまうひとなのよ。

こんなことは以前　なかったことなのに。一緒のときはホイホイのくせに　はなれてしまうと　どうしてこんなに　寂しそうな気がするのかしら。

ローリーはきっと死んでしまったのよ。

あなた位　ローリーのこと好きだったのに。　ゆうこ
（手紙　河野から永田へ　一九七〇年三月十三日）

河野の日記が、この年の二月終わりから四月終わりまでの二か月間、完全に途切れている。二月の最後の日記は、先回引用した、私が河野家を尋ね、両親に話をしたあと、帰り道で「おれはどうすればいいんだ」とうめいた時のものである。

その間、たぶん私は家に閉じこもっていたのだろう。ある意味、自らの傷を癒《いや》すための時間だったのかも知れない。彼女に逢った記憶はないし、手紙も出してはいなかったようだ。もちろん私の日記もない。電話くらいはしていたのだと思うがはっきりしない。

祝はれぬ愛かもしれぬ抱き寄せれば髪のにほひもわれのものなるを
河野裕子（歌集未収録）

私の苦悩を感じつつ、河野には、この結婚がみんなから祝福されるようなものではなくなるのではないかと思われてきたのだろうか。私の両親が、結婚はまだ早すぎると反対していることは知っていた。結婚は二人の事業だが、二人の力だけで成り立つものではない。それぞれの家族をも巻き込んだものであり、彼女自身も、長女でありながら、家業としての衣料品店を継ぐことなく私と一緒になることに、大きな負い目を感じていた。

三年もすれば出《い》でゆく家にして土やはらかく春の種まく
ちちははも家も青春も樹皮やはき君が胸処《むなど》の彼方《かなた》に捨てし
河野裕子（歌集未収録）

自分が家を出れば、妹が親の面倒を見、店をやっていかなければならない。自分のわがままで、家族を棄《す》ててしまうという思いを抜け出せないでいたのである。二月から途絶えている日記帳には、その代わりに多くの歌が書かれているが、同じ時期に次のような歌もある。

おほよその君の範囲を知りしこと安しとも寂しとも冬林檎《りんご》むく
河野裕子『森のやうに獣のやうに』

君をすこしわかりかけてくれば男と言ふものがだんだんわからなくなる

「おほよその君の範囲」を知ることは、安心もするが寂しくもあると詠《うた》う。そのすぐあとで、「君をすこしわかりかけてくれば男と言ふものがだんだんわからなくなる」と、まさに呟《つぶや》きそのままが一首になったような歌が並ぶ。どちらも本音であったのだろう。当時の私が、彼女に相談することもなく、一人で抱え込んで悩んでいることに、彼女自身も苦しんでいたのである。

君が在るそのことのみの愛《いと》しさに夕べは早くあかりをつけぬ
河野裕子（歌集未収録）

たとえ逢えなくとも、京都には確かに「君が在る」。そう思うだけで、幸福感に充《み》たされて、夕べのあかりを点《とも》す。そんな小さな所作そのものに、充たされてあるものの喜びが感じられる歌でもある。もちろん、当時の私が河野のこんな歌を知るはずはなかったが、しばらくは遠ざかっていたいと思っていたことは確かであった。

しかし、私は、あの失敗によってとことん打ち砕かれていたということでもなかったように思う。どこか吹っ切れたというか、みっともないのはこの上もないことだったが、それを知るのは家族だけ。

逆に、どこにも出口がない八方塞がりの気分から一転、どこかから確かに風が入ってきて、息ができるという実感があった。こうなれば、何も怖いものなんかあるものかといった、開き直りに近い気分でもあったのだろうか。

河野裕子は、この時期、卒論の試問を受け、京都女子大を卒業したはずである。卒業式にも出たはずだが、その日記は残されていないし、普通なら、きっと卒業式のあとには、私と出会って一緒の時間を過ごしたはずだが、それもなかった。彼女も、卒業のあとは、すぐに教師としての仕事が待っていて、実際にも精神的にも忙しい時期だったのだろう。

そんな時期に私のことを知らなくて、よかったのだろうと思う。もしその事件を知ることになったとしたら、彼女の精神が平静でいられるはずがなかった。

河野は教員免許を取り、滋賀県の中学教師として勤め始めた。初めての赴任地は、蒲生《がもう》郡の日野町、日野東中学校（現・日野中学校）であった。

大学を出て教職についたわたしは、滋賀県蒲生郡日野東中学校に通勤することになったが、どうがんばっても始業時間に間に合わない。仕方がないので、父に毎朝、水口《みなくち》まで車で送ってもらい、水口から近江鉄道に乗って通勤していた。何というお嬢さん先生であったことか。

日野の町は近江商人の発祥の地でもあり、古い趣を残す屋敷や庭に風情《ふぜい》があり、まことに美しい町であった。子供たちも素直で、授業をほったらかしにして脱線雑談ばかりするわたしによく懐《なつ》いてくれた。先生といっても生徒たちと十歳も違わないわたしは、お姉さんのような感じだったのだろう。東中学校には一年だけ勤めたが、その後すぐ統合されたと聞く。

若き日に短く勤めきひるがほ咲く水口駅に電車を待ちて　河野裕子

（河野裕子・永田和宏『京都うた紀行』文春文庫）

まことにお嬢さん先生そのものである。父如矢《ゆきや》は癇癪《かんしゃく》持ちで、いちばん叩《たた》かれ、叱《しか》られていたのが、同じように強情を受け継いでいた裕子であったらしい。いつ叩かれるかわからないので、とにかく近づかないようにしていたと『歌人河野裕子が語る私の会った人びと』でも述べている。

私が会ったころの如矢は、とても温和でいつもにこにこと迎えてくれ、裕子がいくらひどい父だったと言い張っても、少しもそれは実感できなかったものだ。娘が初めての職につき、そのために、毎朝車で隣り町まで送って行く。如矢にとっても、初めて訪れた娘との時間であり、それを喜びとしていたのであろう。ほとんど口をきかずに送ってもらっていたと言っていたが、子どもの頃からあんなに嫌っていたその父に、毎朝送ってもらう。この間に、裕子の父への思いは少しずつ変わっていったのだろうと思う。

日野東中学は、河野自身もとても楽しかったようだ。子どもたちもよく懐いていたという。河野が亡くなった翌年、日野東中学の教え子たちを中心に、「花桐《はなぎり》の会」という会が作られ、町立図書館との共催で、「日野町ゆかりの歌人、河野裕子さんを偲《しの》ぶ」という企画展なども開催された。

近江日野の青春の日の夕空に彩《あや》にも仄《ほのか》に花桐ありぬ　河野裕子（歌集未収録）

「花桐の会」は、河野のこの一首からつけられた名だという。この花桐は日野駅からの通学コースにあったそうで、河野は日野駅から自転車で通い、「いつもこの花桐のあたりで先生に追い抜かれました」と、教え子の一人、川並二三子さんは言う。通学途中の生徒たちに、「おはよう」と元気よく声をかけて通っていったそうだ。「ほんとに、おはなはんみたいでした」とも言う。一九六六年（昭和四十一年）にNHKテレビで放映された朝の連続テレビ小説の主人公で、樫山《かしやま》文枝が主演したと、今となっては解説が必要だろうか。この「おはなはんみたい」が、たぶん当時の河野をもっとも端的に言い表しているだろう。

「先生といっても生徒たちと十歳も違わないわたしは、お姉さんのような感じだったのだろう」と河野自身も言っているように、学校ではいちばん若い先生。女生徒たちの憧《あこが》れの対象でもあったようだ。川並さんは「小さくて、かわいかった」というのが強く印象に残っていると言う。ちょっとしたことにも、身をよじって笑い転げるというのが河野裕子であったが、真面目《まじめ》な先生の多い田舎の中学校にあって、よく笑い、よく雑談をし、そして年齢的に姉のような存在であった河野は、たちまち生徒たちの心をつかむことになったのだろう。

国語が担当教科ではあったが、英語の先生が一人産休にはいったとかで、一クラスでは英語も教えていたらしい。驚きである。河野裕子と英語とは、どうにも結びつかない。

河野が亡くなって一周忌にあたる二〇一一年（平成二十三年）に、「塔」誌上で「河野裕子追悼号」が編まれた。三〇〇ページほどの大部の特集となったが、その号で川並さんは、同級生たちからアンケートを回収し、河野の思い出のいくつかを紹介している。

●いっつも白いハンカチ持ってはった気がするな。一年目でうまいことといかへんことが多かったんやないかなあ、泣いてはったことが多かった。
●俳句や短歌の宿題よく出さはった。
●世界の七不思議の話を思い出すわ。黒板の空いているところに地図とか描きながら。中でもパルミラの都という言葉が印象に残っている。

・国語の授業中、先生に対して失礼なことを言ったのかしたのか分からないけれど、先生がO君のノートを破って二階の窓から捨てたということがありました。
・三島事件の翌日、白いハンカチをくるくる丸めては振って、すごい剣幕で怒っておられた。
・賢治について熱弁を振るってはりましたね。僕が宮沢賢治を意識するようになったのは先生の影響も大きかった。

などなど、どれもいかにも河野裕子らしい。「白いハンカチを」ぱたぱたさせて笑い転げるのはいつもの姿だったし、パルミラの遺跡については、私にも興奮して話したことがあった。そんな雑談をしているときがいちばん河野らしく、彼女自身も楽しかったのであろう。教育の現場から徐々に雑談の時間が奪われていくのは寂しいことである。

宮沢賢治への傾倒は大きかったし、京都女子大のゼミでも賢治をやったことがあるはずである。童話を書きたいというのが、河野のもっとも強い希望であり、後年になるまで、もともと歌人よりは童話作家を目指していたなどと言い続けていた。日野東中学へ勤めての初めての給料で、小川未明全集を買ったはずである。黒板いっぱいに、大きな字で賢治の詩を書いていたのが印象に残っていると言うのは、先の川並さんである。

話がストレートで、「よく笑い、よく誉《ほ》め、よく泣いた」というのが、多くの生徒たちの印象だそうだ。よく誉めもしたが、怒るときは本気で怒っていたとも言う。ノートを破って、窓から捨てたというのは過激だが、失礼なことを言ったということではなく、与えられた課題に向かおうとせず、ふざけたことばかりが書かれていたのが原因だったようだ。この過激な行為の背景には、次回に書かなければならない、河野の精神を大きく揺さぶる事件があったことは事実だが、何はともあれ、今ならこんなことをすれば、大問題になること必定である。

河野は日野東中学にわずか一年だけ勤め、翌年からは石部の隣の町にある、甲西《こうせい》中学校に転勤した。河野の母校でもあるが、この転勤には、父如矢の運動があったようだ。とても日野までの通勤に耐えられないと、手を尽したようである。この甲西中学に一年勤めたのち、一九七二年（昭和四十七年）、私との結婚のため、横浜へ移ることになる。

私は卒業はせず、留年という形で大学に残ることになった。私ばかりでなく、同級生の多くが留年をしたと思う。単位が足りなかったり、大学院に落ちたり、理由はいろいろあったはずだが、〈高等遊民〉と言われていた丹羽義孝も山田治雄も、当然のごとく留年。むしろ四年で卒業した方が少なかったのではないかというのが私の記憶だが、これははっきりしない。

たぶん、こんなに長く逢わなかったのは、付き合うようになって初めてのことだったと思うが、幸い、彼女が新しい生活に入ることになり、それに伴うさまざまの雑事などが重なっていた時期だったことが幸いだっただろう。もし何もない時期であれば、これだけ長いあいだ逢わずにいることに、河野は耐えられなかったはずである。

そんなある意味リハビリの期間を過ごしたあと、久しぶりに彼女と京都で出会ったのは、彼女の日記によれば、四月二十九日であった。昭和天皇の誕生日、祝日である。こうして祝日や日曜にしか逢えなくなっていたのも、彼女が勤務を始めたことによる端的な変化であった。

「夏がおわる。夏がおわる。」と

今日　私はあのひとと結ばれた
若葉の枝をさし交わす雑木の下の枯葉の上。
なんにも言うことはない。
あと十日もすれば　あのひとも二十三になる。

（河野日記　一九七〇年四月二十九日）

長い空白の期間のあとに、河野が久しぶりに日記に書きつけたのが、この四行であった。
私が石部に河野家を訪ねて、裕子との結婚のことについて両親と話したのが一九七〇年（昭和四十五年）一月十五日。その時のことを二十一日の日記に記しているが、それ以降、なぜか日記をつけていない。

その期間は、そのまま私と会っていない期間であり、私が死のうとして死にぞこなった期間と重なっている。私と逢《あ》うこともないままに、何を考え、どんな生活をしていたのか。

京都女子大の卒業があり、新任の日野東中学校への赴任があり、入学式があり、生徒たちへの授業も始まったはずである。彼女の人生のなかでももっとも大きな変化のあったはずの二か月の記述がまったくないのは、単に忙しかっただけなのだろうか。私のことに関しては、なぜか不思議なセンサーを持っていた彼女のことである、何か不穏なもの、不安を感じていたのかも知れない。

ゆうぐれの闇《やみ》でもなく
水底の翳《かげ》りでもない
ひかりのうすくらがりが広がっている
日時計だけが
いま在る地面の上に
とおい時の影を伸ばす

あなたが　まだ　生まれていなくて
わたしが　もう　死んでしまっていて

この間、歌だけは多く日記に記されており、それらのなかに、詩片らしきものが数編、書き留められてもいる。最後の二行が何を意味するものか、確《しか》とはわからないが、単に忙しさだけから日記をつけなかったのではないような気がする。

その日のことはもちろんよく覚えている。日付は河野の日記から知ることになったのだが、その日四月二十九日、私たちは、いつも歩いていた法然院ではなく、東山の南禅寺の近く、若王子神社から山道を辿《たど》っていた。

以前にも歩いたことがあり、その道を辿っていくと、同志社大学の創始者、新島襄《じょう》の墓に着くことは知っていた。同志社関係者のものであろうか、同志社墓地と呼ばれる一帯があり、十字架も含めた多くの墓碑群のなかに、新島襄、八重の墓もある。そこを過ぎてさらに歩くと、道は下りはじめ、やがて南禅寺へ着く。確か、レンガで作られた水道橋、水路閣のあたりに出たはずである。

その途中のどのあたりだっただろうか、小道からはずれ、暖かく、日当たりのいい斜面の雑木の下で、私たちは抱き合った。そして、初めて「結ばれた」。これまでにも、逢えば必ず抱きしめ合い、お互いに求めあった。それは山の斜面であることもあったし、墓地や、あるいは彼女を家へ送る途中、車のなかでということも何度もあった。

恋人同士なら、いわゆるラブホテルへということも考えた筈《はず》なのだが、不思議にそれはなかった。いや、一度だけ、銀閣寺近くのそんな小さなホテルに二人で入ったことがあった。相当な決心をして誘ったはずで、彼女もついては来たのだが、部屋に入った途端、お互いが無口になり、落ち着かず、結局、何もせずに早々に出て来てしまったことがあった。

彼女の日記を辿ると、初めてくちづけをして以来、抱きしめ合うごとに、お互いにどんどん深く求めあい、性的な触れ合いの深みに溺《おぼ》れてゆくさまが、数冊にわたって、リアルに記されている。いま読んでもどきどきするほどになまなましい。それはほとんどセックスと呼ぶしかないものではあったが、しかし、最後の一線だけは越えることがなかった。彼女が最後に私を許さなかったこともあったし、逆に、彼女が激しく求めたのを、私が抑えたこともあった。それは二人の了解事項でもあった。

しかし、その日。初夏の暖かい光のなかで、それまでの長い禁則を忘れ、二人は当然のように結ばれたのだった。

私自身の暗く、惨《みじ》めな二か月、それに連動したかのような彼女の沈黙の二か月。それまでに一度もなかった、逢わないままに過ごした長い空白の時間のあとで、お互いが当然のように受け容《い》れた出来事であった。罪の意識も、やっとという達成感もなく、まことにそれが当然のような自然ななりゆき、時間であっただろうか。

先の、たった四行の日記の文のうしろに、

駆けゆきし季と思はねど髪束のけぶれるごとき若さにありき

河野裕子（歌集未収録）

髪にほふ闇のやさしさ胸なめらかに君よ　いつまでの少年

もうそしてそこからはとほい夕空にうたごゑのごとき雲流れゐる

など、数首の歌が書き残されている。

河野の日記には、その日の、その四行以降の記述がない。代わりに歌が数十首残されている。その歌の内容が、次第に重いトーンに変わってゆく。

血を待ちて空《むな》しく眠る夜々をうぶ毛すれすれに麦熟れてゆく
河野裕子『森のやうに獣のやうに』

あたたかにいのちぬれつつわれを待つ君に相似の額もつ者ら
河野裕子（歌集未収録）

血に向きて何を問はむかわが知らぬこゑに呼びくる児《こ》らをおそれつ
（歌集未収録）

たった一度の交わりが、結果として河野の妊娠という結果へ傾いていったとき、正直、私には何の実感もなかった。

ことの重大性はもちろん理解していたが、現実のこととはどうしても思えなかった。もともと性に関しては、高校時代の友人、カッパこと川勝明彦君などに、常に笑いものにされているほどに、初《うぶ》で無知なところがあったが、さすがに性行為が妊娠の危険性を持っていることくらいはわかっていた。

しかし、たった一度の行為が、まさにその現実を引き寄せたことに、どうしても実感が追いつかず、河野から生理がないと告げられても、まるで他人事《ひとごと》のような薄膜の向こうの出来事としか思えなかった。

何度も河野と、これからどうするかと話をしたはずであり、彼女は親とも相談したはずである。どのような話合いをし、どのような展開になったのか、ほとんど覚えていない。私には、子を持つという選択は考えられなかったが、彼女にあきらめるよう強く迫った記憶もない。判断保留のまま、決断とその責任を彼女に委《ゆだ》ねてしまっていたのだろうと思う。なんと情けない逃げであっただろうか。

この間に何があったか、忘れてしまっているが、彼女からもらった次の手紙が、すべてを語っているだろう。

今度のことがあと二年か三年先のことであったなら　どんなに晴れやかな、祝福されることであったかを思うと　ずいぶんうすぐらい　かなしい気がします　たった一度の　初めての過《あやま》ちが　こんな結果になったのを　運命の意志のような気がしないでもありません
現在の一切の事情を容れないで言うならば　私は　やはりこの運命を選び取るのが　人間の良心ではないかと思うのです

女として　そして誰よりも　あなたを愛した者として　私はいつわりなく　この子を産みたいと思います
他の誰の子供でもない、あなたの子供だから、そして、今、あなたが苦しんでいる大学院入試どころの比ではなく、何億倍の競争にうち勝って　自分のいのちをつかみ取った子供なのだから。
この子にはこの子の生きていく明日が確実にあり、どんな可能性や才能を持っているかを思うと、今、やっと芽生えかけたいのちを摘み取ることなど、たとえ親といえども　そんな権利も　自由もないと思うのです
あなたも　母も　そして　あなたのお父さんも　おそらく産んで欲しくないと言うだろうと思います
でも　それでは　子供があんまりかわいそうです
私が　ふびんだと思ってやらなければ、誰がこの子をかわいそうだと思ってくれるでしょう
あなたには判《わか》らないかもしれないけれど　今、私には　時々やってくる痛みと共に　たとえようもないよろこびと、かなしみのようなものがあります　女の本能のようなものかもしれません

愛する者の子供を産むということの　血の高鳴りのようなものです
でも　今から　私には判るのです
どう考えてみても　私には初めての子供は産めないということ、あなたがお母さんのことを　いくら待っても逢うことのできないひとだと感じるように、私も、今私の身体《からだ》の中で大きくなりかけた　この子に　未来永劫《えいごう》決して逢うこともできず抱くこともできないだろうということが　判るのです
私の青春は　もう終わっていいのかもしれません
ひとつのいのちを　罪なやり方で終わらせてしまわなければならない、この季節に　なんで　いつまでも今までのようにしていられることがあるでしょう
子供を抱えてあと四年か五年を堪え切る力が　私たちにあるならば、あなたがそう言ってくれるならば、けれども　やはり　私は罪なことはしてはならないと思います
昨日　診て下さった先生が　最後におっしゃった、産みなさいよ　という一言が何の余地もなく、たったひとつのほんとうではないかと思われるのです。
五月三十日　ゆうこ

（手紙　河野から永田へ　一九七〇年五月三十日）

私が河野裕子からもらった手紙のなかで、もっとも辛《つら》く、哀《かな》しい手紙である。二人で話をしていて、河野は決してこの件で私を責めなかった。しかし、二人の現在を考えれば中絶する以外に考えられないことは、十分にわかっていたはずである。河野の両親もそう言わざるを得なかったのだろうと思う。

しかし、「でも　それでは　子供があんまりかわいそうです　私が　ふびんだと思ってやらなければ、誰がこの子をかわいそうだと思ってくれるでしょう」と訴えざるを得なかった。

無理だとは思っていても、「子供を抱えてあと四年か五年を堪え切る力が　私たちにあるならば、あなたがそう言ってくれるならば」と、一縷《いちる》の望みを私に託さざるを得なかった。

この手紙に、私は泣いた。手紙に泣くなどは、初めてのことだった。それはよく覚えている。しかし、この手紙を受け取って、ほっとしたことも、いっぽうで鮮明に覚えていると、正直に言っておかなければならないだろう。

なんという心の動きかと、その時も自ら恥じたし、それは今はいっそうそう思わざるを得ないが、とにかくよく決心してくれたと、彼女の健気《けなげ》な決心にほっとしたのであった。

「昨日　診て下さった先生が　最後におっしゃった、産みなさいよ　という一言が何の余地もなく、たったひとつのほんとうではないかと思われるのです」と、最後に河野が記した〈ほんとう〉に応《こた》える余裕が、そして覚悟が、遂《つい》に私にはなかった。あまりに若すぎた。彼女の悲しみに自らを添わせることができなかった。彼女への、生涯の負い目である。

チャイルディッシュな私に較《くら》べて、ここにはすでに、確実に母親としての河野裕子がいる。まだ一度も赤ん坊などは抱いたこともない少女が、しかし、まぎれもなく母親としての視線から当時の状況を見ていることに今読んでも驚かされる。そんな彼女の哀しみを共有することが、私にはできなかった。一枚も二枚も彼女のほうが大人であり、母親なのであった。

京都青地医院にて手術。
麻酔効かず。
母、あの人共に　つきそって下さる

帰宅　10時30分

（河野日記　一九七〇年六月六日）

その日は、私も一緒に京都の清水坂の近くにあった産婦人科医院に、河野、そして母親の君江さんと一緒に行った。私と裕子の二人、あるいは裕子と君江の二人、そのどちらかが普通だろうが、不思議な取り合わせだったかもしれない。

居心地はもちろん悪かったが、君江さんは、決して怒っている風でもなく、ごく自然に私に接してくれたのがありがたかった。母親としてこんなに悲しい理不尽なことはなく、もちろん内面は平静ではあり得なかった筈だが、私を責めるに類する言葉や態度はまったくなかった。

河野と一緒になってからも、この君江さんの包容力に救われたことが何度もあったが、その最初が、この場面だったのかもしれない。一緒に手術を待っているあいだ、一度だけ、これからはお互いを大切にしてね、というようなことを言われた。その泣けるようなやさしさが私には辛かった。

母を知らぬわれが母とし思いきて黒が似合えり黒を好めり

　永田和宏『華氏』

ただひとりの母とおもうにあわれあわれかくおずおずとものいいたまう

息子など持たざりしかば時折はわが髪なども撫《な》でて安らう

　後年、私はこのような歌を作っている。河野と結婚して四十年、君江さんとも同じだけの時間を過ごしてきたが、たった一度も嫌な思い出がない。「母を知らぬわれが母とし思いきて」はそのまま私の実感であり、そんな私を君江さんも息子として誇りに思い、好きだったのだろうと思う。石部の河野の実家で、数年を一緒に暮らすことにもなった。

　その日は、医院の待合室で、君江さんと手術の終わるのを待ち、車に乗せて、石部の家まで送って行ったのだった。

断つよりはもはやすべなし汝《な》が父はあまりに若く光る額髪《ぬかがみ》

　河野裕子（歌集未収録）

誰からも祝福されぬ闇の忌日　あたたかくいのち触れつつ断つ他は無し

河野裕子『森のやうに獣のやうに』

もう捨てむわれのかなしみ子の恨み六月暗緑の雨は寒きに

誰のものにもあらざるその子かなしみのきはまる時に呼ばむ名もなし

河野の第一歌集『森のやうに獣のやうに』の後半には、亡《な》き子を詠《うた》った歌が多く載せられている。「汝が父はあまりに若く」と詠われた私は、二十三歳になったばかり。河野にとっては、私はまちがいなくその子の父親であったのだろうが、私が当時、「父」という思いでその妊娠を考えたことは一度もなかったような気がする。

すっかり母親になりきってしまっている河野の文面に驚くが、母親として、なんとしてでもその子の命を守りたいと必死に考えている河野の思いに、私は父親の視線で応えることができなかった。そこに、河野はもっとも傷ついたのかもしれない。自らに言い聞かせるように「断つ他は無し」と呟《つぶや》く河野の歌を見つつ、できればこれを歌にしないで欲しいと思っていたのも当時の私だったのである。

もちろん私が歌にすることはなかった。私がこの出来事を何とか贖罪《しょくざい》のように歌にすることができたのは、はるか後年、二人の子が成長してからであった。

君は知らぬ　君にひとりの兄ありて生れることもなく葬《ほうむ》りき

一期《いちご》一会《いちえ》ということさえもかなわずに逝《ゆ》きしいのちの父母にして

ためし書きのごとく小さき死でありしか封じてきたるその後《のち》の日月《じつげつ》

永田和宏『日和』

一九七三年（昭和四十八年）、結婚してからのことになるが、長男の淳の出産を間近に控えた河野は、角川書店の雑誌「短歌」の「女歌その後」という女流座談会に出たことがあった。河野だけが二十代、他は馬場あき子ら二十歳上の世代の女性歌人ばかり六人の座談会であった。「戦中・戦後に青春というべき年齢に達して、結婚・出産というコースを持たなかった女性歌人」たちが、「方法や観念や思想や文体や美意識」をもって、あるべき〈女歌〉を探ろうとした座談会であったと馬場あき子は言う。そのなかで、出産間近の大きな腹をした河野の次の発言が、皆の論理や座談会そのものを突然終わらせてしまうような衝撃を生んだと、馬場が回想する。

私いまこんなにしておなかが大きくなってみると、いままで全然知らなかった世界が出てくる。それがどんなことかといえば、一番思うのは生と一緒に死というものもはらんでしまったという、その暗さというものはとうてい男にはわからないんじゃないかなァっていう気がするの。死と生をひっくるめてはらんだ暗さ、悲しみというものがある。ところが男の人というのは生は一回限りのものであって、生しか持って生まれてこなかったような気がする。

（「短歌」一九七三年七月号）

如何《いか》に男たちに伍《ご》して、女歌を打ち立てていくかという硬質な議論のなかに、突然持ち込まれた実感のみからなる河野発言に、出席した女性たちの誰もが衝撃を受けた。河野のこの発言によって有名になった座談会である。

それは河野の妊娠、出産に重なっており、女性が子を孕《はら》むという体験、その実感からの発言と考えられてきた。多くの論者たちがその文脈で論じることが多いのだが、私は、河野の発言は、その数年前の、私たちのこの体験そのものを語っていたのだとしか思えないのである。

私が逝かせてしまった者。

私が逝かせてしまった。私。私がそうしたのだ。他の誰でもない。一生、一日として忘れはしないと思う。日を経て、なぜこうも傷がふかくなるのだろうか。あのみじかい夏のはじめの日々、私の宿したものは、生ではなかったのだ。それは　死でしかなかった。

　くらい死の果実のようなものを　私は抱いていてかなしかった。なぜなら、あの頃はまだそれは生きていたのだから。

でも、いま始めて気付いたと思う。あれは　死　でしかなかったのだ。死は、私の身体の中でねむっていた。安らかでいとおしいかなしみだった。

（河野日記　一九七一年十二月一日）

　この日記が、あの事件の一年半後。座談会はさらにその一年半後である。河野にとって、「私の宿したものは、生ではなかったのだ。それは、死でしかなかった」という思いは、少しも影を薄くすることはなかったのだろう。

　その夏、河野には勤めがあり、ほとんど休むこともなく日野の中学校へ通っていたのだろうと思う。逢うこともないままに、時間が過ぎていった。

六月二十日には「私のことは大丈夫だから　むちゃをしないように　くれぐれも身体を大事に。熱のことを一番心配しています　ゆうこ」という短いいたわりの手紙を受け取っているが、それからさらに一か月ほど後の手紙がある。

ながい間　てがみというものを書きませんでした
それよりもながい間　あなたの所からも　随分遠いところで　ひとりでいたような気がします
おもいだすのもしんどいような時間だったと思います
うまれてはじめてのことばかりでした
抱かれたことも　妊《みごも》ったことも　つわりが苦しかったことも　手術を受けたことも　あなたを心底つれないひとだと思ったことも。
ひとを打ったことも　授業中　錯乱状態のまま　生徒たちのノートをひき裂いたことも。
あの日から　私は何かとてつもない欠落感を覚えたまま過ごしてきました
あるべき時間と　ひかりといのちの声を失ったような、あるべき対象を失ったよ

うな　てごたえのない　おぼろ気であかるい　かなしみのようなものなのです
在るべき、まさに未来に在るべきであったものへの　なつかしみであり　傷《いた》みに
他ならないと思います
逢う以前に訣《わか》れねばならなかった　はじめての子のことを　やはり一生　こんな
風に　こころに抱き続けてゆくだろうと思います
今、つくづくと私はいのちを愛しいと思います
あなたに逢う以前には知らなかった、そして　子供を失う以前には知らなかった、
柔らかさと　ひたむきな気持でもって　いきていることが、いきてさえいれば　あ
なたと一緒に居られるということが　たまらない程、大切なものに思われるのです
生きてさえいれば、いつかは誤解はとけるものだし　病気だっていつかは癒るも
のだし、ひかりだって明日はどんな風に翳ったり明かるくなったりするか　ちゃん
と判るのだから。
たった一日でいいから　別れなくていい逢い方をしたい。
走って行ったら　見える所にいて待っていて欲しいのに。

ゆうこ

ヘソカクシサマ

（手紙　河野から永田へ　一九七〇年七月二十八日）

自らが深く傷つきながらも、精一杯私を気遣ってくれる河野の気持ちがうれしかった。大丈夫、私と同じように、彼女もこれを乗り越え、一緒に歩いてゆけると思っていた。思い込んでいた。能天気に、そう思いたがっていたのだろうか。

いま読んでみれば、この手紙で河野が繰りかえし書いている「生きてさえいれば」という言葉の意味するものに、当時どうして気づかなかったのだろうと思う。

この夏、河野が自殺未遂をしたことを知ったのは、はるか後年のことであった。佐藤通雅《みちまさ》という東北の歌人が出している個人誌「路上」（第57号、一九八九年九月）でのインタビューで、この時のことを訊《き》かれ、「やっぱりあれは私が弱かったですね、自分の意志を押し切れなかった。産むべきだったんだ」と言い、「神経がまいったんじゃない」という問いかけに、「自殺未遂をおこしました」と答えている。

死にそこねし夏ありしことも恥ならず踏めば落梅の核みな白し

河野裕子『森のやうに獣のやうに』

この一首の「死にそこねし」は、ある種の修辞と取っていたが、ほんとうに自殺をはかったのだということは河野からも聞いていなかった。「路上」の記事を読んだあとも、その経緯について、河野に直接尋ねることはしなかった。

私の未遂は遂に河野の生前に伝えることはなく、河野もまた私に何も伝えないままに、その夏を二人別々に過ごしていたことになる。


　また一年経《た》った。また一年経って　なんにもよくはなりはしなかった。私は何を待っていたのだろう。

夏は　まぶしかったにちがいない。けれど、あの夏の日をさかいに　私には　夏はかえってこなくなった。

それでもいい。それでもいいけれど、くるしいと思う。一切がすぎてしまうということ。一切がすぎてしまったということは、何ととりかえしのつかぬ　くるしみなのか。

夜毎《よごと》、にがい涙の中で　今なお　私はどこにも　誰にもむけようのない　悔恨の中でさがす　私が逝かせてしまった者。


（河野日記　一九七一年十二月一日）

「あの日を」

「あの夏の日をさかいに私には　夏はかえってこなくなった」が切なく心に痛いが、私も偶然に同じ思いを歌にしていたことを、今になって不思議な偶然と悲しむのである。

「夏がおわる。夏がおわる。」と書きいたりかつてはわれのものなりし夏
永田和宏『メビウスの地平』

寡黙《かもく》のひとりをひそかに憎む

一九六九年（昭和四十四年）、四回生になった私たちは、物理学科のなかでどれかの研究室を択《えら》んで、そこに所属することになった。私は、福留秀雄助教授の生物物理という研究室に入ることになった。

教授として寺本英《えい》さんがおられたのだが、寺本先生は、一九六七年に創設されたばかりの新学科、生物物理学科に新しい講座を作るために移られ、物理の生物物理研究室は教授不在の講座として残された。寺本さんは、京大では、教授室を畳敷きにして囲炉裏を切ったことでも有名である。

この生物物理学科は日本で初めて作られた、生命現象を物理的に理解しようとする学科であり、錚々《そうそう》たる創立メンバーが揃《そろ》って、その後、華々しい研究が展開されることになる。惜しいかな、私たちの学年は、この生物物理学科へは入れなかった。分属は私たちの一年あとの学年からということになっていたのである。その第一期生たちは、なぜか驚くべき才能が集まり、近藤寿人《ひさと》さんなど、今でも生命科学分野で活躍している学者・研究者が多く残っている。間に合っていたら、私もたぶん、この学科への分属を希望していただろうと思うが、それでもやっぱり落ちこぼれていただろうか。

因《ちな》みに、私はのちに、この生物物理学科で博士号を取得することになる。その主査をしていただいたのが、生物物理学科創立メンバーの一人、岡田節人《ときんど》先生であった。発生生物学の日本の中心人物であり、日本人で初めて国際発生生物学会の会長をされた先生である。

なにしろユニークな先生であった。真っ赤なジャケットに緑のパンツ、ちょっと日本人離れした風貌《ふうぼう》のうえに、真っ赤なアルファロメオに乗って京大に来るのだから、嫌でも目立ってしまう。ザ・キョーダイと言うにはちょっとかっこ良すぎたが、精神の自在さはまさに京大の先生そのものであっただろう。

私は、現在、JT生命誌研究館の館長をしているが、この生命誌研究館の初代館長が岡田節人先生であった。岡田先生は、京大を退官後、岡崎の国立共同研究機構の機構長をされたあと、生命誌研究館の館長に就任されたのである。

岡田初代館長のあと、中村桂子《けいこ》さんが二代目館長となり、二〇二〇年（令和二年）からは、私がその後任ということになった。岡田先生とは研究領域が近かったこともあり、何度かご一緒して、お酒などを飲む機会があったが、それが三十代前半。それから四十年を経て、博士論文主査をしていただいた岡田先生のあとを受けて館長になるなどとは、もちろん想像したこともなかった。なんとも不思議な縁である。

さて、京大物理の頃。福留先生はもともと湯川秀樹先生のもとで素粒子論を専門としておられたが、生命に興味を持ち、私たちが分属したころは、生命現象のもとになる化学反応を、分子軌道論をもとに理解しようとしておられた。当時はハートリー・フォック近似という方法に没頭しておられたと思うが、私にはほとんど歯がたたなかったし、今ではいっそう理解不能である。

山仲間の高橋三雄君のほかに、私を含めて五人の四回生が福留研にいただろうか。卒業研究は課せられていなかったが、何かの話の流れから、五人で協力して何かを残そうということになった。そこで誰かが提案したのが、チューリングマシンを作ろうというもの。それがいい、「おもろい」とみんなが乗り気になって一気に決まってしまった。

アラン・チューリングという名前は聞いたことのある人もいるだろう。イギリスの数学者であり、電子計算機のもとになる、計算機科学の基礎を作った人物でもある。歴史的には暗号研究者として知られているかもしれない。

第二次世界大戦のとき、ドイツ軍の暗号解読に大きな寄与をした。ドイツの高速潜水艦Uボートが次々に沈められたのは、チューリングの開発した方法により、ドイツの暗号システム「エニグマ」が解読されたためであるとされている。しかし、チューリングは後に同性愛の告発を受け、四十一歳で自殺するなど、何とも波瀾《はらん》に富んだ生涯であった。確か映画にもなっていたはずである。

チューリングの理論によって「万能チューリングマシン」が提唱されていた。これは純粋の理論であったが、これを使うとすべての論理演算、アルゴリズムを実行することが可能になると言う。五つのシグナルと二十四の内部状態を設定し、そこに論理回路を組めば、あらゆる演算が可能になる。その論理回路を組んだのが、われらが福留秀雄だったのである。

日々、福留さん（われわれはもっぱらトメさんと呼んでいた）と接していて、とにかく彼が並はずれた頭脳の持ち主であることだけは、私たちにもよくわかっていた。わかりすぎるほどであり、こんな人が居て、それでもなお誰もが唸《うな》るような目覚ましい成果には結びつかないのならば、自分などにはとうてい無理だとも思わせるような先生であった。

若い時から目立っていたようで、基研（基礎物理学研究所）のプリンスなどとも呼ばれていたらしい。しかし、本人はどことなく貧相でもあり、婦人雑誌のグラビアにも載ったらしいのだが、それは京大の助教授は貧乏で、この齢《とし》になっても結婚できないという特集だったなどと、まことしやかに伝わっていた。

ヘビースモーカーで、家で煙草《たばこ》の本数を制限されていたのか、学生のたまり場などに来ては、「君らシケモクないか」などと探していたものだ。後年、作務衣《さむえ》を着て国際学会に出たら、外国の研究者たちから大いに褒められ、それ以来、どんな場でもずっと作務衣を着て通した人だ。トメさんについて語り出したらいくらでも出てきそうだが、いかにも京大の先生らしい、ヘン（変）を地で行くような先生であった。

それはともかく、福留先生の論理回路を、実際の電気回路として実現できれば、世界初の快挙である。今のコンピュータの走り、その基礎のようなものと考えていただければいいだろう。実際、それに従えば、原理的にはどんな計算もその回路だけででき る。例えば2×3の答を出すのに、十五分くらい機械がまわり続けるのに耐えられればの話だが。

福留研のわずかな研究費の中から、ステレオデッキを一台買ってもらい、それを分解して発信機を作ることにした。周波数を変えることのできる発信機を作り、五種類のシグナルを作るあたりまではなんとかうまく行ったのだが、なにしろわれわれ五人には、電気回路の知識が不足していた。結局、ステレオデッキを一台無駄にしたところで敢《あ》え無くギブアップ。いま以《も》って残念なことである。

福留研は基本、理論の部屋であった。量子論、分子軌道論、統計熱力学などをやっているスタッフ、大学院生が多かったが、助手の和田明先生は、大学院生と二人でウエットの実験をやっておられた。遺伝情報をアミノ酸配列に変換し、タンパク質を作る装置、リボソームの研究である。これはまさに後年の私の研究領域とも重なるものになるのだが、当時はまさかそんなことになるなどとは思いもしなかった。

せっかくだから実験らしいものもしてみたいと、五回生の半ばごろだろうか、和田さんに頼んで実験の手ほどきをしていただくことになった。研究者としてはもっとも充実し、忙しいはずの三十代半ばだっただろうに、和田さんは快く私たちに実験のイロハから教えてくださった。大腸菌を培養して、そこから大腸菌のリボソームを精製する。夜を徹しての作業になるが、待ち時間が多い。その間、皆で囲碁などやりながら時間を過ごす。おまけにビールなど飲んだりするものだから、肝心の実験に取り掛かるべき時刻に、誰もが研究室で寝込んでしまい、結局、和田さんがその後始末をひとりでやってくれた、などという不埒《ふらち》なこともママあった。

和田さんには、その後も何度もお会いしたが、いま以って、あの時のことを思い出すと頭があがらない思いである。あの頃、もっとまじめにやっておけば、今の仕事にもっと役に立ったかもしれないとも思うが、あの時、あの不真面目《ふまじめ》さのなかでとことん落ちこぼれたからこそ、そのあとのサイエンスのおもしろさへの〈めざめ〉の鮮烈さもあったのかもしれないとも思う。

かなりいい加減な生活ではあったが、短歌の方ではもう少し責任を持たなければならない立場にもなっていた。短歌誌「塔」の編集を実質的に担《にな》うことになっていたのである。編集長の黒住嘉輝さんが京都府立高等学校教職員組合の委員長になり、編集に手が回らなくなった。そこで一年先輩の辻井昌彦、同志社大学の学生で私と同学年の玉城多佳子、それに藤井マサミさんという先輩の女性との四人で、編集の主体を担い始めていた。

三〇ページほどの薄い雑誌ではあったが、月刊というのはけっこう大変である。編集をし、印刷所にまわし、初校、再校を終えて、発送まですべて自分たちでやらねばならない。袋に入れた雑誌を、みんなで風呂敷《ふろしき》かなにかに下げて、郵便局まで持って行ったのだから、なんとものどかな時代である。それに次号の企画や原稿依頼なども含めると、一か月がとても短く、ひと段落つくまでに次の号の作業が動き出す。

完全なボランティアであり、おまけにそれらの作業をする事務所的な場所さえなかった。仕方がないから、京都市内の喫茶店を転々としながら作業をするのである。私たちが行く喫茶店はすぐにつぶれるなどと誰かが嘆いていたが、コーヒー一杯で何時間も席を占拠して仕事を続けられるのは、客のいない喫茶店に限られていたわけで、すぐつぶれるのは当然のことでもあったのだろう。

辻井昌彦の下宿で、徹夜で編集作業をしたことも何度もあった。明けがたまで続けるとお互いが不機嫌になる。下宿のすぐ横にあった京大農学部グラウンドまで行って、二人で夜明けのグラウンドを何周も走ったりしたものだ。

この「塔」では、私は後に編集長となり、さらに高安国世先生の跡を継いで主宰となり、主宰者として約三十年間「塔」の運営に携ることになる。「塔」は現在では、会員数が一一〇〇人を超え、毎号のページ数も二五〇ページを優に超える大きな結社となっている。編集、企画、校正やその他運営に関わる会員の数も数十人になり、それぞれの役割分担もはっきり決まった大きな組織になったが、わずか数名の手作業だけで毎月の発行を支えていた時代のことを、時に懐《なつ》かしく、そして誇りにも思うことがある。その最初期の関わりが、二十代初頭のこの数年間であったわけである。

「塔」の編集のほかに、京大短歌会の歌会などの活動もあり、また同人誌「幻想派」

の連中ともよく飲んでいた。これらの仲間数人が、ある友人の下宿に集まり、トランプだけで二晩徹夜をしたこともあった。ツーテンジャックという遊びがある。数回の食事以外は、三十数時間ずっと畳と櫓炬燵《やぐらごたつ》に座ったまま、トランプをし続けたのであるから、いまのゲームオタクをどうこう言う資格はないのかもしれない。

こうしてつらつら思い出しながら書いていると、その頃の私は、どこかちょっと破滅型の〈極端〉を楽しんでいた（あるいはどこか絶望感と共に生きていた）ような気がする。少なくとも、着実に次の目標に向かって歩むというところからはとことん遠く、むしろ、着実安定の未来からできるだけ遠ざかっていたいと思いつつ生活していたような気がしてくる。

もの思う暇もなく忙しいだけの毎日。朝五時に起きて六時に家を出、帰ってくるなりアスノタメニそそくさと眠ってしまうだけ。昨日は、万博のお客の接待で疲れて寝不足で、午前中ずっと授業で、午後は炎天下で運動会の練習でクタクタ。やっとねぐらまでたどりついたら、冷や汗が出て起きられなくなった次第。職員室は昨日も今日も34℃、ほんとなのよ。

あんまり暑くて気持ちがわるいのでさむけがするんだから。それでも107名分の作文と読書感想文と、漢字帳（多い子は一人三冊位）と、41名分のテストと、練習帳を見たのに、まだ仕事が残っているのよ。漢字と英語のテストの採点。この上、クラブや担任を持たされたらどうなることか。明日もまた運動会の練習。でも学校は楽しい。職員室も面白い。

（手紙　河野から永田へ　一九七〇年九月九日）

一九七〇年（昭和四十五年）の夏、河野からはよく手紙が来た。忙しい、たいへんと言いながら、この日の手紙は十二枚びっしりと書かれていたし、忙しさを楽しんでいるようにも見えた。彼女が日野東中学へ勤めるようになってからは、当然のことながら、私たちが逢《あ》える回数は目に見えて少なくなっていた。それまでが多すぎたのだろう。しかし、逢えなくなって、彼女のなかにある私の位置が、不安定になってもいるようであった。先の手紙は次のように続く。

私にとって一体、あなたは何なのだろう
あなたはいつも私のこころのどこかをうしろむきに　丈高く静かにあるいている
だけ。めったに笑ったりさわいだり　どうかした時の　あなたの表情などをおもい

出さないのはどうしてかしら。あなたが誰なのかわからない

見つめているとよけいにわからなくなる　そうしてなんて冷めたいいやなひとなんだろうね。あなたは冷たいわよ。ほんとなんだから。きっと自分でも気が付かないで　冷たいよこ顔なんかする時があるのだろうと　私は思うけど。

でも私は逆上して　あなたなんかひっかいて　頭から水をぶっかける程ケンカしても、そんな顔はできないと思う

これは私のオヘソがきれいなのと同じ位ほんとのことなのよ

あなたが喪《うしな》ってしまったもの　あなたが初めから持っていなかったもの　あなたがひとに訴えることも、欲することも諦《あきら》めて、それでも何よりも求めていたもの

それは何なのかと　私はよく考える

いつかも書いたように、それは、何があるから　何がないから　何がどうだからという寂しさではなく　何がどうあってもどうしようもない、はじめからどうしようもなかった種類の寂しさにつながっているのかもしれないいな。

結局のところ終始一貫して　あなたはなんにも言わなかったし、私もなんにも聞かなかったような気がするのよ

なんにも聞けなかったし、ましてや聞いても　あなたはなんにも答えないという

ことが判《わか》っていたのよ（後略）

（手紙　河野から永田へ　一九七〇年九月九日）

逢っていると、聞かなくともなんとなく安心していられたものが、逢わなくなると「あなたは何なのだろう」と自然と頭をもたげてきて不安になる。何も言わない私への恨みごとといった雰囲気である。私はほとんど気に留めていなかった。

この時期、もっと凝った手紙も何度となく送られてきた。「朱夏青紙ニ思ヒヲ託ス」として、青便箋《びんせん》に書かれた、ふざけた漢文調の手紙もあった。途中からだが例えばこんな具合。

我レハ薩摩《サツマ》隼人《ハヤト》　肥後モッコス　熊襲《クマソ》梟帥《タケル》ガ正統、末裔《マツエイ》ニシテ　南方ノ熱血ココニ凝縮セリ。血熱ク濃ク情厚ク一途《イチズ》ナルコト唐人オ吉モ及バザル。（中略）

我短身ソウ軀《ク》ノ故《ユエ》アレバ　血ノ巡リイト速ク　脳天ヲ噴キ出テ始末ニ困《コウ》ズルコト自他共ニ多々アルモノナリ

ソモソモ南方ノ風心地ヨク　南方ノ山河青ク澄ミ、九州男子、肥後モッコス　双《ソウ》瞳《ドウ》フカク色黒ク　真情剛毅《ゴウキ》ノ一人二人三人　四人マデヲ振リ捨テテ走リタルコノ西

方、近江ノ國《クニ》ノ若者ハ、近来稀《マレ》ナル、デクノボート称スル珍虫ニヨクモマタ似タリ
ソノ温和ナルコト、髪ヲ吹ク春風ノ如《ゴト》ク、ソノ聡《サト》キコト、倶翅羅《クシラ》ノ如ク、ソノ深謀遠慮ナルコト、原田甲斐《カイ》ノ如ク、ソノ冷血不動ナルコト、眠狂四郎ノ如ク、ソノ間抜ケテ阿呆《アホウ》ナルコト、ヒョウタンツギ（手塚治虫《オサム》参照）ニサモ似タルナリ。嗟《アア》コレ何ノ前世ノ因果。
コノ男《オノコ》女性《ニョショウ》ヲダイコン、オレンジ、スポンジト見做《ミナ》シ、コレヲ扱ウコト　木石ヲ扱ウガゴトキナリ
ハタマタ女性ヲ　摩耶夫人《ブニン》、アベマリア、弁天、観音菩薩《カンノンボサツ》ノ化身、分身ノゴトク心得テ、広大無辺、慈愛限リナク、光無量寿ノエッセンスヲムサボルガ如ク、罪フカキ身ニ溺《オボ》レ来ルナリ。嗟《アア》、呉ヤ呉ヤ、イカンセン（後略）
（手紙　河野から永田へ　一九七〇年八月六日）

と、こんな調子がまだまだ続き、「ワガ年来抱キ来タル望ミ、色濃ク美シカリシヲ、君ヲオキテ他ニ誰ガ知ルモノゾ。献ズ、京都岩倉ミノムシ賢士ニ」と終わる。
さらに、この少し後の八月十二日には、

うらみつらみ深草の宿はや長き、葉月　秋の夜も更《ふ》けて　なほ　ながながしきは
天の砂川
なほ詮《せん》じつめれどすべなきは　愚かなる好者《すきもの》（コージ苑を調べよ）でくのぼ御仁、
ぼくねん仁、もの言はぬこそ美丈夫とよくも図りたり
うらみつらみなほ深く　眠られぬ長夜　三夜三晩　うち続くこそわりなけれ　こ
こに筆とり怨ずるこそ　なほもの狂ほしけれ

から始まる長文の「夜半《よわ》のめざめ物語」が送られてきた。原稿用紙にして二十枚はあろうか。「巻一」の「猫めづる姫君のみの虫の中将に逢ふまで」から始まる痛快なパロディ風物語。

全編紹介できないのがなんとも残念だが、ばかばかしいと言えばまことにばかばかしい戯《ざ》れ文。しかし、忙しい忙しいと言いつつ、学校勤めにへとへとになりながら、よくもこれだけ興のおもむくまま、思いつくままにでたらめに文章を書き連ねたものだと感心する。

要は、猫にしか興味のなかった姫君が、「文月二十日は十五夜の月　ろうろう《（ママ）》と登り来るにはまだ早き猫の刻　都に住める若き男、女共あつまりて催しける」歌合《うたあわせ》の会

で、みの虫の中将に巡り合って恋に落ちるという物語である。

中将の君、時によわいはたちの若者ざかり、ナイロンロープに、グローブをくくりつけ腰かけ作りたるに腰かけて、さながら天と地の間につり下り、天下太平の様《さま》に、終日ぶらりんこ、ぶらりんこと揺れをる、浮浪者的、風太郎、風来坊、フーテン、ヒッピーの虫象的代表虫、かのみの虫の態に酷似したり

その幼少の頃はトウナス、ドテカボチャ、アンポンタンのごとき明快一理、この世は楽しの単純無垢《むく》の単細胞型おぼっちゃんなれども、シュトルムウントドランクのあら波どろ水かいくぐり、したたか飲みて、果せるかな和製ハムレットとはあいなれり　どこやら抜けて頼りな気なる　この若き男君をば　みの虫の中将とは　いみじくも呼び申しけるも　理《ことわり》なきにはあらざるなり（後略）

まだまだ続くが、まずこんなみの虫の中将との出会いは、まさに「幻想派」の第一回の歌会の場のパロディである。女性たちの「さてこそキャーキャー笑ふこゑ、わがみの虫の中将の君の深淵《しんえん》なる好色哲学の世界にはいと遠く、カンシャク虫にさわりカンニンブクロのさげひもにさわり、さてもうがまんがならぬ」として、「中将の君、

いとおもむろに半眼のまま、猫の君をうち見やりつつ　つとさし出したる春本好色エロ本の稀《き》覯本《こうぼん》こそ、かの著名なる高安の国世なる色道の大家が、三十年のウンチクを傾けて著したる『塔』にはちがひなし」となる。

そして、その歌合で「二人が判じたる歌二首」として、

絶え間なき笑声のリズム　ニヤニヤとわが前にネコかぶりゐるヲミナ一人
　　　　　　　　　　　　　　　　　　　　みの虫の中将作れる歌

もの言はむとして不意に面白し　みの虫めき君はあまりにモソモソしてゐる
　　　　　　　　　　　　　　　　　　　　猫めづる姫君作れる歌

が書かれている。もちろん「猫めづる姫君」の一首は、「幻想派」の最初の歌会のときに河野が提出した、

揺すらむとして不意にまがなし少年めきて君はあまりに細き頸《くび》してゐる

河野裕子

のパロディである。「みの虫の中将」の一首も、当日の私の歌から来ているはずである。「絶え間なきサンバのリズム」云々《うんぬん》という歌だったはずだが、残念ながらいま当時の記録を引っ張り出せない。そして、「巻二」は、次のように終わる。

　歌合わせを中座して帰途につきたる猫めづるの君　月影をふみつつものをこそ思へ　ああ、猫めづる姫君の胸中を占めゐたるは、この日頃、姫君が前をうろつく一匹の大きなる　ドロ棒ネコのヒゲ面《づら》のみ。むさくるしく汚れたるヒゲネコの一体全体どこに魅《ひ》かれたるにやあらむ

　熱病のごとくほてりたる姫君が胸に　ヒゲ猫のヒゲ面やきついて離れざるも、何たる人生の変転の微少なるきつかけぞ　今宵、偶然に出あひたる、みの虫ナニガシの、かの呆《ほう》けたるがごとき若き黒き瞳《まみ》のひかりこそ、何の由《よし》にや　胸を流星のごとくよぎりたる。

ヒゲ猫（N青年）を思い続けていた河野の前に、突如みの虫の中将（私）が現れた

という図である。なんとも能天気な戯れ文である。しかし、私はそれを楽しみ、彼女があの辛《つら》い出来事から、こんな風に立ち直ってくれたことを、単純に喜んでいたのである。……しかし、

長いことこの日記を開けることもなかった（中略）日記さえ書かなかった程にこの一年私の生活はすさみ、ただ忙しかった。泣いてばかりいた　泣いて眠らなかった夜の方が珍しかったかもしれない（中略）
風に吹かれてくらい道を歩いて帰って来た日々　涙がにじんだ。働くのがつらかったから泣いたのではない
私には　あのひとの存在自体がくるしく　遠かったからだった。私のすべてを容《い》れてくれると信じ　お互いが安らかであった頃のことを忘れてはいない　忘れていないから辛い
あの人の愛情を疑ったことはなかった　子供を喪《な》くして　悶々《もんもん》と自殺をおもいつめていたくらい梅雨の頃も　私は　あのひとを愛していた　誰にも負けない位純粋だったと思う　今もその気持ちに何の変わりもない　けれど　こうして日々　世界があかるくまるくふくらんでゆくのが　なんでこんなに苦しいのだろう

春さえ来ればと思っていたのに、春が来たことはかえって事態をわるくしてしま
ったような気がする
あの人が東京にゆくのがさびしいのではない
私たちの間にあった、何年か以前の　あのやわらかな空気のような　目に見えぬ
ものは　一体どこに行ってしまったのだろう
逢うのがつらい　話すのが苦痛だ　二人になれば傷つけ傷つき　傷にまみれてお
互いのこころも眼もみえなくなってしまう
この四年間の時間の中に　熟り消えていったのは一体何だったのだろう
二度と戻ることのない青春の中で　私たちがぶっつけ合ったものの結果は　こん
なに貧しいはずはないのに　このもってゆき場のない、誰に訴えることもかなわぬ
かなしみは一体何なのだろう
あのひとさえ居てくれれば　かなしみはみんな消えてゆくものだった　けれどよ
りそって行っても　あのひとは　私の気持ちを抱き取ってくれなくなった
おまえには　おまえの生活があるという
私は根っからの主体性のない女なのかもしれない　私が　あの人に全的に同化し、
何もかもひとつになろうと望んだこと自体がまちがいだったのだろうか

愛し合う時も　男と女はやはり個と個にしかすぎないのだろうか　さびしい
（河野日記　一九七一年三月二十四日）

ほぼ十か月ぶりに書かれた彼女の日記を読み直して、彼女との距離がそんなに遠くなっていたことに、いま私は衝撃を受けている。「二人になれば傷つけ傷つき　傷にまみれてお互いのこころも眼もみえなくなってしまう」は、私にも実感であった。「けれどよりそって行っても　あのひとは　私の気持ちを抱き取ってくれなくなった」も、私に思い当たるところがある。

確かに二人のどこかが変わった。互いの思いが純粋に二人の間だけにあるものではなくなり、それを現実のどこかに着地させて考えざるを得なくなったところで、二人は、さまざまの障害に直面せざるを得なくなっていた。言葉で傷つけあう場面も多くなったし、私の方から少し遠ざかっていたいと思うようにもなっていた。

己の将来にも、まだ何ひとつとして確定的なものを持てないでいた当時の私にとって、彼女の激しさ、一途さを一方で求め喜びながら、一方では、その熱量、圧力を息苦しく感じるようにもなっていた。もう少し、ゆったりと逢っていたい、一時的な炎の燃焼ではなく、これから長く続くはずの生活を考えると、もう少しクールな関係を保てないものか。そんな思いから、知らず知らず距離をとるようにもなっていた。

いずれ二人が結婚することは間違いなく、相手として彼女以外は考えられなかったが、以前のようにまっすぐ彼女だけを見、感じたことのすべてを共有したいという熱からは冷めつつあった。私から口にすることはなかったが、彼女はそこにいちばん敏感であったのだろう。

私の寡黙に由来する不安をどうかして解消したいという焦《あせ》りが、あのような面白おかしい、しかし時間もかかったはずの戯れ文となっていたのかもしれない。学校勤めの忙しさに抗《あらが》いながら、いっぽうで私への長い手紙に不安を紛らわせ、必死に私を繋《つな》ぎ止めようとしていた。今にして、それが哀れである。

逆光に耳ばかりふたつ燃えてゐる寡黙のひとりをひそかに憎む

河野裕子『森のやうに獣のやうに』

こんなたいへんな時に、なにを能天気なことを書いているんだか、などと思いつつ、それを楽しんでいた私であったが、能天気なのは、どうしようもなく私の方なのであった。

今しばしわれを娶《めと》らずにゐよ

九月になって、大学院入試も近づいてきたが、さすがにこのままではまずい。もし不合格になったら就職をするしかない。試験が終わってから就職活動を始めたのでは遅かろうと思われた。もう一年やるという気力はなく、いざという場合に備えて就職を決めておかなければならない。何より河野の家にも、そのように約束をしていた。

実際、父親の如矢《ゆきや》さんはせっかちな人で、私の就職を心配し、親戚《しんせき》でヤクルトの重役（だったか？）になっている人がいると言って、わざわざ大阪まで私を連れて行ってくれたこともあった。娘の将来を考えてじっとしていられない気持ちはよくわかったが、そんな裏口を通るような手段を取ること自体が嫌だったし、しかもその親に連れられて就職の相談に行くというのは、ある種屈辱感にも似た惨《みじ》めな気分でもあった。

もちろんこの話はうやむやになった。

研究室の福留秀雄先生に相談すると、彼も就職の斡旋《あっせん》などやったことがなく、それでも何年か前に、研究室の卒業生が森永乳業に就職したから、その研究所だったらいけるんじゃないか、などと言う。そのあとの科白《せりふ》が奮っていた。

「でもまあ、あいつもしばらくして辞めたけどなあ」

せっかく採用したのにすぐ辞めてしまった人間のいた研究室から、もう一度応募があったら、普通は採らないだろう。福留さんがそのことに考えが及んだかどうかはわからないが、ごく自然な口調で受けてみてはどうかと言う。それじゃあ受けてみましょうかということになった。

どのように応募書類を取り寄せたのか、とにかく書類を送ったのだろう、ほどなく面接に来いとの連絡を受けた。今なら、書類審査が通った段階で、まず学生は喜ぶのだろうが、当時、なんとなくそれが当然のように思っていたのは、俗にいう「売り手市場」の情勢だったからだろうか。

我々の学年は第一次ベビーブームの世代である。卒業生は多かったはずで、当然就職はむずかしくなるはずなのだが、当時、一九七〇年（昭和四十五年）は高度経済成長の真っただ中であった。昭和三十年前後の神武景気や、数年後の岩戸景気、それらをうわまわって「いざなぎ景気」などと言われていた時代である。もちろん就職試験は初めての経験であったが、さらに、一年留年しているというハンディがあったにもかかわらず、不遜《ふそん》なことながら落ちるなどとはまったく考えていなかった。

森永乳業の本社は、東京の田町にあった。そこに出向いたのは十月ごろだっただろうか。簡単な性格試験のようなものがあり、そのあとは人事課長と、中央研究所の所長兼専務取締役との面接であった。入社後知ったことだが、この研究所長は、長澤太郎さん。岐阜大学農学部教授を辞めたあと森永に迎えられ、専務と研究所長をやっておられたのである。

長澤さんは研究畑の人であり、大学でやってきたことなどの質問が出て、卒業研究で取り組んでいるチューリングマシンの話などをした。乳業会社からは、もっとも遠い分野であり、普通は避けるだろうが、そんなことに頓着《とんちゃく》せずに話をし、長澤さんもおもしろく聞いておられたようだった。

人事課長からの質問はよく覚えている。「大学院受験を考えておられるようだが、というこことは、森永は滑り止めということですか」と、真っ向から痛いところを衝《つ》いてきた。まったく想定外の質問である。一瞬ひるんだが、仕方がない、「まあ、そんなところです」と答えたものだ。

私の学生がもしそんな答をしたら、「おまえ、アホか」と言うだろう。しかし、当時の私は、やはりどこか突っ張っていたのだろう、正直に答えてしまった。一瞬、間を置いて、二人が大きく笑ったのを覚えている。あきれたのに違いない。

そんなやりとりがあったにもかかわらず、私はヘンに能天気というか、強気だったのだろう。面接が終わって、長澤所長に、「ちょっと研究所を見ておきたいので、お帰りになるのなら一緒に連れて行っていただけませんか」と尋ねたものである。なんという厚かましさ。いま考えても赤面する以外ないが、長澤所長は快く応じてくださり、運転手付きの専用車で、目黒の中央研究所まで連れて行っていただいた。

研究所は目黒の住宅街のなか、緑に囲まれた閑静な一画にあった。所長の指示で、ラボヘッドの方が、五階建ての研究所のおおよそを案内してくださった。正直、この研究所が気に入った。ここなら仕事をしてもいいか、と、これまたなんとも不遜な満足感を感じて、東京をあとにしたのだった。

いつごろ通知をもらったのかは定かではないが、無事、というか、不思議なことに、合格通知をいただき、翌年からそこで働くことになる。ここでは詳しく語ることはできないが、この森永乳業中央研究所で働いた五年半という時間のなかで、私はサイエンスのおもしろさに初めて、そして本当の意味で目ざめたのだった。生涯を決める五年半になった。

先走りをして言っておけば、研究のあまりのおもしろさに、ついには森永乳業を辞めて、またしても京都大学へ戻ることになったのである。すでに三歳の長男淳と、生まれたばかりの長女紅《こう》を抱えて、無給になるのを覚悟で、学問、研究の世界に舞い戻ることに。今回は、理学部物理ではなく医学研究科、結核胸部疾患研究所であったというのが、大きな転換であった。市川康夫先生の白血病の仕事に惚《ほ》れ込み、その研究室に、研究員(研修員)としてもぐり込んだのである。そして、それ以降の五十年近い時間を、生命科学の研究者、もう少し詳しく言えば細胞生物学者として、そして一方で歌人としての生活を送ることになるのである。

二度目の大学院の入学試験の印象は、きわめて薄い。この記憶の薄さが何を意味しているかはあきらかで、受験のときには、何がなんでも受かってみせるといった意気込みも希望的観測ももはやなかったのだろう。

そして、結果はやはり不合格。一度目の試験の失敗のあとは、大きく落ち込んだのだったが、むしろ今回は、これで踏ん切りがついたといった気分。悔しくなかったと言えば嘘《うそ》になるが、ある種さばさばとした気分がどこかにあった。

前年の不合格は、人生のなかでたぶん初めての挫折《ざせつ》であったはずだ。それも原因の一つとなって自殺未遂を起こしたことは既に述べた通りだが、今回の不合格は、長く続いた重い圧迫感から解放してくれたような気さえしたのだった。

　このままでは引き下がれないと、一年浪人をして再受験を考えたはずだった。だが、一年間、さまざまの焦《あせ》りと将来への不安を抱えながら勉強を続ける過程で、物理という学問そのものへの情熱が徐々に冷めつつあるのを、どこかで確かに感じはじめてもいた。物理というより、研究者になるということに対する疑問、自分がそれに向いているのだろうかという懐疑であったと、今なら思うことができる。

　それには、短歌がおもしろくなり始めていて、その魅力が、研究というものへの邁《まい》進《しん》を、目に見えないかたちで抑えようとしていた側面も確かにあったのだろう。傍らには、「彗星《すいせい》のごとく」出現した戦後生まれの女流歌人として、河野裕子が歌壇的な注目を集めつつあった。それなら俺だってという競争心もあったはずだし、横で見ていて、この程度なら俺にだってといった故《ゆえ》のない自信も確かに感じてはいた。

　研究を諦《あきら》めて仕方なく就職という風には考えたくなかったが、就職が目的ではなく、とりあえず就職をして、河野と一緒に歌人としてやっていくというのなら、それもいいかもしれないと、心のどこかに動くものがあった。

　そんな思いは、何がなんでもといった一途《いちず》な受験勉強への迫力の欠如となってあらわれていたのだろう。もう一年頑張ってと思っていたはずなのに、あらかじめ結果を納得しつつ試験を受けたような具合だったのかもしれない。

大学院入試の結果が明らかになった段階で、次になすべきことはすっきりと見えてきた。長いあいだ河野を苦しめてきた結婚へのプロセスを進めること以外にはなかった。院入試の結果をどのように河野に伝え、そこでどんな話をしたのか、何も覚えていない。しかし、結婚への準備を始めるということは、ようやく河野を安心させたようでもあった。

どのように私の父にこの結婚を相談したのか、これも忘却のかなたである。将来の進路も決まらないまま結婚をして、どうして生活をするんだと言って、以前は取り合ってくれなかった父が、意外にすんなりと結婚を認めてくれたように思う。就職先もすでに決まっているのだから、もはや反対される理由もなかった。

先の私の自殺未遂で、父自身も深く傷ついていたのだと思う。私の客観的状況が、結婚を考えてもおかしくない段階になっていたことに加えて、私を追い詰めた家庭的な状況に対する、父自身の自責の念、慚愧《ざんき》の思いもあったのかもしれない。ともかく河野との結婚へ向けて動き出すことになった。

仲人《なこうど》は、初めから考えていたように、私の歌の師である高安国世先生にお願いすることで、河野も賛成であった。河野とつきあい始めた当初は、心配して、私にそれとなく注意もされた高安先生であったが、河野が歌壇の新人として注目を集めるようになり、私との五年にわたるつきあいも歌を通して見てこられたこともあって、もちろん反対はなく、快く仲人をお引き受けいただいた。

仲人といっても、いわゆる世間でいう仲人のようにいろいろお願いするわけにはいかない。結納のときには、私の従兄《いとこ》である桑原忠雄さんが、仲人として河野家へ結納の品を届けに行ってくれた。忠雄さんは、父の一番上の姉の長男。父は七人兄弟の末っ子だったので、忠雄さんとは歳《とし》があまり変わらず、父とは兄弟のようであったし、従兄と言いながら、私には叔父のような年齢であった。

結納には、私が運転して忠雄さんと一緒に河野家へ。見事に定型通りの口上を述べるのに驚き、普段の口調とのあまりの違いに、横で聞きながら思わず笑ってしまった。そもそも結納の儀に新郎になるべき男が同席するのはおかしいのだろうが、そんなことは意に介さず、なごやかな雰囲気であった。

その席で着物を着た河野とワイシャツ姿の私のなんとも若い写真が残っている。二人の後ろの床の間には、いくつもの三方《さんぽう》が並べられており、昆布の上に餅《もち》が乗っていたり、尾頭付きの鯛《たい》らしきものが乗っていたりと、それらしい結納の品が並んでいるのに、今回初めて気がついた。いかにも時代を感じさせるが、親父《おやじ》はどこでそんなものを用意したのだろう。形式にはこだわった親父のことだから、相応の見栄《みば》えは考えたのだろうか。

この写真を撮ってくれたのは、石部の河野の家のすぐ近くに住んでいた小西儀一郎さんで、河野の従姉の夫であった。儀一郎さんは、写真が趣味で、少女時代から河野を被写体にした写真をたくさん撮っており、角川短歌賞を受賞したときの彼女の写真も、この儀一郎さんのものである。

因《ちな》みに、もう少しあとの話になるが、結婚指輪には思い出がある。もともと結婚指輪などは、世間一般の無意味な〈陋習《ろうしゅう》〉であり、断固排除すべしというのが当時の私たちの突っ張りであった。それがどういう経緯からかわからないが、結婚指輪を買おうということになったのだった。

河野の誕生日は七月二十四日だから、普通ならルビーである。だが、河野があなたの誕生日の石が欲しいと言い、五月十二日、エメラルドということになった。ルビーよりエメラルドが好きだったのか、私の誕生日ということにこだわったのか、それはわからないが、それじゃあということで、（すでに東京に出ていた私は）伊勢丹に探しに行ったのだった。

私の初任給は、たしか四万円弱くらいだっただろうか。毎年ベースアップが倍増していた頃で、森永の給料もぐんぐん上がっていったころだと思うが、とにかく当時の初任給では手のでない金額であった。そこで結婚指輪を河野と私で折半することになったのである。河野はすでに一年余り、中学の先生として給料をもらっており、私よりは貯金があったのだろう。本来は男性側としては情けないことなのかもしれないが、二人ともなんのこだわりもなく、あっけらかんと割り勘の結婚指輪となったのである。河野は長く愛用していた。

言ひかけて開きし唇の濡《ぬ》れをれば今しばしわれを娶らずにゐよ
河野裕子『森のやうに獣のやうに』

河野の第一歌集『森のやうに獣のやうに』の巻末の一首である。この歌集が出たのは一九七二年（昭和四十七年）五月一日。結婚式の直前であった。巻末に置かれたこの一首を見て、オイオイというのが正直な感想。

あれだけ結婚を急がせていたのは誰だったんだ、将来のはっきりした予定が立たない私との間で数えきれないほどの口論や喧嘩《けんか》もしていたのに、最後にこれかい、という気分である。苦笑いするしかなかったが、しかし、歌としてはいい歌である。結婚までの歌をまとめた、しかも第一歌集の巻末にこの一首が置かれたのは、歌集の構成としても秀逸と言わねばならないだろう。脱帽というところ。

その結婚式が行なわれたのは、森永に就職してちょうど一年後、一九七二年五月十四日であった。私の誕生日のすぐあと、すなわち河野と私が共に二十五歳、同じ齢《とし》でいられるわずか二か月ほどの期間を選んだことになる。一つ年上ということを気にしていた河野のこだわりである。会場は京都市左京区の岡崎ホテル。平安神宮のすぐそばのホテルであった。吉田山から黒谷墓地に繋《つな》がる丘を下ったところにあるホテルであり、いわば私たちのもっともよく歩いたコースの一画にあるホテル。まあ、この択《えら》びも妥当なところだったのだろう。

結婚の一年前に戻る。一九七一年三月の末に、森永乳業の中央研究所に就職すべく、京都を離れることになった。大学時代も自宅生であり、一度も親元を離れて暮らした経験はない。二階の一部屋が私の部屋であったが、持って行くものを選び、不要なものを棄《す》てるべく整理していると、これでいよいよほんとうに家を出て行くのだという感慨があった。

その朝、家を出ようとすると、父親が一緒に駅まで送って行くと言う。岩倉の私の家から、京福電車の岩倉駅までは、歩いて十分ほど。さほどの距離でもなく、荷物もボストンバッグ二つほどで、別段見送ってもらう必要もない。

来なくてもいいよと言ったのだが、親父はまあいいから一緒に行こうときかない。なんともバツが悪いし、駅まで歩く途中、十分といえども何を話すのか。そもそも親父と一緒に歩くなど、小学生のとき以来、絶えてないことであった。

荷物を一つ持とうと言って、親父が一つを提げ、家を出て、駅までの道を、別に何を話すでもなく、並んで歩いて行くことに。ほとんど何も話をしなかったように思うが、なぜ親父が一緒に来たがったのか、その気持ちは何となくわかった。

息子が家を出る。初めてのことではあるが、おそらく再び一緒に生活することはないとも思っていただろう。母を亡《な》くした幼いときから、家庭的に苦労をかけたという思いがあったはずだ。ただでさえ複雑な家庭環境のなかで、十分に庇《かば》ってやることもできなかったばかりか、自らの女性関係で夫婦の諍《いさか》いにも巻き込んでしまった。そんないくつもの経緯《ゆくたて》を思いつつ、歩いていたのではないかと思う。

口に出して「済まなかった」とは何も言わなかったが、ああ、ここで親父は俺に謝っているんだと、どこかで感じながら、私も歩いていたように思う。岩倉の無人駅でしばらく電車を待つ間も、そしていよいよ電車に乗るときも、「元気でやってこいな」とかなんとか、まことに不愛想な当たり前の言葉しか聞かなかったと思うが、父との思い出の中で、一緒に歩いた、この駅までの時間と距離は、どこか私自身の救いのような思いで何度も思い返すことになった。不器用な父の精いっぱいの謝罪でもあったのだろう。

父永田嘉七は、河野裕子が亡くなった翌年、二〇一一年（平成二十三年）に九十一歳で亡くなった。

発《た》たしめて告ぐべき言葉もなかりしを春の樫《かし》打つ雨に帰りぬ

河野裕子『森のやうに獣のやうに』

岩倉駅まで親父に送ってもらった後、京都駅では河野と逢《あ》った。ゆっくりと逢っている時間はなかったはずだが、長く別れて暮らすことになることから、河野が送りに行きたいと言ったのだろうか。

別に何を話すということもなかったように思うが、一足先に行ってくるよといった感じだったのか。「発たしめて告ぐべき言葉もなかりしを」には、言いたいことの圧倒的な多さに言葉がついてゆかないといった、彼女自身のもどかしい思いがあっただろう。「告ぐべき言葉もなかりしを」の反動のように、森永に入社してからの彼女の手紙攻勢は凄《すご》かった。

私からの返事がないことに文句を言いながらも、親父に手紙を出してやれとか、ちゃんと飯を食えとか、働き過ぎるな、早く寝ろと、ほとんど母親のような手紙を含めて、赴任して半年だけでも三十通以上が、まさに紙礫《かみつぶて》のように届くことになった。一か月の研修期間にさえ研修棟宛《あて》に数通が、その後は国分寺の独身寮宛に、便箋《びんせん》や原稿用紙に何枚もの手紙が舞い込むことになり、それは結婚まで続いたのだった。

離れればなれにいなければならない不安も大きかったのかもしれないが、そんな彼女の一途な思いの切っ先は、第一歌集の「あとがき」の性急さにもあきらかである。

これは私の青春の証《あかし》である。他にも生き方があったのではなく、このようにしか私には生きられなかったのである。悔いだらけの青春ではあるけれども、もういちど生まれて来ても、今日まで生きて来たのと同じ青春を選び取ろう。嘘だってたくさんついた。ひともひっぱたいた。泣いた。けれど私は何がどのようであっても自分に嘘だけはつかずに生きて来た。欲しいと思ったらどんなことがあってもみんな

自分のものにしてきた。ほんとうに心をこめてそれを願ったときだけは、不思議にそれは自分のものになったのである。（中略）

ひとりのひととの出逢いが私を決定的に短歌に結びつけてしまった。以後、多くの相聞歌を作り続けて来た。恋人に与えるただ一首の相聞歌を作ろうと思ったこともあったが、とうとうそれはできなかった。誰かの為《ため》に、何かの為に、という大義名分では決して短歌は作れるものではない。短歌はもっとつきつめた、ひとりぼっちなものだと思う。

（河野裕子『森のやうに獣のやうに』あとがき）

「このようにしか私には生きられなかった」。まさに河野裕子は、そのようにしか生きられなかった人なのだと、しみじみといま私は思っている。

（了）

附記

私の『歌に私は泣くだらう―妻・河野裕子 闘病の十年』は、やはり「波」の連載のあと、二〇一二年（平成二十四年）に新潮社より単行本化され、のちに新潮文庫にもなった。

河野が乳がんの手術を経て、闘病ののち二〇一〇年に亡《な》くなるまでの十年の記録である。再発への恐怖、家族のなかで自分ひとりだけが置いてきぼりになっているという焦《あせ》りなどから、精神的に荒れ、家族がほとんど崩壊寸前にまで到《いた》った経緯も、ほぼ包み隠さず書くことになった。思いがけなく「講談社エッセイ賞」などもいただくことになり、それは嬉《うれ》しいことだったが、書く作業は苦しいものだった。しかし、結果的には、書いていく作業のなかで、私は自分を治していたのだろうと、いまでは強く感じている。

河野の精神的不安定を家族だけではどうしようもなく、思い余って、かつて京都大学医学研究科の同僚でもあった木村敏《びん》先生に相談し、カウンセリングのような形で河野を診ていただくことになった。この間の経緯も前著『歌に私は〜』のなかで詳しく述べているが、週に一度、木村先生と午後の一時間ほどをかけて、夫や家族への不満、病気への恐怖などいろいろなことを話すうちに、河野の発作的な攻撃性が徐々に良くなっていった。河野が木村先生を『時間と自己』(中公新書)など、さまざまの著書を通じて知っており、尊敬していたことも大きかったのだろう。診てもらう回数は、やがて二週に一度、月に一度となって行ったが、それは河野の乳がんが再発して、自宅療養になるまで続けられた。

そして、木村先生は河野が亡くなる前々日、わが家に見舞いに訪ねて来られたのである。

長いあひだつき合ひくだされし木村敏右頰のあたりのほくろ懐《なつ》かし
この人とはもう今生は会はざらむ八十四歳の握手求め来
河野裕子 『蟬声《せんせい》』

その夜に河野の作った歌である。前著に私は、「河野が家族以外で会った最後の人が木村敏であったことに、私は特別の思いを持っている。家族以外では、河野の精神面をいちばん知ってもらっていたのが木村先生であっただろう。そしてそんな特別の一人が、河野が真に尊敬できる人であったことは、河野にとっては何より幸せなことであったと思うのである」と書いている。まさに河野が最後に会った、そして精神面の主治医であった方が、木村敏なのであった。

河野の死後、息子の永田淳が『評伝・河野裕子　たっぷりと真水を抱きて』（白水社）を出版したのは二〇一五年であった。高校時代の日記などにも丹念にあたり、母親を相対化しつつ、さまざまの資料を駆使した労作となった。

息子は詩歌の出版社「青磁社」を経営しているが、ある日、その事務所に、一本の電話が入ったのだという。電話の主は、木村敏先生。永田淳の文章を引用しよう。

私はこの八月に全編書き下ろしの『評伝・河野裕子』を刊行しており、生前に母がお世話になった木村先生にも献本していた。早速それを読んでくださり、丁重なお礼を述べられた後に、

「私、実は高校時代のお母様を診ているのです」

と告げられた。

窓の外の色褪《あ》せ始めた欅《けやき》の葉が、そよりと揺れたような気がした。

母は高校三年生の時に自律神経系の病気を患《わずら》い、一年間休学を余儀なくされてい

る。その折の日記が残されており、それを繙《ひもと》きながら高校時代の母を綴《つづ》ったのであるが、その日記に「間脳症（脱力発作）」と診断を受けたといった記述があって、それをそのまま書き写していた。滋賀県の水口《みなくち》病院に通院していた、とある。

木村先生は当時、ドイツ留学を終え、水口病院に勤めておられたそうである。

（後略）

（永田淳「四十年後の邂逅《かいこう》」「考える人」二〇一六年冬号）

この「間脳症」という病名は、水口病院当時の木村先生が考え出したもので、診断してこの病名をつけたのは私しか考えられません、というのである。

後年、河野が何年にもわたって午後のひと時を共に過ごし、心の内深くの思いを語ってきた木村敏先生。知の巨人と言われ、日本の精神医学の泰斗であるこの先生に毎週のように会いつつ、二人とも、はるか四十年以上も前に、滋賀県の片田舎で高校生と若い医者として会っていたことにはついに気がつかなかった。河野は、あれほど信頼していた木村先生が、若い時に自分を診てくれた人だということさえも知らずに死んでしまったことになる。

人と人との出会いの不可思議さ、偶然にしてはちょっとできすぎたエピソードではないだろうか。四十年の時を経て、かたや日本の精神病理学の第一人者、かたや日本を代表する女流歌人として、お互い最初に出会ったことを微塵《みじん》も思い出すこともなく、再会していたとは。なんという偶然、なんという奇跡と永田淳も書いている。

もし永田淳があの一冊を書かなかったら、そしてそれを木村先生が読まなかったら、誰も、そして家族も、そんな昔の出会いについて考えもしないままに終わっていただろう。それがわかったところで何ということもないわけだが、一冊の書が掘り出すものは、私たちの想像力をはるかに凌駕《りょうが》するものだということを見せつけられた思いであった。文章として、文字として書き残すことの意味と力を思うのである。

河野裕子だけがそれを知らずに死んでしまった。これは残念な気がするが、それはまあそれでよかったのかもしれない。永田淳は「まるで小説でもあるかのような物語が私たちに用意されていたことに驚くのである。それはまるで、母がいたずらをして残していったプレゼントのように思えてならない」とも書いている。

おわりに

河野裕子との最初の夫婦喧嘩《げんか》はよく覚えている。

一九七二年（昭和四十七年）五月十四日、私たちは京都岡崎のホテルで結婚式を挙げた。私は羽織に袴《はかま》、河野は色打掛というのであろうか、二人とも和服であった。それぞれの部屋で着物を着せてもらい、さて結婚式場へというところで河野とその日初めて顔を合わせた。

河野が私を見て思わず発した言葉は、「あなた、なんで髪の毛切ったのよ」。

「あなたの顔は、髪の毛で持っているってあれだけ言ったのに、なんで今日に限って、そんなちんちくりんな髪の毛にしてきたのよ」と、続いたはずである。

前日に東京から帰った私は、親父《おやじ》に「結婚式くらいちゃんと散髪して来い」と言われ、嫌々ながら、まあさすがに結婚式では仕方ないかと、久しぶりに散髪に行ったのだった。河野はそれが気に食わない。ぼさぼさの長髪で、額はほとんど髪の毛で隠れ、頭の上には硬い髪の毛がぼうぼうと立っている、そんな私を見慣れていて、それが気に入っていたのだ。あなたは長い髪が似合うのだから、切っちゃだめよと、何度も言われてきたはずである。散髪をした自分を鏡で見て、我ながら似合っていないことは、自分でもわかっている。しかし、これから結婚式場へという出会い頭に、それはないだろう。

「おまえだって、その似合ってない髪型はなんだ」と思わず口に出かかったが、それはなんとか飲み込んで、あいまいに笑っているしかなかった。やれやれである。正確には、その時点ではまだ夫婦喧嘩ではないが、いま思い出しても、いかにも河野裕子のそのままが出た一言であった。

それがトラウマになったという訳ではないが、結婚式の日から現在まで、私は一度も散髪屋に行ったことがない。伸びてきたら、風呂場《ふろば》で梳《す》きばさみを使って適当に切る。河野がいた頃は、彼女が手伝ってくれることもあったが、亡《な》くなってからも、まことに適当に自分で切っている。誰も気がつかないようなので（ふりをしてくれているだけかもしれない）、まあこれでいいかと、五十年を過ごしてきたわけである。散髪代がいまいくらなのかも知らない。

河野裕子には『歌人河野裕子が語る　私の会った人びと』（本阿弥書店）という一冊がある。歌人の池田はるみさんが聞き手となり、文字通り河野裕子が自らの「会った人びと」について語った本である。そのなかに、「永田和宏」という一章がある。

河野――つきあいはじめたころ黒谷の墓場でデートしていて「あなたのお母さんはどんな人なの」と聞いたら、「目が二つある」と言ったんです。それだけで私はドッと泣いちゃった。あの人は実のお母さんから抱かれた記憶が無くてね。生みの母親のことを全然知らない。私は二番目のお母さんのことを聞いたのですが。永田は何も言わなかったけれど、そのとき全部わかった。ああ、この人はこんなに寂しかったんだと。「目が二つある」って、それしか表現しようもなかったんじゃないでしょうか。

河野――結婚して、「お前と俺とは育てられ方が違う」と一番初めに言いましたが、私も本当にそう思いました。この人は全身をかけて愛されたことがない人だ、寂しい人だと思いました。ドーナツだと思ったんです。真ん中がない。いまでもそう思いますね。私が先に死んだら、あの人、どうするかなあって。多分、お酒を飲みすぎて泥酔《でいすい》してお風呂で溺死《できし》するでしょうね。

池田――裕子さんは空洞を抱えた永田さんを全身で愛されましたね。

河野――そう。すべての愛情をかけようと思いましたね。永田はお金には苦労しなかったけれど、寂しい幼年時代、少年時代があったんじゃないかと思いますね。

河野――永田和宏とは人生というものをお互いに作り合ってきました。私みたいな死に損ないと一緒に暮らすのはたいへん難しいと思うんですけど、我慢強くつきあってくれました。伴侶《はんりょ》としてはよかったし、私の歌の第一読者なんです、ケンカしたとき以外は。

でも、あの人、いまだにイワシとサンマがわからない。「あなた、これはサンマでございます。長いでしょ、顔も」と教えんとわからん人でね。毎年、サンマの時期にはこうなんです（笑）。私たちほどよく話をする夫婦は無いんじゃないかな。永田がトイレに行ったらドアの前まで行って話している。いつも、しょっちゅう何か喋《しゃべ》っているし、ちっとも飽きない。こんなに喋っていて片一方が死んでしまったらどうしようって、ほんとに心配。

河野――私がしなければならないことは永田和宏という人を一日でも長生きさせること。私の仕事は全部放って置いても、永田が帰って来たとき、お皿をあたためて少しでもおいしくと思って待っているんです。（中略）結局、子供よりも永田和宏を大事にしてやってきたというのが本当ですね。

「はじめに」で、「果たして私は河野裕子にふさわしかったのだろうかという疑問」ということについて書いた。ある意味、とてもひと様に語れるようなものではない不様で惨《みじ》めな私の青春を、そして熱く、性急でお互いに相手に誠実であろうとしたゆえに互いに傷つけあってきた二人の時間を、ここまであからさまに書いたことに、正直、自分自身が驚いている。河野の日記や手紙に引っ張られるようにして書いたものだが、こうして書いてきて、最初の疑問「私は彼女にふさわしかったのか」に対する答えは、結局見いだせないままというのが正直なところである。

しかし、私は、右に引用したような彼女自身の言葉を、そのまま受《う》け容《い》れたいと思っている。彼女は、自分に嘘《うそ》をつくことのできない女性であった。その人が、このように言っていることを受け容れられなければ、それはついには私が彼女を、彼女が私を信頼していたようには信頼していないことに他ならない。先の河野の発言は、普通の人間が言えば、嫌味にも聞こえそうな連れ合いへの思いだが、河野が語るとそれがごく自然に響く。そしてそのどれもが、河野とともに過ごしてきた時間のなかで、私が実感してきたことである。

私は二〇一八年（平成三十年）に、『知の体力』（新潮新書）という一冊を出した。若い学生、高校生を意識した、ある意味、大学教育をどう考えるのかといった「私の教育論」という色彩の強い本である。その末尾に、教育、学問といった内容とはまったく関係のない章が入ることになった。それは、人を愛するとはどういうことかという、私の考えを述べた部分であった。

そこで私は、〈その人の前に出るとき、自分がもっとも輝いていると感じられる相手〉こそが、自分が愛しているという存在なのではないかということを述べておいた。

ああ自分はこんなにも相手を深く思うことができるのだ、という喜びを感じるとき、そう思える〈私〉は輝いている。輝いている自分をはっきり感じることができる。

輝いていると感じられるのは、相手のまえで、鎧《よろ》わなくてもいい、生身の自分がさらけ出せると思えるときにしか実現しないものだ。こう見せたい、見て欲しいという計らいを捨てて、ありのままの等身大の自分でいられる、鎧わないでも自分のいちばんいい面が現れる、その人の前で話をすると、自分の可能性がどんどん開けていく気がする、自分にはこんなおもしろい側面があったのかと発見する、それらすべては愛情が後ろから押しているからこそ実現する自己発見である。(中略)一緒にいることによって、自分のいい面がどんどん出てくると感じられる相手こそが、ほんとうの意味での伴侶となるべき存在なのだと、私は思っている。(中略)一緒にいると相手のいい面に気づく、そのいい面に気づく自分がうれしく感じられる。その人と話していると、どんどん自分が開いていく気がする。お互いにそんな存在として相手を感じられるような関係こそが、たぶん伴侶と呼ぶにふさわしい存在なのに違いない。(中略)

愛する人を失ったとき、失恋でも、死による別れでも、それが痛切な痛みとして堪《こた》えるのは、愛の対象を失ったからだけではなく、その相手の前で輝いていた自分を失ったからなのでもある。私は２０１０年に、40年連れ添った妻を失った。彼女の前で自分がどんなに自然に無邪気に輝いていたかを、今ごろになって痛切に感じている。

人を愛するとはどういうことなのか。この部分は、まさに私にとって河野裕子がどのような存在であるのかを考えながら書いたものなのであった。愛とは何かと、考えてなった文章ではなく、河野が亡くなり、河野との生活を振り返るなかで、ごく自然に感じたままが、この文章になったのであった。

この部分に反応して『知の体力』を読んでくださった方も多かったと聞き、それはそれとしてうれしかったことだが、河野裕子が私にとって、どのような存在であったのかを考えるとき、ここで述べた〈その人の前に居るとき、自分がもっとも輝いて見える〉ということは、そのままごく自然な感想なのであった。

もうひとつ付け加えるとすれば、自分のすべてを知っていて欲しいと思える存在を持つこと、それが人を愛するという、もうひとつの側面なのかもしれないとも思う。二〇一〇年（平成二十二年）の四月から私は京都産業大学に移り、その年に河野裕子は亡くなった。ずっと私を見ていてくれた彼女は、それ以降十年間の私を知らない。また私は一昨年（二〇二〇年）、大学を辞めて、JT生命誌研究館に移り、新たな環境のなかで仕事をすることになった。これも河野は知らない。河野の知らない時間を生きているということが、私には悔しいのである。

不遜《ふそん》を覚悟で言えば、私はこれまで、細胞生物学者としても、歌人としても、ある程度の仕事はしてきたし、それなりに認められてきたとも思っている。しかし、改めて考えてみるとき、サイエンスや文学における私の存在の意味や評価はさておき、実は、私の人生の意味のすべては、ひょっとしたら、河野裕子という一人の女性に出会って、四十年という時間を共にしたという、その一つのことであったのかもしれないと思うのである。そして、そう思える自分を幸せなことでもあると思っている。

本書は、新潮社の雑誌「波」に二〇二〇年一月から二一年六月まで、一年半にわたって連載したものである。別に勤めを持つ者としては、これだけの分量の書き物を毎月というのはけっこう大変だったというのが実感。そのなかで、「新潮新書」編集部の門文子さんから返ってくる率直な感想は、かなりしんどいところを書いている時にも大きな励ましとなった。お礼を申しあげたい。

「これは私の青春の証である。他にも生き方があったのではなく、このようにしか私には生きられなかったのである。悔いだらけの青春ではあるけれども、もういちど生まれて来ても、今日まで生きて来たのと同じ青春を選び取ろう」というのは、河野裕子の第一歌集『森のやうに獣のやうに』の「あとがき」の一節である。これはまたそのまま、この一冊を書き終え、読み直しての私の思いでもある。不様な「悔いだらけの青春ではあるけれども」、「このようにしか私には生きられなかったのである」を、「このようにしか私たちには生きられなかったのである」と言い換えれば、それはそのまま私の今の思いなのである。

二〇二二年二月

永田　和宏

二人でいるということの痛みと豊かさ

梯 久美子

読んでいる途中、こみあげるものがあって何度か本を閉じた。他人の青春物語が、なぜこんなにも切実に感じられ、かつての自分自身の痛みまでよみがえらせるのだろうと思いながら。

その最大の理由は、若い日の河野裕子が書いた日記や手紙にある。公開を前提にしない日記でさえ、人はなかなか自分の感情に正直になることができないものだが、河野は痛々しいまでにまっすぐに自分を見つめ、文章にしている。その偽りのないひたむきさには、時代や境遇、性別をこえて、読み手の心を共振させる力がある。

本書は、歌人で細胞生物学者の永田和宏が、2010年に亡《な》くなった妻・河野裕子と出会ってから結婚するまでを、二人が交わした手紙、当時の河野の日記、そして折々にそれぞれが詠《よ》んだ歌を軸に描いた作品である。

同じ著者による『歌に私は泣くだらう』は、晩年の河野の闘病と死を描いた、胸を引き絞られるような壮絶な記録だった。では、若かった日々を描いた本書がさわやかな青春記かというとそうではない。

当時、永田と河野がそれぞれに自死を試みていたことが本書で明かされている。互いにそれを告げることはなく、河野は生前、永田の自殺未遂を知らないままだったという。若い日の恋がときに死への傾斜をはらむこと、青春とは残酷で危うい季節であることに、多くの人が自身の過去を振り返りつつ、思い当たるに違いない。

〈陽にすかし葉脈くらきを見つめをり二人のひとを愛してしまへり〉

河野の初の歌集『森のやうに獣のやうに』にある歌である。

河野は永田と同時期に知り合った男性に心を奪われていた。永田は彼の存在を知っていたが、河野の没後に彼女の日記を読んだことで、二人の出会いの詳細や河野の懊《おう》悩《のう》の深さを初めて知るのである。

永田と河野が出会ったのは互いに二十歳のとき。もう一人の男性の存在を意識しつつ仲を深めていく時間の中には、若い恋の一途《いちず》さと愚かさがつまっていて、映画のようにドラマチックだ。

しかし本当のドラマは、河野が永田を選び、恋愛が成就《じょうじゅ》した後に始まる。一緒に生きていくことを決めてから結婚に至るまでの過程で、二人はそれぞれの現実とぶつかり、気持ちもすれ違う。私がひきつけられたのは、むしろこの時期を描いた部分だった。

〈私たちの間にあった、何年か以前の　あのやわらかな空気のような　目に見えぬものは一体どこに行ってしまったのだろう〉と河野は日記に書いている。それぞれの自殺未遂は、結婚を決めて以降のことだ。

読み終えて、著者はよくぞここまで正直に書いてくれたと思った。本書はきれいごとではない生々しい記録であり、二人の間のごくプライベートな出来事にも触れている。

〈「何ゆゑにここまで書くか」は、稿を進めつつ往々にしてとらわれた思いであったが、河野の日記や手紙をそのまま出す以上、少しでも脚色があってはならないし、伏せる部分があってはならないと、それは河野への責任の取り方でもあると思ってきた〉と「はじめに」にある。

河野の日記や手紙に見られる真摯《しんし》さと熱量、誠実さと痛みを前にすれば、著者も正直に自分をさらけ出さないわけにはいかなかったのだろう。長い年月をへてその文章にふれたとき、改めてひとりの若い女性の愛情の深さと、それがほかでもない自分に向けられたものであったことに、畏怖《いふ》に似た思いを抱いたのではないだろうか。

『歌に私は泣くだらう』で、臨終前の河野が、永田の頭を抱き寄せて髪を撫《な》でながら、子供たちに「お父さんを頼みましたよ。お父さんはさびしい人なのだから、ひとりにしてはいけませんよ」と語りかける場面がある。

本書の冒頭の数章には、河野と出会う前の永田の幼少期が書かれているが、それを読んで、「お父さんはさびしい人なのだから」と河野が言ったことの意味がよくわかった。

実の母の記憶がなく、複雑な家庭の中で埋められない欠落を抱えていた永田。伴侶《はんりょ》の中に存在する「さびしい少年」を、最後まで大きな包容力で抱きしめて生きたのが河野裕子という人だった。それは、出会ったばかりの若い日からもう始まっていたのだ。

二人でいるということの豊かさが、胸にしみとおるように伝わってくる、かけがえのない読書体験だった。

（「波」二〇二二年五月号から再録、ノンフィクション作家）

この作品は令和四年三月新潮社より刊行された。

新潮文庫最新刊

帚木蓬生著
花散る里の病棟
町医者こそが医師という職業の集大成なのだ――。医家四代、百年にわたる開業医の戦いと誇りを、抒情豊かに描く大河小説の傑作。

藤ノ木優著
あしたの名医2
―天才医師の帰還―
腹腔鏡界の革命児・海崎栄介が着任。彼を加えたチームが迎えるのは危機的な状況に陥った妊婦――。傑作医学エンターテインメント。

貫井徳郎著
邯鄲の島遥かなり（中）
男子普通選挙が行われ、島に富をもたらす一橋産業が興隆を誇るなか、平和な島にも戦争が影を落としはじめていた。波乱の第二巻。

一條次郎著
チェレンコフの眠り
飼い主のマフィアのボスを喪ったヒョウアザラシのヒョーは、荒廃した世界を漂流する。愛おしいほど不条理で、悲哀に満ちた物語。

矢樹純著
血腐れ
妹の唇に触れる亡き夫。縁切り神社の血なまぐさい儀式。苦悩する母に近づいてきた女。戦慄と衝撃のホラー・ミステリー短編集。

J・グリシャム
白石朗訳
告発者（上・下）
内部告発者の正体をマフィアに知られる前に、調査官レイシーは真相にたどり着けるか!?全米を夢中にさせた緊迫の司法サスペンス。

新潮文庫最新刊

大西康之著
起業の天才！
―江副浩正 8兆円企業リクルートをつくった男―
インターネット時代を予見した天才は、なぜ闇に葬られたのか。戦後最大の疑獄「リクルート事件」江副浩正の真実を描く傑作評伝。

永田和宏著
あの胸が岬のように遠かった
―河野裕子との青春―
歌人河野裕子の没後、発見された膨大な手紙と日記。そこには二人の男性の間で揺れ動く切ない恋心が綴られていた。感涙の愛の物語。

徳井健太著
敗北からの芸人論
芸人たちはいかにしてどん底から這い上がったのか。誰よりも敗北を重ねた芸人が、挫折を知る全ての人に贈る熱きお笑いエッセイ！

J・ウエブスター
三角和代訳
おちゃめなパティ
世界中の少女が愛した、はちゃめちゃで魅力的な女の子パティ。『あしながおじさん』の著者ウェブスターによるもうひとつの代表作。

L・M・オルコット
小山太一訳
若草物語
わたしたちはわたしたちらしく生きたい――。メグ、ジョー、ベス、エイミーの四姉妹の愛と絆を描いた永遠の名作。新訳決定版。

森晶麿著
名探偵の顔が良い
―天草茅夢のジャンクな事件簿―
事件に巻き込まれた私を助けてくれたのは〝愛しの推し〟でした。ミステリ×ジャンク飯×推し活のハイカロリーエンタメ誕生！

あの胸《むね》が岬《みさき》のように遠《とお》かった

河野裕子との青春

新潮文庫　な-89-2

令和六年十一月一日発行

著者　永《なが》田《た》和《かず》宏《ひろ》

発行者　佐藤隆信

発行所　株式会社新潮社

郵便番号　一六二―八七一一
東京都新宿区矢来町七一
電話　編集部（〇三）三二六六―五四四〇
　　　読者係（〇三）三二六六―五一一一
https://www.shinchosha.co.jp

組版／新潮社デジタル編集支援室

価格はカバーに表示してあります。

乱丁・落丁本は、ご面倒ですが小社読者係宛ご送付ください。送料小社負担にてお取替えいたします。

印刷・大日本印刷株式会社　製本・株式会社植木製本所

ISBN978-4-10-126382-3 C0195